Dr. med. Lawrence W. Friedmann ist medizinischer Leiter des Institute for the Crippled and Diseased, eines Forschungs- und Rehabilitationszentrums, in New York. Mit seinen 193 Mitarbeitern, darunter über 90 Ärzte, die jährlich mehr als 5000 Patienten behandeln, ist es das älteste Rehabilitationszentrum in den USA. Es ist fachlich der New York University angegliedert und arbeitet mit der Columbia University zusammen.

Lawrence Galton ist als Experte auf dem medizinischen Sektor Verfasser und Mitverfasser zahlreicher Bücher über Themen wie Körperfitneß, vorbeugende Medizin, Herzinfarkt und Bluthochdruck.

Vollständige Taschenbuchausgabe
Droemersche Verlagsanstalt Th. Knaur Nachf.
München/Zürich
Lizenzausgabe mit freundlicher Genehmigung
der Schweizer Verlagshaus AG, Zürich

Titel der Originalausgabe »Freedom from Back-aches«
Aus dem Amerikanischen von Bärbel Ungemach
Umschlaggestaltung Atelier Blaumeiser
Druck und Bindung Hanseatische Druckanstalt GmbH, Hamburg
Printed in Germany · 1 · 10 · 982
ISBN 3-426-04302-5

1. Auflage

Lawrence W. Friedmann
Lawrence Galton:

Was tun wenn der Rücken schmerzt?

Mit 58 Abbildungen

Knaur

Inhalt

Vorwort zur deutschen Ausgabe

Kreuzschmerzen seien normal, meinte kürzlich eine 18jährige kaufmännische Angestellte. «Das hat man eben». Während man früher glaubte, Kreuzschmerzen seien das Schicksal der älteren Generation, ist heute jeder Arzt immer wieder von neuem überrascht, wie viele Jugendliche und junge Erwachsene, Frauen mit kleinen Kindern und einsatzfreudige Geschäftsleute, über Rückenschmerzen klagen. Ausgedehnte Volksuntersuchungen bestätigen: Bereits in der Grundschule treten Beschwerden auf, Mittelschüler und Berufsschüler suchen ärztlichen Rat, Hausfrauen und Berufstätige jeden Alters versuchen, frei von Rückenschmerzen zu werden. Der Arbeitsausfall wird auffallend, die Heilungskosten steigen. Ärzte, Haltungsforscher sowie Soziologen und Psychologen werden aufmerksam. Sind es Ernährungsfehler, ist es eine Erbkrankheit, spielt das beschleunigte Wachstum eine Rolle? Suchtmittel, mangelndes Schulturnen, seit den fünfziger Jahren eingeführte Horizontaltische in der Schule, Mode und Absatzhöhe oder psychische Haltungsstörungen des lässigen jungen Menschen werden als Erklärung in Erwägung gezogen. Entsprechend den zahllosen Erklärungsmöglichkeiten sind die unzähligen Ratschläge. Die Werbung erkennt die Marktlücke und wirbt: für Gesundheitsbetten, wirbelsäulengerechte Kopfkissen und Fußbekleidung, Katzenfelle, Rheumawäsche und Aufbaumittel.

Gesundheitszentren schießen aus dem Boden, das Volk wird haltungsbewußt und bewegungspflichtig. Diätvorschriften ergänzen Gymnastikanleitungen, Hallenbäder mit warmem Meerwasser und Turninstruktoren verdienen Geld. Keine Rückenschmerzen zu haben ist fast ein Gesellschaftsfehler, Gesundheitssport ist Pflicht! Ärztliche Kunst verhilft zu Salben und Tabletten, verschreibt neben Fango und Massage Elektrotherapie und Badekuren, manipuliert und akupunktiert. Röntgenstrahlen und Röntgenbilder sind Ausdruck moderner Diagnostik, die dargestellten Bandscheibenveränderungen motivieren den Patienten zur Gesundheit. Operative Eingriffe lockern Versteiftes oder versteifen gelockerte und verlagerte Gewebe. Beckengürtel, Mieder und Korsetts werden tapfer getragen.

Was hilft Chiropraxis, Akupressur oder Magnetopathie? Warum schmerzt die verordnete Gymnastik, was kann der Patient aus der Vielfalt der zur Verfügung stehenden therapeutischen Methoden für sich zeit- und kostensparend herauspicken und erfolgversprechend anwenden?

Zahllos sind die Aufklärungsschriften über die Volksplage «Rückenschmerzen», die Aufklärungsbücher über Wirbelsäulenbeschwerden. Aber nur wenige orientieren den Patienten über Ursachen und Zusammenhänge dieser Schmerzen so gut wie dieses Buch. Was meint der Arzt mit seinen therapeutischen Maßnahmen; was muß der Rückenpatient von den Werbeschlagern halten; wie soll er sich bei Rückenschmerzen verhalten? Wie kann er seine eigene Leistungsfähigkeit prüfen und verbessern? Was kann er selber beitragen zur raschen Heilung? Dieses Buch, das leicht lesbar geschrieben ist, kann fast vollumfänglich auf hiesige Verhältnisse und den Standard unserer Medizin übertragen werden. Ich bin überzeugt, daß die Ratschläge dieses Buches wirklich «Freiheit von Rückenschmerzen» bringen können.

Dr. med. H. Baumgartner
Chefarzt der rheumatologischen Abteilung
Klinik Wilhelm Schulthess, Zürich

Einleitung

Ist es für jemanden, der von Rückenschmerzen geplagt wird, möglich, einen akuten Anfall rasch zu lindern, die Ursache festzustellen und Rückfälle zu reduzieren oder gar auszuschließen? Wir glauben, ja. Oder vielmehr, wir wissen es. Und wir haben versucht, darüber ein komplettes, vielleicht etwas ungewöhnliches Buch zu machen. Man wird darin Antworten auf Fragen wie diese finden:

– Was ist die häufigste Ursache von Rückenschmerzen? Was sind andere Ursachen? Wie kann ich mit Hilfe einfacher Tests feststellen, welche dieser Ursachen in meinem Fall für die Schmerzen verantwortlich ist?
– Wie kann ich im Fall eines akuten Schmerzes mit Hilfe einfacher Hausmittel rasche Besserung erreichen? Was sind das für Mittel? In welcher Kombination und in welcher Reihenfolge werden sie angewandt?
– Wie kann ich, falls diese Mittel ohne Erfolg bleiben, neue, auch ungewöhnliche Methoden anwenden, wie zum Beispiel die Akupunktur oder eine seltsame, aber manchmal nützliche Technik, die sogenannte «Zonentherapie»?
– Wie kann ich, wenn ich meine Diagnose gestellt und Besserung erreicht habe, mir mein eigenes Hausprogramm zusammenstellen – spezifisch auf meine individuellen Bedürfnisse zugeschnitten, einfach, nicht zu zeitaufwendig –, um Rückfälle zu reduzieren oder gar ganz zu verhindern?
– Gehöre ich zu der relativ kleinen aber wichtigen Minderheit, die ärztliche Hilfe braucht oder zu der noch

kleineren Minderheit, bei der ein chirurgischer Eingriff notwendig ist? Wie kann ich das feststellen? Und wo finde ich die erforderliche Hilfe?

Mit diesem Buch soll all den vielen Menschen, die unter Rückenschmerzen leiden, gezeigt werden, daß ein großer Teil dieser Schmerzen gar nicht sein müßte. Wir wollen zeigen, was die Fachmedizin, wenn sie benötigt wird, heute vollbringen kann, und vor allem wollen wir zeigen, was viele – wenn nicht alle – Opfer von Rückenschmerzen mit Erfolg für sich selbst tun können.

Dieses Buch basiert auf der Erfahrung zahlreicher Spezialisten an großen medizinischen Zentren, die sich mit der Behandlung von Rückenleiden, der Erforschung von ihren Ursachen und Mechanismen und der Entwicklung neuer und wirksamer Methoden zur Behebung dieser Ursachen befassen. Außerdem basiert es auf der klinischen und wissenschaftlichen Erfahrung des Autors, der Medizinischer Direktor des ICD, des ältesten amerikanischen Rehabilitationszentrums Amerikas, in New York ist.

Von den 5000 Patienten, die jedes Jahr am ICD behandelt werden, hat ein ziemlich großer Teil schwere Rückenprobleme. Ihr Ruf nach Hilfe war ein ständiger Anreiz zur Erforschung verschiedenster wirksamer Methoden – konventionell oder unkonventionell – um chronische Rückenschmerzen zu heilen. Zum Glück sind Erfolge häufig – und, was noch erfreulicher ist – die Erfolge der letzten Zeit resultieren in zunehmendem Maße aus dem Bemühen der Patienten selbst, die rasch lernen, wie sie Besserung erzielen, ihr grundlegendes Problem erkennen und einfache Methoden zu seiner Bekämpfung anwenden können.

Unser Dank gilt den zahlreichen Ärzten und Therapeuten am ICD, die zur Entwicklung der Methoden beitrugen, über die wir hier berichten werden sowie den Patienten, die bewiesen haben, daß diese Methoden zum individuellen Hausgebrauch geeignet sind.

1. Kapitel

Fast alle Rückenschmerzen sind heilbar – meist auf einfache Weise

Der verstorbene Komiker Joe E. Lewis erzählte gerne die Geschichte, wie ihm sein Rücken zu schaffen machte, als er einmal in etwas schlechter Verfassung nach Hause gekommen war! «Ich sah eine Spinne an der Decke und versuchte sie zu zertreten,» pflegte er zu sagen und schilderte dann, wie er einen Arzt aufsuchte, der ihm riet, heiße Tücher anzuwenden. Auf dem Weg nach Hause kehrte er zum Essen ein, und Arturo, der Oberkellner, riet ihm zu kalten Tüchern.

«Natürlich nahm ich kalte Tücher – und als ich den Arzt das nächste Mal traf und ihm erzählte, was ich getan hatte, schüttelte dieser den Kopf und sagte: ‹Komisch, der Kellner im Countryclub sagte mir, ich solle heiße Tücher empfehlen.›»

Wenn jemand, der an Rückenschmerzen leidet, diese Geschichte nicht kennt, so hat er zweifellos eine eigene entsprechende parat. Über Rückenschmerzen gibt es eine Menge Witze, mehr wohl als über jede andere Krankheit. Und von allen Krankheiten weist der Rückenschmerz vielleicht die ungewöhnlichsten üblen Eigenschaften auf. Man braucht wohl kaum zu sagen, daß er häufig ist, fast so häufig wie die gewöhnliche Erkältung. Jedes Jahr sind allein in der Industrie in Amerika etwa 400 000 Arbeiter wegen Rückenleiden arbeitsunfähig.

Aber es bedarf keiner lebenslangen körperlichen Arbeit, um vom Rückenschmerz befallen zu werden. Das kann auf die unterschiedlichste Weise geschehen. Man müht sich vielleicht gerade mit einem Spinnaker ab, oder hat beim Golfspiel einen Bilderbuchabschlag geschafft, oder man öffnet einfach ein Fenster oder beugt sich vor, um den Schuh zuzubinden: jedenfalls trifft es einen plötzlich und unerwartet.

Ein scharfer, intensiver, ja qualvoller Schmerz. Bei jeder Bewegung – wenn man sich überhaupt noch bewegen kann – schmerzt es im Kreuz. Wir wissen von Patienten, die sich im Krebsgang zum nächsten Arzt schleppten; einige mußten sogar mit dem Krankenwagen abtransportiert werden.

Und – so sagen viele – es ist einerlei, ob der Rücken dann gedehnt und ausgestreckt wird oder eingesprüht und erwärmt, massiert oder einfach betrachtet. Von diesem Augenblick an hat man «es». Der Schmerz mag nach einiger Zeit nachlassen – aber Monate oder auch nur Wochen später beugt man sich zur Morgenwäsche über das Waschbecken im Badezimmer, und wieder ist es passiert. Jetzt ist man ein offizieller chronischer Rückenpatient, einer von Millionen.

Ja, Rückenschmerz ist Mode, eine Krankheit, die «in» ist. «Er hat sich zu einem solchen Statussymbol entwickelt», stellte vor einigen Jahren ein Artikel in einem Magazin fest, «daß Leute, die daran leiden, ihre Krankheit kühn und offen durch ihre Art zu stehen zur Schau stellen – das Becken vorgereckt und eine Hand lässig hinten in der Gegend des fünften Lendenwirbels. Im vorstädtischen Do-it-yourself-Amerika, wo sich Frauen bei der Gartenarbeit bücken und Männer Laub rechen, Schnee schaufeln und gelegentlich eine Steinmauer bauen, kann die Lebensweise einer Gemeinde an der Anzahl der Erwachsenen in den Vierzigern mit Rückenschmerzen in allen ihren modischen Verfeinerungen ziemlich genau abgeschätzt werden.»

Es ist fast, als sei Rückenschmerz aufgrund einer herrschenden Vorstellung «in» geworden, daß jemand, der einmal daran leidet, immer daran leidet, und wenn man

schon mit einer Krankheit leben muß, man auch stolz darauf sein kann.
Eine alte Redensart sagt, daß der Rückenschmerz dann unvermeidbar geworden ist, als der Mensch – vor vielen Jahrtausenden – lernte, auf zwei Beinen zu stehen anstatt auf allen vieren zu kriechen. Aber offensichtlich muß die Lehre von der Unvermeidlichkeit mit einigem Argwohn betrachtet werden, da Millionen von Menschen durchs Leben gehen können, ohne jemals diesen stechenden Schmerz zu haben.
Eine andere verbreitete Ansicht ist, daß die moderne Medizin, was für Fortschritte sie sonst auch gemacht haben mag, beim Rückenschmerz kein Stück vorangekommen ist. Die herrschende Meinung scheint zu sein, daß gegen Rückenschmerz keine wirksame Therapie existiert, daß es keine Methoden zur Verhütung von Rückenschmerzen gibt, daß Rückenschmerzen meist das Resultat von kaputten Bandscheiben sind, und das bedeutet chirurgischer Eingriff und ist hoffnungslos.
Dies ist jedoch alles Unsinn.

Gründe zur Hoffnung: Zunehmend besser

Tatsache ist, daß in der überwältigenden Mehrheit der Fälle Rückenschmerzen nichts mit kaputten Bandscheiben oder anderen schweren organischen Störungen zu tun haben. Diese eindeutige und bestimmte Feststellung basiert nicht nur auf der Erfahrung mit mehr als 5000 Rückenschmerzpatienten, die am ICD behandelt wurden, sondern auch auf der Erfahrung von Ärzten, bei denen die reguläre Behandlung von Rückenschmerzen einen bedeutenden Teil ihrer Praxis ausmacht, sowie auf den Ergebnissen einer Studie zweier amerikanischer Universitäten an 5000 Rückenschmerzpatienten, über die wir später noch einiges zu berichten haben werden.

Tatsache ist außerdem, daß große Fortschritte gemacht wurden sowohl beim Erzielen von Besserung bei praktisch allen Arten von Rückenschmerzen, als auch bei der Diagnose ihrer Ursachen, deren Behebung und der Verhütung endloser Rückfälle.
Es ist ganz sicher eine Tatsache, daß nicht alle Ärzte unbedingt an diesem Problem interessiert sind, über die neuesten Kenntnisse darüber verfügen und die Fähigkeit besitzen, Rückenschmerzpatienten in angemessener Weise zu helfen. Und es liegt an uns, mehr über Ärzte zu sagen, die ein solches Interesse, Wissen und Können haben und Hinweise zu geben, wie man sie finden kann.
Es ist aber außerdem eine Tatsache, daß in vielen Fällen die Patienten selbst die Ursache ihrer Rückenschmerzen diagnostizieren können – und es ist ein wichtiger Zweck dieses Buches, ihnen dabei zu helfen. Oft können sie sich selbst sofort Besserung verschaffen, was in jedem Fall das erste dringliche Bedürfnis ist. Und sehr oft können sie die Ursache beheben und Rückfälle verhindern.

Der Bandscheibenmythos – und einiges andere

Vor einigen Jahren wurde ein 39jähriger Mann nach langer Leidensgeschichte mit schweren Schmerzen im unteren Rücken ins ICD eingewiesen. Zwei Jahre vor der Einweisung hatte er sich einer Wirbelbogenresektion und einer Fusionsoperation wegen einer herniierten Bandscheibe unterzogen, litt aber hinterher an ebenso starken Schmerzen wie zuvor.
Und nun war der Patient sowohl seelisch als auch körperlich und finanziell am Ende. Von Begabung und Interesse her war er ein empfindsamer Künstler. Aus finanziellen Gründen – er hatte eine Familie zu versorgen – war er Taxifahrer. Diese jahrelange Tätigkeit konnte er jedoch nur noch sporadisch ausüben, wegen seinem Rückenlei-

den, das auch sein Familienleben zerstörte, da er nicht mehr in der Lage war, mit seiner Frau geschlechtlich zu verkehren oder auch nur mit seinen Kindern zu spielen.
Nach gründlicher Untersuchung stellte man fest, daß die Rückgratoperation hinsichtlich der Bandscheibe erfolgreich war – daß sie jedoch umsonst gewesen war; denn die Bandscheibe war nicht das Problem.
Vor kurzem wurde ein «Pseudobandscheiben»-Syndrom beschrieben, bei dem alle Symptome und Anzeichen eines Bandscheibenvorfalls auftreten, obwohl in Wirklichkeit gar keine Hernie vorliegt. Und andererseits gibt es Bandscheiben, die herniieren, ohne irgendein Symptom zu verursachen. Der Spruch «post hoc ergo propter hoc», ist oft trügerisch. Denn wenn jemand eine vorgefallene oder degenerierte Bandscheibe hat und an Rückenschmerzen leidet, so braucht das nicht unbedingt zu bedeuten, daß der Rückenschmerz von der Bandscheibe herrührt.
Der Schmerz des bereits erwähnten Patienten hatte eine gänzlich andere Ursache – ein ausgesprochen schwaches abdominales Muskelsystem mit vorstehendem Abdomen und starker Lordose oder Hohlrücken, gerade ausreichend, um, ausgelöst durch eine plötzliche, ungewöhnliche Bewegung oder Anspannung, heftigen Rückenschmerz hervorzurufen und diesen Schmerz zu einem chronischen Problem zu machen.
Als erstes war es notwendig, den unmittelbaren akuten Schmerz loszuwerden – dies konnte, wie fast in jedem Fall, mit entsprechender ärztlicher Hilfe erreicht werden; oft jedoch können sich die Patienten auch selbst mit Maßnahmen helfen, über die später diskutiert werden soll.
Nach Beseitigung des unmittelbaren Schmerzes war als nächstes ein gut ausgearbeitetes Korrekturprogramm erforderlich, aber es war schwierig für den Patienten, damit anzufangen. Verständlicherweise hatte er nach jahrelan-

gen Schmerzen und einer nutzlosen Operation Angst sich zu bewegen, da Bewegung so oft Qualen verursacht hatte. Es dauerte einige Monate, ihn davon zu überzeugen, daß er sich mit relativ geringen Schmerzen bewegen und korrigierende Übungen durchführen konnte. Nach acht Monaten arbeitete er wieder vollzeitig, mit einer Schicht Taxifahren und einer Schicht Malen, genauso, wie er es sich gewünscht hatte.

Ein anderer interessanter Fall lehrte mich etwas, das ich nie vergessen werde. Ich stand am Anfang meiner Fachausbildung in physikalischer Medizin und studierte bei Dr. Allan Russek von der New York University:

Eines Tages reihte Dr. Russek einige Röntgenbilder auf einer Betrachterbox auf und fragte: «Was denken Sie über das Problem dieses Mannes? Wozu, glauben Sie, ist der noch in der Lage?»

Ich betrachtete die Röntgenbilder der Wirbelsäule und war entsetzt. Die Knochen der Wirbelsäule ähnelten einer Reihe von unregelmäßigen Steinen und schienen mit einem normalen Rückgrat nichts zu tun zu haben. Fast alle Bandscheiben waren degeneriert; man konnte lose Knochenfragmente erkennen; und es lag offensichtlich eine schwere Arthritis vor.

«Ich würde es für ein Wunder halten, wenn dieser Mann noch anders als auf einer Bahre hier hereinkommen könnte. Unmöglich, daß der noch gehen kann», sagte ich.

Russek lächelte und bat die Schwester, den nächsten Patienten hereinzuholen, worauf ein kleiner, stämmiger Mann eintrat – und zwar mit energischem Schritt. Das sollte der Mann sein, dessen Röntgenbilder ich gesehen hatte? Russek versicherte mir, daß er es sei. Es stellte sich heraus, daß er ein gefeierter ungarischer Fechtlehrer war, der nicht nur weiterhin Fechtunterricht erteilte, sondern im Sommer zu seinem Vergnügen seine Zeit in einem Ferienlager verbrachte, wo er Jungen das Reiten und andere Sportarten beibrachte.

War er immun gegen Rückenschmerzen? Nein. Er erlitt häufig Attacken, die er aber mit Hilfe von Maßnahmen, mit denen wir uns später noch befassen werden, rasch lindern konnte, und es gelang ihm, schwere Schmerzen und körperliche Behinderung aufgrund seiner ausgezeichneten muskulären Verfassung zu vermeiden.

Kein Rücken ist absolut hoffnungslos. Außerdem stehen Rückenschmerzen in den meisten Fällen nicht im Zusammenhang mit Bandscheibenvorfall, Arthritis oder anderen schweren organischen Störungen.

Eine von einem Medizinerteam der New York University und der Columbia University durchgeführte Studie umfaßte 5000 Patienten mit Rückenschmerzen. In 81 Prozent der Fälle ergab sich, daß die Rückenschmerzen nichts mit herniierten Bandscheiben, irgendwelchen Tumoren oder anderen organischen Ursachen jedweder Art zu tun hatten. Bei dem größten Teil der Patienten, etwa 4000 von 5000, standen die Rückenschmerzen einfach, wenn auch in qualvoller Weise, im Zusammenhang mit Muskelinsuffizienz oder unzulänglicher Flexibilität von Muskeln und Sehnen.

Es soll betont werden, daß die Studie jeden Rückenschmerzpatienten einschloß, der an eine der beiden Universitäten kam, bis eine Gesamtzahl von 5000 Fällen erreicht war. Es handelte sich also um eine nicht selektive Erhebung, was bedeutet, daß die Ergebnisse repräsentativ für die Gesamtbevölkerung sind und nicht nur für eine kleine Gruppe. Dies bedeutet, daß mehr als drei Viertel aller Patienten mit Rückenschmerzen sicher sein können, daß bei ihnen keine organische Störung vorliegt, die den Schmerz verursacht, daß der Schmerz ohne Zuflucht zur Chirurgie behoben werden kann, und daß Rückfälle sowohl an Häufigkeit als auch an Intensität mit Hilfe relativ einfacher Methoden reduziert werden können.

Auch wenn ein Bandscheibenproblem im Spiel ist, ist nicht unbedingt eine chirurgische Behandlung nötig. Es herrscht eine weitverbreitete Ansicht, daß, wenn eine Bandscheibe herniiert oder degeneriert, ein Druck auf bestimmte Nerven entsteht, und daß zur Beseitigung des Drucks und des Schmerzes ein chirurgischer Eingriff erforderlich ist. Viele herniierte oder degenerierte Bandscheiben jedoch üben keinen Druck auf Nerven aus. Und auch diejenigen, die es tun, rufen eher Schmerzen in den Beinen als im Rücken hervor.

Noch etwas sollte man über Bandscheiben, Nerven und Rückenschmerzen unbedingt wissen. Wird ein Nerv zusammengedrückt, so kann Schmerz entstehen. Wenn jedoch der Nerv über längere Zeit zusammengedrückt wird, dann hört er auf, Schmerz zu verursachen, da er abstirbt. Wenn der Schmerz dann andauert, ist dies auf einen Muskelkrampf zurückzuführen, und der Krampf kann fast immer auf nichtchirurgische Weise behoben werden. Wir werden in diesem Buch noch einiges über Muskelverkrampfungen zu sagen haben – über ihre Erscheinungsform, ihren Wirkungsmechanismus, wie sie Schmerz erzeugen, wie man die Verkrampfung selbst feststellen und lokalisieren und überwinden kann.

Aber lassen Sie mich für einen Augenblick zu dem Nerv zurückkehren, der aufgrund einer herniierten Bandscheibe zusammengedrückt wird. In einigen Fällen kann der Druck durch *schwere* Beckentraktion erleichtert werden. Die gewöhnliche Traktion im Bett, sei es zu Hause oder in der Klinik, ist für diesen Zweck unzureichend. Die größtmögliche Traktion im Bett, ohne daß der Patient vom Rand des Bettes gezogen wird, beträgt gewöhnlich etwa 15 Pfund. Darüberhinaus reicht die Reibung zwischen dem Körper des Patienten und dem Bettlaken nicht aus, den Patienten zu halten. Eine weitaus größere Traktion kann jedoch erreicht werden, wenn ein Gegenzug auf die Thoraxwand ausgeübt wird. Dazu wurde eine spezielle Apparatur entwickelt. Solche Vorrichtungen ermöglichen eine diskontinuierliche Traktion und Gegentraktion von bis zu 200 Pfund. Und dieser hohe Wert ist erforderlich, um die Wirbel in ausreichendem Maße zu trennen, so daß ein Druck auf Nervenwurzeln beseitigt wird. Dies kann mit einigen Behandlungen erreicht werden; in manchen Fällen genügt sogar eine einzige Behandlung.

Wenn die Traktionsbehandlung abgeschlossen ist und der Patient geht und steht, dann wird sein Körpergewicht dazu tendieren, die Wirbel erneut zusammenzudrücken. Dennoch kann eine ausreichend starke Traktion ein wirksames Mittel sein. Aus folgendem Grund: Wenn auf einen Nerv gedrückt wird, schwillt er an. Der knöcherne Kanal durch den er verläuft, bewegt sich natürlich nicht. Der angeschwollene Nerv füllt den Kanal aus. Man kann annehmen, daß er sich wegen seines geschwollenen Zustands in dem unnachgiebigen Kanal selbst zusammenpreßt. Und die Schwellung wird verstärkt, wenn ein Druck auf Venen und Lymphgefäße den Ausstrom von Flüssigkeit blockiert.

Wenn es nun eine Periode gibt, manchmal nur 15 Minuten, während der die Traktion stark genug ist, um den Druck zu beseitigen, kann die Flüssigkeit ausströmen, und die Nervenschwellung nimmt ab. Danach ist, obwohl sich die Wirbel in fast die gleiche Position wie vorher zurückbewegen, durch die Reduzierung der Nervenschwellung die Selbstkompression des Nervs aufgehoben, und der Gesamtdruck ist deutlich geringer.

Neue – und unkonventionelle – Methoden

Das Rückenschmerz-Problem hat zwei grundlegende Aspekte. Der eine ist, wie man verhindert, daß Rückenschmerzen überhaupt auftreten, oder, wenn sie aufgetreten sind, wie die Häufigkeit und Intensität von Rückfällen zu verringern ist und, wenn möglich, Rückfälle vollständig auszuschließen sind. Der andere Aspekt ist, wie man den akuten Schmerz, wenn er einmal aufgetreten ist, lindert, wie man ihn möglichst schnell und wirksam los wird.

Heute steht fest, daß in der überwiegenden Mehrheit der Fälle die primäre Ursache von Rückenschmerzen eine zu schwache Muskulatur ist. Außerdem haben viele Studien die Bedeutung unterstrichen, die nicht nur die Rückenmuskulatur, sondern auch die Unterleibsmuskulatur für den Rücken hat. Forscher haben wiederholt gezeigt, daß es die Stütze, die eine feste Bauchhöhle und eine straff strukturierte Bauchmuskulatur der Wirbelsäule bieten ist, die es einem Menschen ermöglicht, Gewichte zu heben, die sonst das Rückgrat brechen könnten. Sie haben außerdem gezeigt, daß bei gewöhnlichen Bewegungen eine starke Unterleibsmuskulatur das Durchsacken des Bauches nach vorn verhindert, und daß durch dieses Durchsacken ein gefährlicher Druck auf die untere Region der Wirbelsäule, die Lendenregion, ausgeübt wird.

In jüngster Zeit führte das wachsende Bewußtsein über die Bedeutung der Unterleibsmuskulatur zu einer Veränderung der Stützwäsche, die Rückenschmerzpatienten tragen. Früher war ihr Zweck in erster Linie die Stützung des Rückgrats; heute soll sie vor allem den Bauch stützen und gewissermaßen als Ersatz für eine starke Bauchmuskulatur dienen.

Und selbstverständlich wurden Übungen zur Kräftigung der Bauchmuskulatur zu einem wesentlichen Teil einer Rückentherapie – theoretisch. In Wirklichkeit werden Übungsprogramme für viele, die sich daran versuchen, sehr rasch langweilig. Bis zu einem gewissen Grade kann das auf mangelndes Verständnis ihres Zweckes zurückzuführen sein. Ohne eine klare Einsicht in die genaue Wirkungsweise solcher Programme und ohne alle ihre Vorteile zu verstehen, die zusätzlich zu einem gesunden Rücken zu erwarten sind, fehlt leicht die Motivation dazu,

sich täglich die Zeit für gymnastische Übungen zu nehmen.
Häufig verlieren Übungsprogramme ihren Reiz deswegen, weil sie zuviel Zeit in Anspruch nehmen – mehr als die meisten Leute dafür aufwenden können. Wir werden an anderer Stelle in diesem Buch ein neues Übungsprogramm zur Verhütung von Rückenschmerzen vorstellen – neu nur in dem Sinne, daß es hier zum erstenmal gedruckt vorliegt. Tatsächlich wird es seit vielen Jahren am ICD angewandt. Es ist wirksam, und dies um so mehr, als es höchstens 15 Minuten täglich beansprucht, viel weniger Zeit als andere Programme erfordern. Die meisten Patienten finden es nicht schwer, dabei zu bleiben und schließlich den Lohn davonzutragen.
Wir werden die anderen Ursachen von Rückenschmerzen nicht einfach kurz abtun. Sie betreffen weniger als einen von vier Patienten, aber dies ist immer noch eine sehr große Anzahl. Und es wurden sowohl in der Diagnose der Ursachen als auch in ihrer Beseitigung große Fortschritte erzielt.
Wir werden uns in diesem Buch auch nicht damit zufriedengeben, nur bei altbewährten Maßnahmen gegen akuten Rückenschmerz zu verweilen. Solche Maßnahmen können, wenn sie richtig angewandt werden, wirksam sein, und unsere Sache wird es sein zu zeigen, wie sie funktionieren: wann, wie und in welcher Reihenfolge sie angewandt werden.

Akupunktur

Es gibt auch ungewöhnliche Methoden zur Linderung von Rückenschmerzen. Einige davon sind für amerikanische und europäische Ärzte neu, obwohl sie anderswo seit Tausenden von Jahren praktiziert werden. Dazu gehört unter anderem die Akupunktur.

Kann Akupunktur tatsächlich von Rückenschmerzen befreien? Die Chinesen wenden sie seit Jahrtausenden zu diesem Zweck – neben vielen anderen Zwecken – an. Bis vor nicht allzu langer Zeit wurde die Akupunktur von der westlichen Medizin generell abgelehnt. Die westlichen Ärzte verlangten eine rationale Theorie die erklärt, wie die Akupunktur wirkt – wenn sie überhaupt wirkt. Orientalische Ärzte stimmen darin überein, daß es eine solche rationale Theorie nicht gibt. Die Akupunktur wirkt, sagen die Orientalen; wie, ist nicht klar. Und in der Tat bedeutet das Fehlen einer Theorie zur Erklärung ihres Mechanismus noch lange nicht, daß eine Behandlung nicht wirksam ist.
Bis heute weiß man noch wenig Konkretes darüber, wie Aspirin wirkt; es wirkt. Auch weiß man, nach fast hundertjähriger Anwendung noch nicht völlig sicher, wie Digitalis bei Patienten mit Herzschwäche wirkt. Man benutzt Insulin zur Behandlung von Diabetes, gleichwohl produzieren viele Diabetiker sogar mehr Insulin als normale Individuen und reagieren dennoch auf verabreichtes Insulin; es gibt noch viel zu lernen über Diabetes und über Insulin. Penicillin wurde jahrelang angewandt, bevor jemand seine Wirkungsweise kannte, die in der Sprengung der Bakterienzellwand besteht; und tatsächlich weiß man heute immer noch nicht genau, wie Penicillin zur Sprengung der Zellwände führt. Nichtsdestoweniger tötet es viele Krankheitserreger.
Wir begannen uns vor einigen Jahren für die Akupunktur zu interessieren. Es gab Grund für dieses Interesse. Wir haben oben kurz das Problem des Muskelkrampfes beim Rückenschmerz erwähnt, und wir werden später noch ausführlich darauf eingehen. Im Zusammenhang mit Muskelkrampf gibt es noch ein anderes Problem: die Triggerpunkte. Triggerpunkte sind offenbar lokalisierte Bereiche von Muskel-Ödemen oder Muskelschwellungen, die lange Zeit bestehen bleiben und Schmerz verursachen

können. Sie wurden mit Kältesprays aus Äthylchlorid behandelt, oft mit guten Resultaten. Oft führte auch die Injektion eines Medikaments zur Besserung. Aber man fand heraus, daß ein bloßes Einstechen einer Nadel in die Triggerpunkte – ohne irgend etwas zu injizieren – oft zu Erfolgen führt.
Und als wir Akupunkturdiagramme untersuchten, bemerkten wir einen interessanten Zusammenhang zwischen Akupunkturpunkten und den häufigsten Stellen von Triggerpunkten. Seither untersuchten wir in zunehmendem Maße alle traditionellen Akupunkturpunkte, um festzustellen, welche davon nützlich bei der Behandlung von Rückenschmerzen sein könnten.
Zusätzlich untersuchten wir die mögliche Bedeutung von Massage über Akupunkturpunkten – einfache Massage mit den Fingern, den Knöcheln und mit harten Gegenständen wie Instrumenten aus Hartgummi oder den Metallhülsen, in die manche Zigarren verpackt sind. Wir fanden heraus, daß einige Patienten gut auf eine solche Behandlung reagieren – und wir fanden auch, daß einige dieser Akupunkturpunkte zu Hause massiert werden können.

Zonentherapie

Wir untersuchten auch eine andere unkonventionelle Methode zur Behandlung von Rückenschmerzen, die sogenannte «Zonentherapie».
Die Zonentherapie beruht auf der Vorstellung, daß Druck auf bestimmte Stellen des Körpers Schmerzen lindern kann, die von krankhaften Veränderungen herrühren, die sich weit entfernt von der Stelle, wo der Druck appliziert wird, befinden. Zum Beispiel können durch Druck an den Fingern, Händen oder Füßen innerliche Schmerzen oder Schmerzen an entfernten Stellen wie dem Kopf, ge-

lindert werden. In dieser Hinsicht ähnelt die Zonentherapie der Akupunktur, bei der das Einstechen von Nadeln in bestimmten Bereichen Schmerzen an entfernten Stellen beseitigen kann.

Es gibt keine akzeptierte Theorie, die erklärt, wie die Zonentherapie wirken könnte. Dennoch tut sie es gelegentlich:

Eine Patientin klagte über starke Schmerzen in der linken Nackenseite, die von einer alten Verletzung herrührten. Es lag eine extreme Verkrampfung der Muskulatur vor, die mit Hilfe von Äthylchloridspray behoben wurde. Daraufhin klagte die Patientin über Schmerzen in der rechten Nackenseite, die sie zuvor nicht gefühlt hatte. Dies ist nicht ungewöhnlich; wenn mehrere Stellen schmerzen, achtet ein Patient im allgemeinen nur auf die, die am meisten schmerzt. Nachdem jedoch auch die rechte Nakkenseite besprüht war, klagte die Patientin über quälende Kopfschmerzen; jetzt, ganz plötzlich, so behauptete sie, fühle sich ihr Kopf an, als würde er explodieren.

Außerstande, irgendeinen klaren Grund für den Kopfschmerz zu finden, nahm ich Zeige- und Mittelfinger ihrer rechten Hand und drückte kräftig auf die Nägel und Ballen der Finger, ohne ihr zu sagen, warum. Als ich ihre Finger wieder losließ, war sie überrascht, festzustellen, daß ihr Kopfschmerz verschwunden war.

Wir können zwar nicht erklären warum, aber es besteht kein Zweifel daran, daß der Fingerdruck die Kopfschmerzen beseitigt hat. Möglicherweise liegt die Erklärung in der Suggerierbarkeit der Patientin, obwohl größter Wert darauf gelegt worden war, keine Äußerung darüber verlauten zu lassen, daß der Druck sich irgendwie auf den Kopfschmerz auswirken würde. Und bestimmt würde kein Durchschnittsmensch erwarten, daß durch Drücken zweier Finger ein Kopfschmerz verschwinden würde.

Bei der Beseitigung von Rückenschmerzen wurden mit

Hilfe der Zonentherapie ähnliche Erfolge erzielt. Für einige Patienten ist es sogar möglich, sie zu Hause anzuwenden. In einigen Fällen kann eine Wirkung einfach dadurch erreicht werden, daß ein Gummiband um die Finger gewickelt wird. Wir werden in Kapitel 7 ausführlicher auf die Zonentherapie eingehen.
Ist es sinnvoll, Methoden anzuwenden, die nicht wissenschaftlich beschrieben werden können? Tatsache ist, daß die Medizin, obwohl sie große Fortschritte auf wissenschaftlicher Basis erzielt hat, noch nicht ausschließlich wissenschaftlich ist und auch nicht sein kann. Es bleibt noch vieles zu erforschen und zu verstehen. Medizin muß sowohl Kunst als auch Wissenschaft sein.
Geistige Aufgeschlossenheit ist unserer Meinung nach sowohl für den Arzt als auch für den Patienten von wesentlicher Bedeutung. Es sollte die Bereitwilligkeit da sein, jede Methode auszuprobieren, die mindestens zwei Kriterien erfüllt: erstens, daß sie keinen Schaden anrichtet, weder als Maßnahme an sich, noch indem sie der Suche nach einer bewährten wirksamen Behandlung im Weg steht; zweitens, daß sie den Patienten nicht zu teuer zu stehen kommt, weder finanziell noch hinsichtlich anderer Unbequemlichkeiten.
Nicht jeder Kopfschmerz wird durch Aspirin beseitigt, auch nicht alle Krankheitserreger durch Penicillin besiegt. Keine Behandlung ist überall wirksam. Und bestimmt gibt es keine Therapie, die in allen Fällen von Rückenschmerz effektiv ist – dennoch kann fast immer ein Weg gefunden werden, den Schmerz zu beseitigen. Und die Beseitigung ist wichtig, sowohl als solche, als auch, weil sie es erlaubt, andere Schritte zu unternehmen, um an die Ursache zu gelangen und sie zu beheben, besonders dann, wenn – wie so oft – die Ursache nicht organischer Art ist und leicht bekämpft werden kann, vorausgesetzt der Patient kann, befreit vom Schmerz, anfangen, an ihr zu arbeiten.

In mindestens drei von vier Fällen ist, wie wir festgestellt haben, der Rückenschmerz nicht an eine Krankheit gebunden; und sehr oft kann in solchen Fällen ein einigermaßen intelligenter Mensch zur Lösung seines Problems gelangen, indem er die später zu diskutierenden Techniken anwendet. Mit ziemlich großer Wahrscheinlichkeit kann ein Patient auch, wenn er einmal bei der Diagnose angelangt ist, das Problem – vollständig oder fast vollständig – selbst behandeln; mit Hilfe von Methoden, auf die wir noch eingehen werden.

Man sagt, daß nicht nur ein Patient, sondern auch ein Arzt, der sich selbst behandelt, «einen Narren zum Patienten hat». Dennoch ist dies nur zum Teil wahr. Wir alle behandeln uns selbst bei einfachen Erkältungen oder anderen kleineren Krankheiten – und, in der Tat, würden wir dies nicht tun, wären die Ärzte total überlaufen und nicht in der Lage, schwere Krankheiten zu behandeln.

Man darf bei der Selbstbehandlung nicht vergessen, daß, falls der Schmerz nicht nachläßt oder wenn er sich gar verschlimmern sollte, man vielleicht nicht die richtige Diagnose gestellt hat oder bei der Behandlung etwas falsch macht. In diesem Fall ist fachmännische Hilfe notwendig, um zu einer sicheren Diagnose zu gelangen, oder, falls diese richtig war, festzustellen, was an der angewandten Behandlung falsch war.

2. Kapitel

Wo es wehtut, warum, und warum es so sehr wehtun kann

Wenn jemand nach einem Problem mit einer fast unbegrenzten Vielzahl an möglichen Ursachen und mitwirkenden Faktoren sucht, dann wird er schwerlich etwas geeigneteres finden als den Rückenschmerz.
Man beachte: *möglich*, nicht *wahrscheinlich*. Möglichkeiten gibt es beim Rückenschmerz zahlreiche, Wahrscheinlichkeiten in den meisten Fällen nur wenige.
Dies hier ist kein Lehrbuch, und es soll nicht übermäßig lange bei der Anatomie verweilt werden. Aber um zu verstehen, was Rückenschmerz ist – was ihn verursachen kann, und was zu seiner Beseitigung und Verhütung getan werden kann –, ist es vorteilhaft, sich vom Aufbau der Wirbelsäule und der assoziierten Strukturen ein Bild zu machen.

Der sonderbare Knochen

Man sagt, daß der menschliche Rücken besonderer Aufmerksamkeit bedarf, weil die Natur ihm nicht genug schenkte.
Man betrachte ihn sich einmal: Die Wirbelsäule oder das Rückgrat ist eine Säule aus einzelnen Knochen oder Wirbeln. Sie sind nicht wie ein Turm aus Spielzeugbausteinen, einer auf den anderen gesetzt, sondern sind, zur Erhaltung des Gleichgewichts, in einer S-Kurve angeordnet. Jeder Wirbel ruht auf dem darunter befindlichen in einem bestimmten Winkel, und ist dabei auf Muskeln und

Bänder angewiesen, die ihn in seiner Position halten. Noch schlimmer, vom strukturellen Standpunkt her, ist: Der unterste der Lendenwirbel sitzt auf dem Sacrum oder Kreuzbein, das mit dem Becken in einem so spitzen Winkel verbunden ist, daß nur Bänder und Muskeln das Abrutschen des ganzen Rückgrats vom Becken weg nach vorn verhindern. Es scheint fast ein Wunder, daß wir aufrecht stehen können, und ein noch größeres Wunder, daß wir dazu sogar Gewichte heben und tragen können.

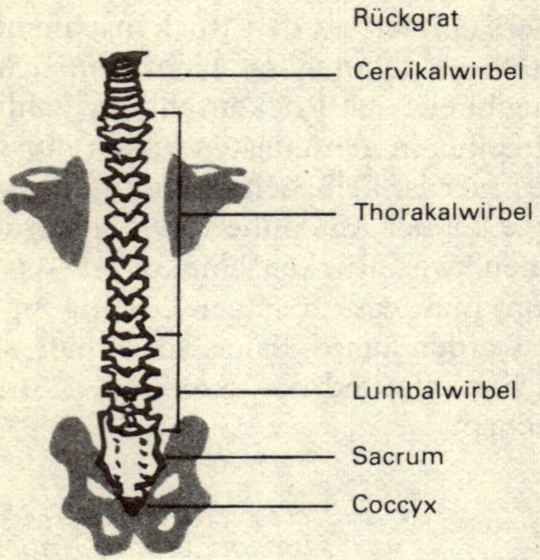

Man betrachte sich das ganze einmal genauer:
Vom Kreuzbein an aufwärts bis zum Schädel sind 33 Wirbel aufeinandergeschichtet. Das untere Ende der Wirbelsäule bildet das Steißbein, in Wirklichkeit vier verschmolzene Coccygeal- oder Steißbeinwirbel. Darüber liegen die fünf Sacral- oder Kreuzbeinwirbel, der Teil der Wirbelsäule, der mit dem Becken verbunden ist; auch die Kreuzbeinwirbel sind fusioniert.

Als nächstes folgen die fünf Lumbal- oder Lendenwirbel – nicht fusioniert, wie alle übrigen; sie liegen im unteren Teil des Rückens. Darüber schließen sich die zwölf Dorsal- oder Thorakalwirbel an, die in den Bereich hinter der Brust fallen; den oberen Abschluß bilden die sieben Cervikal- oder Nackenwirbel.
Obgleich sich die Wirbel alle voneinander unterscheiden – von unten nach oben nimmt ihre Größe kontinuierlich ab – haben sie doch gemeinsame Eigenschaften. Im wesentlichen besteht ein Wirbel aus einem Knochenring und einem festen Knochenzylinder. Der Ring drückt sich in den Zylinder, und die Ringe aller Wirbel bilden zusammen eine Röhre, den Wirbelkanal, der das Rückenmark umgibt und schützt. Das Rückenmark entspringt dem Gehirn und enthält Nervenstränge. Kleinere Nervenbündel zweigen vom Rückenmark ab und verlaufen in alle Teile des Körpers – Muskeln, Haut und andere Gewebe. Sie übertragen Sinnesempfindungen ins Gehirn und leiten Befehle vom Gehirn aus weiter.
Die Bewegungsmöglichkeiten sind nicht in allen Berei-

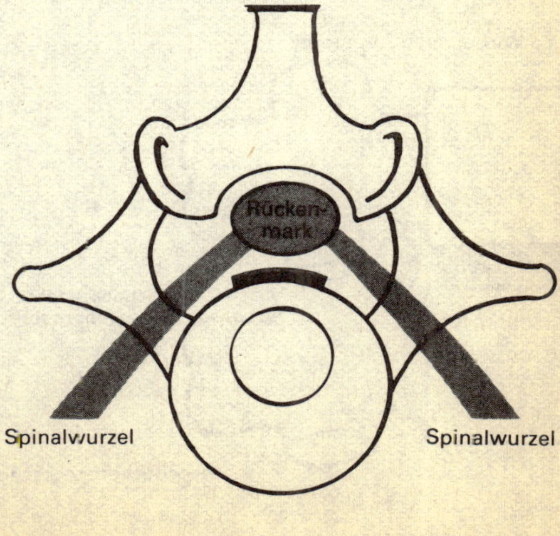

chen der Wirbelsäule gleich groß. Sowohl in der Cervikal- (Nacken-)region als auch in der Lumbal- (Lenden-)region ist relativ freie Bewegung möglich. Die Thorakalwirbel sind jedoch mit den Rippen verbunden, und diese wiederum hängen fest mit dem relativ starren Sternum oder Brustbein zusammen. Die Thorakalwirbel haben daher nur einen kleinen Bewegungsspielraum. Eingeschränkt ist die Bewegung auch für das Sacrum, eine verschmolzene Masse von fünf Wirbeln, die zu beiden Seiten durch die Kreuzbeingelenke mit dem Becken verbunden ist und die hintere Wand der Beckenregion bildet.

Zwischen je zwei benachbarten Wirbeln befindet sich eine Zwischenwirbelscheibe oder Bandscheibe, ein kreisförmiges Kissen aus Bindegewebe und Knorpel, etwa ½ bis 2 cm dick. Jede Bandscheibe besteht aus mehreren Schichten zäher, fibröser Ringe und besitzt in der Mitte einen weicheren Kern.

Die Bandscheiben erfüllen eine wichtige Funktion. Sie sollen die Stoßwirkung von Körpergewicht und Bewegungen absorbieren. Normalerweise behalten sie ihre Wirksamkeit als Stoßdämpfer das ganze Leben lang.

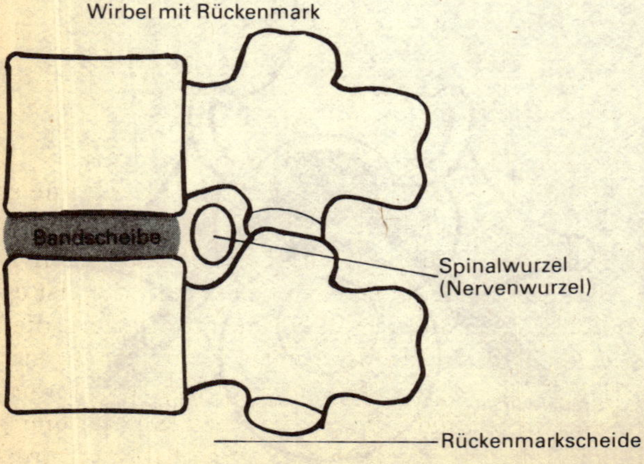

Die Wirbel besitzen keine eigene Stabilität. Zähe, fibröse Bänder verlaufen zwischen ihnen und halten sie zusammen, ähnlich wie überall im Körper benachbarte Knochen durch Bänder zusammengehalten werden. Aber während die Bänder des Rückgrats eine Kontrollfunktion haben und zur Stabilisierung und zur Verhinderung übermäßiger Bewegung beitragen, reichen sie nicht aus, die Wirbelsäule aufrecht zu halten. Dazu bedarf es der Wirkung der Muskeln. Ein Beweis für die Bedeutung der Muskeln ist das sofortige Zusammenbrechen infolge Aussetzen der Muskeltätigkeit im Falle einer Ohnmacht oder eines anderweitigen Bewußtseinsverlustes.

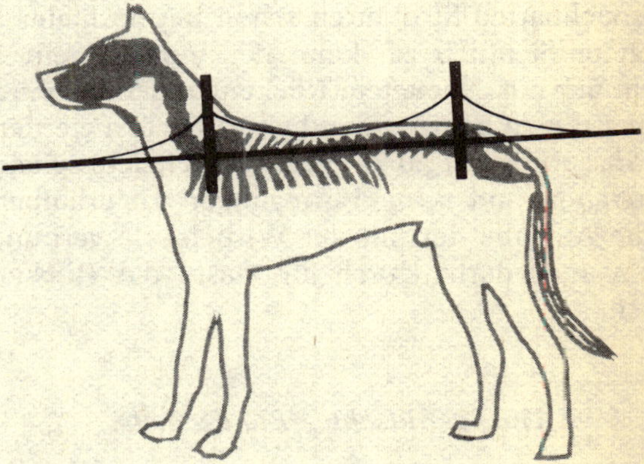

Bei vierbeinigen Tieren funktioniert die Wirbelsäule etwa wie eine Hängebrücke, unterstützt von den vier Beinen als Brückenpfeiler. Beim Menschen, bei dem sich zwei der Pfeiler, die Arme, oben in der Luft befinden, ist es im wesentlichen die Muskulatur vorne und hinten, die für Gleichgewicht und Stabilisierung verantwortlich ist. Sowohl Bauch- als auch Rückenmuskeln funktionieren ungefähr wie die Haltedrähte, die zur Aufrechthaltung junger Bäume benutzt werden. Auch die Hüftmuskeln sind

an der Aufrechthaltung des Rückgrats beteiligt. Etwa 140 Muskeln sind mit der Wirbelsäule verbunden, und sie vollbringen eine erstaunliche Arbeitsleistung. Wenn man sich zum Beispiel nach vorne beugt, so daß der Rücken einen Winkel von 60 Grad zur Vertikalen bildet, dann ist bei einem Körpergewicht von 90 kg eine Muskelkraft von 225 kg erforderlich, um ein Vornüberkippen zu verhindern. Wenn man in dieser Position zusätzlich ein Gewicht von 25 kg trägt, müssen die Muskeln eine Kraft von 375 kg aufbringen. Es sollte noch hinzugefügt werden, daß unter diesen Umständen auf den fünften Lendenwirbel eine Kompressionskraft von etwa 425 kg ausgeübt wird – und während der Druck auf die Wirbelsäule und ihre benachbarten Strukturen schon bei normaler Hebeposition beträchtlich ist, kann der Versuch, ein 25-kg-Gewicht nur mit gebeugtem Rücken zu heben, ohne Hüften und Knie zu beugen, wirklich gefährlich werden.
Außer das Rückgrat zu stützen, sein Gleichgewicht aufrechtzuhalten und seine Bewegungen zu erlauben, besteht die Aufgabe der mit der Wirbelsäule verbundenen Muskeln auch darin, durch ihr Masse das Rückgrat zu schützen.

Die «verrutschte» Bandscheibe

Beim Problem der «verrutschten» Bandscheibe, von dem man so oft hört, kommt ein Verrutschen nur in der Terminologie vor, denn eine Bandscheibe verrutscht nicht. Was im Falle der sogenannten verrutschten Bandscheibe passiert ist, daß der Rand der Scheibe, das ringförmige Ligament, schwach wird und reißt, und ein Teil des weichen gelatineartigen Zentrums, des Nucleus pulposus, ausgestoßen wird. Der ausgestoßene (herniierte) Teil drückt auf sensible Nervenwurzeln und erzeugt Schmerz, der so stark ist, daß er den Patienten zum Invaliden macht.

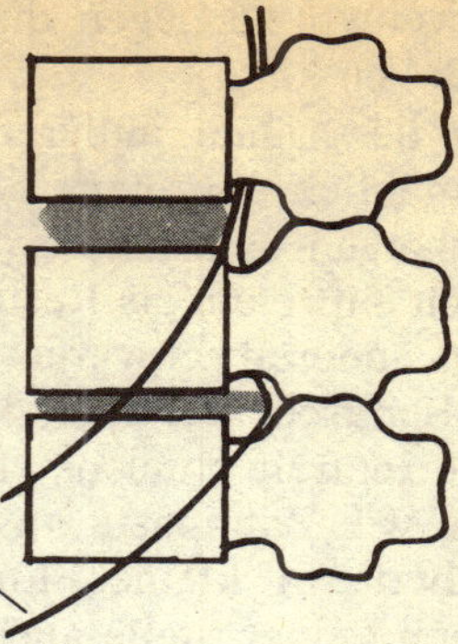

Die Wirbelsäule umgibt und schützt, wie wir gesehen haben, das zerbrechliche Rückenmark. Durch das Rückenmark verlaufen Nervenstränge, die in gewissem Sinne als das private innere Telefonsystem des Körpers funktionieren, indem sie Botschaften zwischen Gehirn und Muskeln und Organen in beiden Richtungen durch den ganzen Körper übertragen und so die Wahrnehmung von Wärme und Kälte und andere Sinnesempfindungen erlauben und die geeigneten Reaktionen darauf ermöglichen.

Das Rückenmark beginnt am unteren Teil des Schädels, wo das Gehirn endet, und verläuft etwa einen halben Meter durch einen Kanal in den Wirbelzentren. Als Abzweigungen vom großen Nervenstrang des Rückenmarks gehen zwischen den Wirbeln Nervenwurzeln hervor – zwischen je einem Paar Wirbel entspringt ein Paar Nervenwurzeln (jeweils eine für jede Körperseite), bis alle 31 Paar Spinalnerven sich fächerartig ausbreiten, wobei jedes einen bestimmten Bereich des Körpers versorgt.

Bei der Abzweigung vom Rückenmark läuft die Nervenwurzel durch ein Foramen, ein Loch, das sich zwischen zwei Wirbeln befindet, um den Durchtritt der Nervenwurzeln zu ermöglichen. Die relative räumliche Lage von Bandscheiben und Foramen ist so, daß im Falle einer Bandscheibenhernie der ausgestoßene Teil der Band-

scheibe eine Nervenwurzel gegen die knöcherne Wand des Foramens drücken kann.
Eine Schädigung der zähen äußeren Hülle der Bandscheibe kann allmählich eintreten, zum Beispiel als Resultat einer jahrelangen belastenden Tätigkeit. Sie kann aber auch plötzlich eintreten, als Resultat eines schweren Sturzes oder eines anderen schweren Unfalls. Bei starker Schädigung der Bandscheibenhülle kann es geschehen, daß der gelatinöse zentrale Nucleus pulposus der Scheibe ausfließt, etwa so wie Zahnpasta aus einer Tube, wenn die Tube irgendwo ein kleines Loch hat. Wird der Nucleus pulposus an einer Stelle ausgestoßen, wo er auf eine Nervenwurzel drückt, so entsteht Schmerz. Wenn das Material später abbricht, so daß der Druck vermindert wird, kann der Schmerz verschwinden.
Die Bandscheibe, bei der die Wahrscheinlichkeit einer Hernie am größten ist, liegt an der Verbindungsstelle von Kreuz- und Lendenregion, zwischen dem fünften oder untersten Lumbalwirbel und dem ersten Sacralwirbel. Hier ist die Bewegung in der Vorwärts-rückwärts-(Anteroposterior-)Ebene am größten. Man erinnere sich, daß die Sacralwirbel fusioniert sind; zwischen ihnen ist keine individuelle Bewegung möglich. Die Lumbalwirbel jedoch können sich bewegen, und an der lumbosacralen Verbindungsstelle ist die Bewegung in hohem Maße konzentriert.

Je nach der Lage der schadhaften Bandscheibe und der betroffenen Nervenwurzeln können Schmerzen in verschiedenen Körperbereichen auftreten. Da eine Hernie jedoch am häufigsten zwischen dem fünften Lumbal- und dem ersten Sacralwirbel vorkommt, tritt als Folge der Schmerz meist entlang des Ischiasnervs auf – die Rückseite des Oberschenkels abwärts und im allgemeinen bis in die Seite des Fußes. Fast immer ist entweder das eine oder das andere Bein betroffen. Wenn – in seltenen Fällen – die Bandscheibe genau in der Mittellinie herniiert und genügend Nucleus-Material ausgestoßen wird, kann ein Druck auf beide Nerven entstehen und beide Beine können in Mitleidenschaft gezogen werden.
Mit einer herniierten Bandscheibe kann das bloße Gehen, besonders auf einer harten Oberfläche, große Beschwerden verursachen. Niesen, Husten und andere rasche Bewegungen verstärken den Schmerz oft zur Qual.
Tatsächlich sind Kreuzschmerzen eine relativ kleine und spätere Begleiterscheinung des Beinschmerzes, der das Hauptmerkmal des Bandscheibenvorfalls ist. Im allgemeinen tritt zuerst der Beinschmerz auf, gefolgt von «Nadelstichen», Taubheit und Schwäche des Beines, dann können Kreuzschmerzen und Muskelkrämpfe auftreten, noch später kann es zu Atrophie oder Schwund des Beines kommen.

Das «Pseudobandscheiben»-Syndrom oder Schmerz durch eingeklemmte Nerven

Typischer Ischias – Schmerz entlang des Beines – kann auch andere Ursachen als eine herniierte Bandscheibe haben.
Egal, wo ein Nerv gedrückt oder eingeklemmt wird – an der Stelle, wo er vom Rückenmark abzweigt, an seinem weit entfernten Ende oder irgendwo dazwischen – wo im-

mer er auch einem Druck ausgesetzt wird, kann dieser Druck Ischias erzeugen.
Nicht selten entsteht ein Ischiasschmerz, der dem von einer herniierten Bandscheibe verursachten ähnelt – und von seinem Opfer fälschlicherweise dafür gehalten wird – dadurch, daß ein verkrampfter Muskel sich anomal kontrahiert und auf den Nerv drückt. Manchmal kommt es auch vor, daß der Nerv zwischen zwei Muskeln eingequetscht wird, die beide verkrampft sind.
Im Zusammenhang mit Ischias, der nicht von einer herniierten Bandscheibe verursacht wurde, reden Ärzte oft von einem «Pseudobandscheiben»-Syndrom.

Verstauchungen und Zerrungen

Muskeln sind zäh. Ebenso die Ligamente, flexible Bänder aus Bindegewebe, die Knochen an den Gelenken miteinander verbinden; ebenso auch die Sehnen, durch welche die Muskeln an den Knochen befestigt sind.
Aber alle diese Strukturen, wo immer im Körper sie sich auch befinden, können Schaden erleiden, und auch die im Rücken sind ganz bestimmt nicht immun. Eine schädigende Kraft kann einen Muskel, ein Band oder eine Sehne zerren, indem sie sie über die normale Grenze hinaus dehnt. Es kann dann unmittelbar ein Schmerz im Rücken auftreten, der nach einiger Zeit verschwindet; und wenn die Zerrung milder Natur war, ist der Zwischenfall damit beendet.
Bei einer stärkeren Zerrung entwickelt sich oft eine entzündliche Reaktion, die zu einer Flüssigkeitsansammlung in den Geweben führt. Bei einer Überfüllung der Gewebe mit Flüssigkeit kann ein Druck auf bestimmte Nervenendigungen entstehen, und das Resultat ist Schmerz. Wenn sich Flüssigkeit in Muskeln ansammelt, führt dies zu Steifheit, und diese Steifheit kann sich einen Tag nach

der Schädigung verstärken und Schmerzen verursachen. Dies ist der typische Verlauf, wenn man zum Beispiel plötzlichen heftigen Gebrauch von Muskeln macht, die an eine solche Aktivität nicht gewohnt sind. Wenn man zum ersten Mal seit längerer Zeit auf einem Pferd reitet, ein Boot rudert, Tennis spielt, Holz hackt, Schnee schaufelt usw., ist man erfahrungsgemäß am nächsten Tag steif und kann sich nur unter Schmerzen bewegen: man ist Opfer eines «Muskelkaters».

Wird eine Struktur im Rücken gezerrt, so ist der Schmerz wahrscheinlich diffus. Offenbar ist Schmerz im Rücken weniger lokalisiert als in anderen Körperregionen. Wenn man jemand die Augen verbindet und mit zwei Nadelspitzen, die 2 cm voneinander entfernt sind, verschiedene Bereiche seines Körpers berührt, so wird er bei vielen Stellen sagen können, daß er mit zwei Nadeln berührt wurde (und nicht mit einer), jedoch nicht unbedingt bei einer Berührung am Rücken.

Bei einer Zerrung im Rücken kann es zusätzlich zum Schmerz zu einer Störung der normalen Bewegung kommen, im allgemeinen jedoch ist die Bewegung nicht sonderlich beeinträchtigt, die Zerrung bessert sich allmählich und ihre Auswirkungen verschwinden.

Bei einer Verstauchung liegt der Fall anders. Während bei der Zerrung nur eine Dehnung vorliegt, ist die Verstauchung eine ernstere Verletzung, die einen teilweisen Riß, manchmal sogar einen vollständigen Riß eines Ligaments, einer Sehne oder eines Muskels einschließt. Die Gewebereaktion auf die schwerere Schädigung tritt bedeutend schneller ein als auf eine Zerrung. Die Gewebe werden überfüllt mit Flüssigkeit sowie mit Blut, das aus zerrissenen Gefäßen kommt, und es treten sofort starke Schmerzen auf.

Manchmal kommt es vor, daß die schädigende Kraft, die imstande ist, eine Verstauchung zu erzeugen, so gerichtet ist, daß das Band oder die Sehne nicht selbst reißt, sondern statt dessen die Spitze eines Knochens abreißt. Man nennt dies eine Avulsions- oder Abrißfraktur, und die Wirkung ist in etwa die gleiche wie bei einem Riß im Band oder der Sehne selbst.

Bei einer Verstauchung großer Muskeln oder Ligamente des Rückens kann der Schmerz ausgebreitet sein. Wenn durch eine schwere Verstauchung kleine Muskeln oder Bänder in Mitleidenschaft gezogen werden, die normalerweise die Wirbelsäule stabilisieren helfen, dann kann es sein, daß sich Schmerzen ausbreiten, wenn andere Muskeln versuchen zu kompensieren und sich dabei auf schmerzhafte Weise überkontrahieren. Und da außerdem diese hilfsbereiten Muskeln nicht unbedingt in die selbe Richtung ziehen wie der (die) verletzte(n) Muskel(n), kann ihre Arbeit umsonst sein. Dann können wieder andere Muskeln versuchen zu helfen und sich schmerzhaft überkontrahieren. In manchen Fällen kann, als Resultat der Anstrengung anderer Muskeln zu kompensieren, der Rücken sogar Schlagseite bekommen. Eine solche Schiefstellung heißt funktionale Skoliose.

Wenn ein Band, das eine Zwischenwirbelscheibe umgibt, schwer verstaucht wird, kann die Bandscheibe herniieren und das herausgedrückte oder ausgestoßene Nucleus pulposus-Material kann auf einen Nerv drücken.

Leute, die Verstauchungen und Brüche, egal an welcher Stelle des Körpers, erlitten haben, wissen, daß es nichts ungewöhnliches ist, wenn der Schmerz, der von einem Bruch herrührt, viel eher verschwindet als der Schmerz von einer Verstauchung. Es kann in der Tat vorkommen, daß eine Verstauchung ein Jahr oder länger schmerzhaft ist, wenn die Heilung durch übermäßiges Strecken der heilenden Stellen der gerissenen Fasern verzögert wird.

Der Körper hat seine eigenen inneren Reparaturmechanismen. Bei einer Zerrung ruft die leichte Verletzung einen leichten Entzündungsprozeß hervor. Die Entzündungsflüssigkeit wird nach und nach absorbiert, und wenn dies geschieht, bleibt praktisch kein Schaden zurück. Im Falle einer Zerrung ist all das von Nutzen, was hilft, die Blutzufuhr zu der betreffenden Stelle zu erhöhen und so die Flüssigkeitsabsorption beschleunigt. Das braucht nicht mehr zu sein als Wärme und etwas Bewegung.

Wenn durch eine Verstauchung ein Riß hervorgerufen wurde, muß eine Heilung stattfinden. Dies geschieht durch die Bildung von fibrösem oder Narbengewebe. Während in einem Band oder einer Sehne das Gewebe oft elastisch ist, besitzt fibröses Gewebe nicht den gleichen Grad an Elastizität, ist jedoch ein festes Reparaturmaterial. Auch ein Muskelriß wird mit fibrösem Gewebe repariert, und obwohl die verheilte Stelle nicht die Kontraktionsfähigkeit des Muskelgewebes besitzt, hält sie den Muskel zusammen, so daß der Rest des Muskels nun die kontraktile Funktion ausüben kann.

Da den Muskeln reichlich Blut zugeführt wird, das für die Ernährung und den raschen Nachschub von Reparaturmaterial sorgt, heilen Muskelrisse sehr viel schneller als Risse von Bändern und Sehnen, die nicht über eine reichliche Blutzufuhr verfügen; aber nach einer gewissen Zeit heilen auch Bänder und Sehnen.

Auch das gerissene Ligament einer Bandscheibe heilt mit der Zeit. Und auch hier ist am Heilungsprozeß die Bildung von Fasergewebe beteiligt. Wenn der Nucleus pulposus einer Bandscheibe nicht in einer Weise herausgestoßen wurde, daß er auf eine Nervenwurzel drückt, besteht kein Ischias- oder Beinschmerz, nur Rückenschmerzen durch das verstauchte Ligament; und mit der Heilung des Ligaments kann der Schmerz verschwinden.

Über den Bandscheibenvorfall muß noch gesagt werden, daß er oft eine entzündliche Reaktion hervorrufen kann, die nur vorübergehend ist, bei der Erzeugung von Schmerz jedoch eine größere Rolle spielen kann als der Druck des austretenden Nucleus pulposus. Zuweilen löst sich der ausgestoßene Teil des Nucleus ab und fällt in den Duralsack, die sackartige Membran, die das Nervensystem umgibt und eine schützende, polsternde Flüssigkeit enthält; dies hat keine weiteren Folgen. Relativ häufig kommt es auch vor, daß der Nucleus an seine ursprüngliche Position in der Bandscheibe zurückkehrt, wenn der Druck reduziert werden kann, und dies ist oft möglich durch Ruhe und Maßnahmen zur Beseitigung des Muskelkrampfes. Inzwischen kann – ob der ausgestoßene Nucleus sich nun abgelöst hat oder in seine frühere Position zurückgekehrt ist – der Druck, den er auf eine Nervenwurzel ausgeübt hat, eine entzündliche Reaktion ausgelöst haben, die die Nervenwurzel anschwellen läßt und Schmerzen verursacht. In diesem Falle verschwindet der Schmerz, wenn die Entzündung nachläßt, und dies geschieht fast immer, wenn einmal die Ursache nicht mehr besteht.

Arthritische Veränderungen

Die Gelenke des Rückgrats können, wie Gelenke an jeder Stelle des Körpers, von Arthritis befallen werden – und zwar von jeder Art von Arthritis, vom infektiösen bis zum rheumatischen Typ.

Bei rheumatoiden und anderen entzündlichen Arthritistypen schwellen die Gelenkgewebe an und schmerzen. Viel häufiger jedoch ist ein anderer Typ von Gelenkschmerzen – die Arthrose, oder, wie sie zuweilen genannt wird, Abnützungs-Arthrose.

Bis zu einem bestimmten Grade neigen wir alle zu Arthrose. Ein gewisses Maß an Verschleiß ist unvermeidlich. In der Jugend halten die Reparaturprozesse noch Schritt mit den Verschleißprozessen. Mit zunehmendem Alter können sich die Reparaturprozesse etwas verlangsamen, während die destruktiven Prozesse unvermindert

fortschreiten oder sogar noch verstärkt werden. Eine solche Verstärkung kann vielerlei Ursachen haben.
Ich erinnere mich an ein interessantes Erlebnis, das ich während meiner Dienstzeit bei der Luftwaffe in Kalifornien hatte. Es wurde festgestellt, daß Kinder an einer schweren Arthrose der Kniegelenke litten. Das ganze schien ziemlich geheimnisvoll – bis eine Untersuchung ergab, daß der Verschleiß in den Kniegelenken von der Beteiligung an einem populären Sport herrührte: Wettfahrten in kleinen, schnellen Booten auf Bewässerungskanälen. Die Jungen knieten in den Booten und wurden auf- und abgeschleudert, und das ständige Aufprallen führte zu einem übermäßigen Verschleiß der Kniegelenke. Im allgemeinen werden die Knie bei übergewichtigen Menschen eher von Osteoarthritis befallen als bei normalgewichtigen, da die Belastung durch das größere Gewicht mehr Verschleiß erzeugt.
Auch die Gelenke der Wirbelsäule können von Arthrose betroffen sein, aus Gründen wie Übergewicht, schlechter Körperhaltung und schwacher Muskulatur, alles Gründe, die eine abnorme Belastung der Gelenke ausmachen können. Bei Menschen, die an Skoliose oder Rückgratverkrümmung leiden – egal ob von Geburt an oder aufgrund einer Verletzung, Krankheit oder schlechter Haltung – sind die Rückengelenke einem erhöhten Druck auf der einen oder anderen Seite ausgesetzt. Wenn ein anhaltender übermäßiger Druck auf eine Seite eines Gelenks ausgeübt wird, weil das Gelenk nicht korrekt ausgerichtet ist, dann unterliegt die Seite, die dem größeren Druck ausgesetzt ist, einem erhöhten Verschleiß, und dies kann zu Schmerzen führen.
Darüber hinaus kann der Schmerz wegen der Kompensationsbemühungen an mehr als einer Stelle auftreten. Zum Beispiel ist es möglich, daß jemand, der gewohnheitsmäßig vornübergebeugt geht und rundschultrig wird, nicht nur im oberen Rücken Schmerzen bekommt, sondern

auch im Kreuz – wegen der Bildung einer kompensatorischen übermäßigen Krümmung des unteren Rückens (Lordose oder Hohlrücken), die zu übermäßigem Druck und Verschleiß in den unteren Gelenken führt.

Wie es zur Rückgratverkrümmung kommt

Eine Diskussion dessen, was sich bei der Skoliose abspielt, wird nicht nur zum Verständnis derjenigen Rückenschmerzen beitragen, die mit diesem Zustand verbunden sind, sondern zum Verständnis von Rückenschmerzen allgemein.

Ein Knochen hat allem Anschein nach Ähnlichkeit mit einem piezoelektrischen Kristall – einem Kristall, der so genannt wird, weil er auf Biegung oder Druck hin einen schwachen elektrischen Strom erzeugt. Und ein solcher Strom im Knochen ist es auch, der die Bildung von neuem Knochen hervorruft und die Richtung bestimmt, in die der neue Knochen angelegt wird.

Tatsächlich ist es seit kurzem möglich, Knochenwachstum – und sogar die Heilung von Brüchen – durch Anwendung schwacher elektrischer Ströme zu stimulieren. Außerdem beruhen sowohl orthodontische Behandlung (bei der Klammern an die Zähne gelegt werden, um sie gerade zu machen) als auch orthopädische Behandlung (bei der Schienen und Stützkorsetts verwendet werden, um Klumpfüße, Skoliose und andere Knochendeformierungen beim heranwachsenden Kind zu korrigieren) auf dem Prinzip der kontrollierten Druckausübung, um damit elektrische Ströme im Knochen und als Folge die Anlage neuen Knochenmaterials in einer bevorzugten Richtung hervorzurufen.

Es gibt noch ein anderes verwandtes Phänomen, das mit dem Bindegewebe, dem primären Material der Bänder und Sehnen zusammenhängt. Muskeln sind kontraktil und üben Zugkraft aus; sie ziehen an Sehnen. Bindegewebe tendiert dazu, sich zusammenzuziehen, wenn man ihm die Möglichkeit gibt, sich zu entspannen. Solange Strecken und Zusammenziehen einander abwechseln, behalten Sehnen und Bänder im allgemeinen ihre normale Länge. (Leute, die elastisch bleiben wollen, wissen, daß sie regelmäßig Übungen zur Dehnung von Bändern und Sehnen durchführen müssen, da sie sonst steif werden.)

Immer, wenn bei einem normalen Menschen ein Gelenk über längere Zeit in einer Position gehalten wird, verkürzen sich die Bindegewebe auf der konkaven Seite oder Innenkurve des Gelenks, während sich die auf der konvexen Seite dehnen. Mit der Dehnung der Bindegewebe geht eine leichte Schwächung der Muskeln einher.

So rasch neigen Bindegewebe bei Nichtbenutzung zur Kontraktion, daß es vorkommen kann, daß jemand, der sich das Handgelenk gebrochen hat und einen über den Ellbogen reichenden Gipsverband tragen muß, noch vor der Heilung des Handgelenks ein steifes Ellbogengelenk bekommt und ein Trainingsprogramm benötigt, um die Flexibilität des Ellbogens wieder herzustellen, auch wenn dieser ursprünglich nicht verletzt war.

Etwa das gleiche passiert bei einem Menschen, der ein Hohlkreuz hat. Die Unterleibsmuskeln sind schwach, und wegen der übermäßigen Lordose verkürzen sich die Bindegewebe hinter der Wirbelsäule, während sich die davorliegenden ausdehnen. Der Unterleib wird vorstehend. Der Druck auf die Rückgratgelenke ist nicht mehr gleichmäßig verteilt, und wo er zu stark ist, kann es zu übermäßigem Verschleiß kommen.

Und was geschieht bei der Skoliose? Sobald sich die anomale Krümmung in einer wachsenden Wirbelsäule zu entwickeln beginnt, zieht die Schwerkraft an Nacken, Armen und Oberkörper und verstärkt so die Krümmung. Am Anfang kann die Krümmung reversibel sein. Nach einiger Zeit jedoch kontrahieren sich die Bindegewebe auf der konkaven Seite der Gelenke. Wenn zu diesem Zeitpunkt keine Korrektur einsetzt, wächst der Knochen bei lange anhaltendem einseitigen Druck auf der konvexen Seite der Kurve, wo der Druck geringer ist, stärker und kann auf der konkaven Seite, wo der Druck größer ist, das Wachstum einstellen oder sogar anfangen zu resorbieren oder zu verschwinden. Die Knochen sehen dann von vorne statt quadratisch eher keilförmig aus. Wenn einmal solche Knochenveränderungen auftreten, erfordert eine Korrektur Maßnahmen zur Umkehrung der Kräfte oder Drücke auf die Knochen, so daß diese nun auf der konkaven Seite schneller wachsen.

Brüche

Knochen, gleich an welcher Stelle im Körper, können gelegentlich brechen, der häufigste Bruch in der Wirbelsäule ist der Kompressionsbruch eines Wirbelkörpers, wobei der Körper meist auf der Vorderseite zusammengedrückt wird.
Früher stand der Bruch selbst im Brennpunkt des ärztlichen Bemühens. Er war auf Röntgenbildern leicht zu sehen. Nicht zu sehen war die damit verbundene Schädigung der weichen Gewebe – Muskeln, Bänder und Sehnen.
Heute weiß man, daß der Druck auf die weichen Gewebe – bevor der eigentliche Bruch oder die Zertrümmerung des Knochens stattfindet – der entscheidende Faktor beim Rückenschmerz sein kann.
Tatsächlich wurde bei Röntgenuntersuchungen festgestellt, daß viele Leute zusammengedrückte Wirbel haben, obgleich sie niemals Schmerzen verspürt hatten und sich auch nicht an irgendein Ereignis erinnern konnten, das zu der Kompression geführt haben könnte. Glücklicherweise

war in diesen Fällen die Schädigung der Weichgewebe nur leicht.
Ein beachtlicher Teil der Kompressionsbrüche ereignet sich in der oberen Lumbal- und der Dorsalregion des Rückgrats. Aber es kommt oft vor, daß auch Weichgewebe in darunterliegenden Bereichen der Wirbelsäule einem großen Druck ausgesetzt sind und geschädigt werden können, bevor die Fraktur weiter oben entsteht.
Heute konzentriert sich das ärztliche Bemühen im Fall eines Kompressionsbruches weitgehend auf die Wiederherstellung der beschädigten Muskeln, Bänder und Sehnen, um Schmerzen und Störung zu beseitigen.

Eingeklemmtes Fett

Eine andere mögliche Ursache von Rückenschmerzen ist eingeklemmtes Fettgewebe.
Fett wird im Körper in charakteristischen Strukturen angelegt, die normalerweise durch Schichten aus Bindegewebe, genannt Faszien, getrennt sind. Das Fett befindet sich sowohl direkt unter der Haut als auch tiefer. Wenn nun aufgrund einer Verletzung in einer Faszienschicht eine kleine Perforation oder ein Loch entsteht, dann kann sich, wenn das Loch gedehnt wird, ein kleines Fettkügelchen durch das Loch drängen; und wenn sich der Patient wieder entspannt, so daß das Loch nicht mehr gedehnt ist, kann es passieren, daß das Fettkügelchen in dem Loch festgehalten und eingeklemmt wird und dann Schmerz verursacht.
Eine Cortisoninjektion zur Reduzierung der Entzündung kann ausreichen, den Schmerz abklingen zu lassen. In seltenen Fällen kann es vorkommen, daß das Loch in der Faszienschicht chirurgisch erweitert werden muß, um das eingeklemmte Fettkügelchen zu befreien. Gewöhnlich ist eine Entfernung des Kügelchens selbst nicht erforderlich,

es sei denn, daß durch das Einklemmen die Blutzufuhr so gestört wurde, daß das Fett nur noch ein hartes Stück toten Gewebes ist.

Angeborene Defekte

Rücken sind so verschieden wie Menschen. Kein Rücken gleicht dem anderen genau, aber die Unterschiede sind in der Regel klein. Es kommen jedoch auch größere Unterschiede vor – angeborene Anomalien, die vielerlei Formen aufweisen können.

Manchmal geht Rückenschmerz mit einer angeborenen Anomalie einher, wird aber nicht durch diese selbst verursacht. Vielmehr rührt der Schmerz von dem außergewöhnlichen Druck her, den diese Anomalie auf umgebende Strukturen ausübt, insbesondere die Muskeln. In solchen Fällen mag ein chirurgischer Eingriff zur Beseitigung der Anomalie erforderlich sein. Oft können auch, ohne daß auf die Chirurgie zurückgegriffen wird, Schienen und Korsetts hilfreich sein. Und eine konservative Behandlungsmethode, die häufig von großem Nutzen ist, beinhaltet Übungen zur Kräftigung jener Muskeln, die dazu gebraucht werden können, den Schmerz erzeugenden Auswirkungen des ungewöhnlichen Druckes entgegenzuwirken.

Das kurze Bein

Ein kleiner Unterschied in der Länge der Beine ist nichts Ungewöhnliches. In den meisten Fällen verursacht eine Differenz von bis zu einem Zentimeter keine Probleme. Ein größerer Unterschied jedoch – gelegentlich auch ein kleinerer – kann wegen des ungewöhnlichen Druckes, der auf Strukturen im Rücken ausgeübt wird, ein entschei-

dender Faktor bei der Entstehung von Rückenschmerz sein.
Darüber hinaus gibt es auch einen «Kurzbein-Effekt» mit schmerzhaftem Druck auf Rückenstrukturen, ohne daß tatsächlich eine anatomische Differenz in der Beinlänge besteht. Der Grund dafür ist, daß beim Gehen die Beine verschiedene Bewegungen durchmachen, einschließlich Verkürzung. Die Verkürzung geschieht durch Beugen der Hüften, Knie und Knöchel. Wenn nun der Grad an Beugung in der Hüfte, am Knie oder am Knöchel von Bein zu Bein verschieden ist, kann dies in allen praktischen Auswirkungen zu einer funktionellen, wenn auch nicht anatomischen Differenz der Beinlänge führen.
An anderer Stelle werden wir noch einmal auf die Beinlänge und den Kurzbein-Effekt eingehen.

Nicht lokale Ursachen

Rückenschmerz kann aus vielerlei Zuständen resultieren, die nichts mit dem Rücken selbst zu tun haben. So kann unter Umständen eine Herzkrankheit zu Rückenschmerzen führen. Das gleiche gilt für Erkrankungen von Lunge, Zwerchfell, Unterleib, Nieren, Uterus, Ovarien, Eileitern oder Prostata.
Ein Schmerz kann ausstrahlen. Er kann an einer Stelle entstehen und sich dann auf nervösen Umwegen fächerartig ausbreiten und an entfernten Stellen auftreten. Es kann vorkommen, daß der einzige Schmerz, den ein Magengeschwür, eine Colitis oder eine Erkrankung der Gallenblase erzeugen, Rückenschmerzen ist.
Frauen leiden manchmal an Schmerzen, die dem Rücken zugeschrieben werden, in Wirklichkeit aber auf Menstruationsstörungen, Schwangerschaft, Beckenkongestion, Beckenverschiebung oder sogar auf schlechtsitzende Diaphragmas oder Pessare zurückzuführen sind.

Hauptursache: Muskeln

Trotz der vielen möglichen Ursachen von Rückenschmerz, von denen einige äußerst heimtückisch sind, hängt das Problem in den allermeisten Fällen mit Muskeln zusammen, Muskeln im Unterleib wie auch im Rücken selbst: Muskeln, die schwach sind, nicht imstande, ihre Aufgabe hinreichend zu erfüllen, leicht zu Verletzungen neigen.

Nur wenige von uns sind sich der lebenswichtigen Bedeutung der Muskeln bewußt, sowohl für die Gesundheit allgemein, als auch für die Gesundheit des Rückens. Die Knochen bilden natürlich das Gerüst des Körpers, die Gelenke erlauben die Bewegung, und die Muskeln führen die Bewegung aus. Die Hunderte von willkürlichen Muskeln im menschlichen Körper, die die täglichen Bewegungen kontrollieren, wiegen 2½mal soviel wie alle Knochen zusammen. Außer der Bewegung besorgen die Muskeln die Mittel zur Kommunikation – durch Reden, Schreiben, Gesichtsmimik.

Ob das Körpergewicht konstant und gesund bleibt, oder ob es zu Übergewicht kommt, hängt vor allem davon ab, wie die Muskeln benutzt und wie viele Kalorien bei ihrem Gebrauch verbrannt werden. Der Gebrauch der Muskeln ist an der Aufrechterhaltung eines gesunden Kreislaufs beteiligt – zum Beispiel hilft die Betätigung der Beinmuskeln das Blut aus den Beinvenen zurück zum Herzen zu pumpen. Und die Gesundheit des Herzens selbst hängt in nicht geringem Maße von der Muskeltätigkeit ab; denn eine solche Tätigkeit bewirkt, daß das Herz, selbst ein Muskel, wirksamer schlägt. Es gibt außerdem Hinweise darauf, daß körperliche Betätigung ein bedeutender Faktor bei der Aufrechterhaltung normaler Werte von Cholesterin und anderer Fette im Blut ist und dazu beiträgt, ihre Akkumulation an Arterienwänden zu verhüten, die ja bekanntlich zu solch lähmenden oder tödlichen Resultaten wie Schlaganfällen und Herzattacken führen kann. Und Muskeln sind von entscheidender Bedeutung für den Rücken.

Das Rückgrat ist, wie bereits erwähnt, eine S-förmige Säule aus Wirbelknochen, mit stoßdämpfenden Bandscheiben dazwischen und mit Bändern, die sowohl Knochen als auch Scheiben flexibel und nicht zu fest halten. Die Muskeln stellen die Hauptstütze der Säule dar, halten sie aufrecht, beugen und drehen sie.

Als der Mensch eine aufrechte Haltung annahm, übernahmen die Muskeln – Abdominal- und Hüftmuskeln ebenso wie Rückenmuskeln – die Aufgabe, das Rückgrat zu stützen.

Die Fähigkeit zu dieser Aufgabe liegt in ihrer Struktur. Das Muskelgewebe wird vor der Geburt gebildet, und die Menge an Muskelfasern, mit der wir geboren werden, bleibt unser Leben lang die gleiche. Natürlich wachsen die Fasern, wie der Rest des Körpers im Verlauf der Kindheit und der Jugend. Die Muskulatur des menschlichen Körpers besteht aus ungefähr 6 Billionen Muskelfasern. Jede Faser hat etwa die Form eines Haares; dennoch ist sie imstande, das tausendfache ihres eigenen Gewichts zu halten.

Muskelkraft entwickelt sich, wenn sich die Fasern kontrahieren, kontrahieren und nochmals kontrahieren. Nur durch ständigen Gebrauch wird ihre Kraft erhalten und bleiben die Muskeln in einem guten Zustand. Bei weniger intensivem Gebrauch werden sie schwächer; bei vollständigem Nichtgebrauch können sie tatsächlich atrophieren oder schwinden, wie das Beispiel gelähmter Patienten zeigt, deren Muskeln verkümmern, wenn sie nicht durch Übungen in Bewegung gehalten werden.

Bei unserer in zunehmendem Maße sitzenden Lebensweise werden unsere Muskeln, wenn wir nicht besondere Vorsichtsmaßnahmen ergreifen, Opfer des Nichtgebrauchs. Sie nehmen an Masse ab, werden schlaff, sind

nicht mehr imstande, kraftvolle oder anhaltende Tätigkeiten auszuüben; jede ungewohnte Anstrengung führt zu Zerrungen mit nachfolgendem Schmerz.
Eine berühmte Untersuchung, durchgeführt von Dr. Hardin Jones von der University of California, zeigte graphisch die Auswirkungen einer sitzenden Lebensweise auf die Muskeln. Die Untersuchung machte Gebrauch von der Tatsache, daß Muskeln, wenn sie wenig oder überhaupt nicht beansprucht werden, weniger Bedarf an Blut und Nährstoff haben. Das Resultat ist, daß viele, wenn nicht alle Kapillaren, die kleinsten Blutgefäße, kollabieren; sie werden nicht gebraucht. Jones maß den Blutfluß durch die Muskeln von Jugendlichen und Männern verschiedenen Alters. Er stellte fest, daß zwischen 18 und 25 Jahren der Blutfluß um 40 Prozent abnimmt; bis zum Alter von 35 Jahren sind es gar 60 Prozent. Hinsichtlich der Blutzirkulation in den Muskeln hat der Durchschnittsmensch mit sitzender Lebensweise die Mitte seines Lebens mit 26 Jahren erreicht, und mit 35 ist er, im Hinblick sowohl auf die Muskelzirkulation als auch auf die physische Kraft, weniger als die Hälfte von dem, was er einmal war.
Eine starke Muskulatur liefert nicht nur die Stütze, die ein normaler Rücken braucht; sie kann auch viel zur Kompensation schwerer Verletzungen von Rückenstrukturen beitragen. Eines von zahlreichen Beispielen in diesem Zusammenhang ist der in Kapitel 1 erwähnte Fechtlehrer, der trotz fortgeschrittener Degeneration praktisch aller Bandscheiben und dazu noch schwerer Arthritis sehr aktiv bleiben konnte und weniger unter starken Rückenschmerzen zu leiden hatte als viele Leute ohne Bandscheibenprobleme und andere organische Rückenerkrankungen.
Die Verminderung der muskulären Leistungsfähigkeit in einer Gesellschaft mit zunehmend sitzender Lebensweise ist verantwortlich für eine anwachsende Prädisposition

für Rückenschmerzen. Und dies gilt nicht nur für die Muskulatur des Rückens – eine Tatsache, die immer wieder betont werden muß.

Man stelle sich einen Baum oder einen Telefonmasten vor, der durch vier Haltedrähte befestigt ist, so daß er auch bei starkem Wind stabil bleibt. Wird nun einer der Drähte durchschnitten, so kann der Baum oder Mast umfallen, und er wird in die Richtung eines nicht durchschnittenen Drahtes fallen.

Diese Situation ist nur teilweise analog zu dem, was bei einem Menschen mit schwacher Bauchmuskulatur geschieht. Theoretisch vielleicht würde der Rücken eines solchen Menschen nach hinten fallen, da es von vorne weder Halt noch Stütze gibt. Aber das geschieht nicht, da wir einen Gleichgewichtssinn besitzen, der gewährleistet, daß unser Schwerpunkt über den Füßen bleibt. So verlagern wir zur Kompensation einer schwachen Bauchmuskulatur das Körpergewicht, indem wir uns leicht nach vorne neigen und nun an unseren Rückenmuskeln hängen, da sie die stärkeren Haltedrähte sind.

Aber dies hat die schädliche Auswirkung, daß ein ständiger übermäßiger Druck auf die Rückenmuskeln ausgeübt wird. Nach einiger Zeit ermüden sie und schmerzen. In unserer Gesellschaft ist Schwäche der Unterleibsmuskulatur eine der häufigsten Ursachen von Rückenschmerz. Es wurde festgestellt, daß bei chronischen Rückenschmerzpatienten die Unterleibsmuskeln oft weniger als ein Drittel so kräftig sind wie die Rückenmuskeln, und sehr oft stellte sich heraus, daß die Kräftigung der Unterleibsmuskulatur das allein Erforderliche zur Beseitigung der Rückenschmerzen war.

Ein zusätzliches Resultat des Nichtgebrauchs von Muskeln ist der Verlust an Elastizität. Die kontraktilen Elemente nicht benutzter Muskeln verharren oft in einer verkürzten Position, und es wird Protein um die Fasern herum sowie in und um die Gelenke abgelagert. Dies

führt zu Kontrakturen, die die Bewegung der Gelenke einschränken können. Versuche, den Rücken innerhalb des normalen Spielraums zu bewegen, können dann zu einem Zug an den Kontrakturen um die Wirbelsäulengelenke führen, der Schmerz verursacht.
Wenn jemand, der an Rückenschmerzen leidet, die Schuld daran überhaupt auf Muskeln schiebt, dann fast immer auf die Rückenmuskeln. Oberflächlich gesehen scheint dies logisch, da der Schmerz ja im Rücken lokalisiert ist. Dort tritt er jedoch auf, weil durch die Schwäche der Bauch- und Hüftmuskeln der Rückenmuskulatur eine unerträgliche Last aufgebürdet wurde.
Verstauchungen und Zerrungen kommen häufig dann vor, wenn ermüdete oder schwache Muskeln plötzlich wesentlich mehr leisten müssen als sie gewohnt sind. Und dies gilt nicht nur für ungewöhnliche Anstrengungen wie Schneeschaufeln und Heben einer sehr schweren Last; auch ein plötzlicher Hustenanfall kann ausreichen, um eine Schädigung herbeizuführen.

Verkrampfung

Die unmittelbare Ursache eines akuten Schmerzanfalls in den meisten Fällen von Rückenschmerz ist ein Krampf, eine unwillkürliche, anhaltende Kontraktion eines Muskels. In gewisser Weise ist ein Krampf ein schützender Mechanismus. Wenn beispielsweise ein Gelenk verletzt ist, kontrahieren sich um das Gelenk herum liegende Muskeln, bleiben kontrahiert und bilden somit eine Art schützender Schiene für das verletzte Gelenk. Wenn ein Muskel verletzt oder übermäßig gezerrt wird, kann er sich verkrampfen und andere benachbarte Muskeln ebenfalls, mit dem Zweck, den gezerrten Muskel zu schienen und auf diese Weise weiteren Schaden zu verhindern.
Ein Krampf kann jedoch extrem schmerzhaft sein. Wäh-

rend ein Muskel im Normalzustand unempfindlich ist und ohne Schmerz gedrückt und geknetet werden kann, wird er empfindlich und schmerzt, wenn er durch die konstante Spannung des Krampfes geschwollen ist.
Der Schmerz im Fall eines Krampfes ist das Resultat mangelnder Versorgung mit Nährstoffen. Wie überall im Körper tritt auch im Muskel das Blut, reich an Sauerstoff und Nährstoffen, durch Arterien ein und fließt dann, beladen mit Abfallprodukten des Stoffwechsels, durch Venen wieder aus. Sauerstoff und Nährstoffe gelangen durch dünnwandige Kapillaren, winzige Gefäße zwischen Arterien und Venen, aus dem Blut zu den Muskelzellen, und auf umgekehrtem Wege gelangen so Abfallprodukte des Stoffwechsels von den Zellen ins Blut.
Wenn sich ein Muskel kontrahiert, werden die Kapillaren zugedrückt. Im allgemeinen ist die Kontraktion rasch vorüber, und der Stoffaustausch kann wieder normal stattfinden. Wenn jedoch ein Muskel in der Kontraktion verharrt – im Krampf –, können Sauerstoff und Nährstoffe die Muskelzellen nicht erreichen, und die Abfallprodukte können nicht entfernt werden. Die Abfallprodukte, darunter Milchsäure, können Schmerz verursachen, wenn sie sich im Muskel anhäufen. Milchsäure ist in großen Mengen ein starker Reizstoff für Nervenendigungen. Außerdem leistet ein verkrampfter Muskel Arbeit, da er sich kontrahiert; und der Sauerstoffmangel läßt das Gewebe im Schmerz aufschreien.

Muskelverkrampfung und emotionale Spannung

Ein Muskelkrampf kann durch Verletzung oder übermäßige Beanspruchung ausgelöst werden – er kann aber auch durch emotionale Spannung eingeleitet werden.
Muskelspannung ist eine normale biologische Reaktion auf emotionale Spannung. Der häufigste aller Arten von

Kopfschmerz beispielsweise ist der Spannungskopfschmerz, der durch Muskelschmerz im Nacken und im Hinterkopf gekennzeichnet ist. Er tritt auf, weil die Muskeln in konstanter Spannung gehalten werden, was zur Stauung des Blutflusses und zur Anhäufung von Milchsäure führt. Ein Zeichen für die Beteiligung von Emotionen beim Spannungskopfschmerz ist, daß die meisten Patienten durch Aspirin oder andere Schmerzmittel kaum oder nur wenig Besserung erzielen, und bei ihnen zur erfolgreichen Behandlung eine Beseitigung der emotionalen Spannung durch Beruhigungsmittel oder andere Maßnahmen erforderlich ist.

Emotionen spielen oft eine nicht unbedeutende Rolle beim Rückenschmerz. Der Mensch besitzt, wie alle Tiere, die Fähigkeit, auf unerwartete Ereignisse zu reagieren. Komplizierte Mechanismen ermöglichen Kampf oder Flucht als Schutzmaßnahmen. Wenn der Mensch mit einer Situation konfrontiert wird, die eine Drohung irgendwelcher Art repräsentiert, wirkt sich dies auf zahlreiche Körpersysteme aus: Drüsen und ihre hormonellen Produkte, das Blutdruckregulationssystem, das Atemregulationssystem – und, was besonders wichtig ist, die Muskeln.

Natürlich werden die Muskeln benutzt um zu fliehen, zu kämpfen, oder auch um eine bestimmte Körperhaltung einzunehmen. Eine erschreckte Katze zum Beispiel sträubt die Haare, zieht die Haut zusammen und krümmt den Rücken; sie schlägt den Angreifer mit der Pfote oder läuft weg, wenn die Furcht genügend groß ist.

Leider kann der zivilisierte Mensch in vielen Fällen weder kämpfen noch fliehen. Sein Körper ist vorbereitet, aber er macht keinen Gebrauch davon. Er kämpft nicht, und er flieht auch nicht. Verärgert, aber dennoch beherrscht im Ausdruck seines Zorns, knirscht er mit den Zähnen, wozu er Gesichtsmuskeln benutzt; wenn es stark genug ist, vermag dieses Knirschen Kieferschmerzen zu verursachen.

Wenn der Zorn wächst, krümmt er vielleicht die Schultern und benutzt dazu Nacken- und Rückenmuskeln; und die konstante Anspannung dieser Muskeln kann Schmerzen im Nacken und im Rücken verursachen sowie im Kopf, da die Muskeln eine Zugwirkung auf die schützenden Schichten des Schädels ausüben.

Zuweilen reicht emotionale Spannung allein aus, um Krämpfe und Schmerzen zu verursachen, häufig jedoch wirkt sie als komplizierender Faktor. Sie kann die Entspannung von Muskeln verhindern, und ein Muskel muß sich entspannen, um seine normale Funktion bewahren zu können. Nach einer gewissen Zeit kann ein chronisch angespannter Muskel seine Dehnungsfähigkeit verlieren und verkürzt werden. Dies an sich kann schon schmerzhafte Zustände erzeugen. Es kann außerdem zu ungeschickten, ruckartigen Bewegungen führen, die den Muskel anfälliger für irgendwelche Schäden machen können.

Natürlich ist das Leben voller Reizfaktoren. Wir leben in einer zunehmend lauten, überfüllten Welt. Verkehrsstauungen wirken keinesfalls beruhigend, auch nicht der Mißklang von Autohupen oder das Gedränge in Menschenmassen. Sicher ist es nicht vollkommen anomal, bis zu einem bestimmten Grad in Erregung zu geraten, wenn man gereizt wird, obgleich einige von uns sich leichter erregen als andere. Emotionelle Spannungen sind schwer zu vermeiden, wenn man mit familiären, beruflichen oder finanziellen Problemen konfrontiert wird.

Aber auch wenn emotionelle Spannungen nicht ganz zu vermeiden sind, müssen sie nicht unausweichlich zu Muskelanspannung führen. Körperliche Aktivität erfordert die Bewegung der Muskeln, und da die Muskeln im allgemeinen gegeneinander arbeiten, indem sich der eine entspannt, während der andere sich kontrahiert und umgekehrt, trägt körperliche Tätigkeit zur Entspannung der Muskeln bei.

Auch sportliche Betätigung liefert ein Ventil für die Energie, die sich durch die emotionelle Spannung angestaut hat. Ein erregter Mensch, unfähig zu kämpfen oder zu fliehen, tut das Allerbeste für seine Gesundheit, wenn er die Aggressionen, die sein Körper entwickelt hat, einfach durch sportliche Betätigung abreagiert. Der Sport hilft sowohl die seelische Spannung als auch die Muskelanspannung zu lösen.

Unterschiedliche Reaktionen auf Schmerz

Menschen unterscheiden sich beträchtlich in ihren Reaktionen auf Schmerz – so sehr, daß sich sogar ein unumstößliches Sortiment allgemein gehegter Vorstellungen herausgebildet hat, in bezug darauf, wie verschiedene Gruppen reagieren. Neueste wissenschaftliche Untersuchungen lassen jedoch annehmen, daß diese Vorstellungen zu 50 Prozent falsch sein können und auf Märchen oder sehr beschränkten Beobachtungen basieren.

Zum Beispiel scheint eine vor kurzem durchgeführte umfassende Untersuchung mit drei seit langem bestehenden Vorurteilen gründlich aufzuräumen: 1. daß ältere Menschen Schmerzen besser ertragen als jüngere; 2. daß Frauen mehr Schmerzen ertragen können als Männer; 3. daß nichtweiße Menschen weit weniger schmerzempfindlich sind als weiße.

Die sich über Jahre erstreckende Studie erfaßte 41 000 Kalifornier, die sich einem Schmerztest unterziehen mußten. Nachdem ihnen nur gesagt wurde, daß sie einen «Drucktoleranz»-Test durchführen würden, mußten die Testpersonen ihre Fersen in ein schraubstockähnliches Gerät halten und wurden aufgefordert, dem Druck so lange wie möglich standzuhalten. Mit einer Plastikspitze versehene Metallstäbe preßten die Achillessehne der Ferse, wobei der angelegte Druck auf bis zu 8 Pfund pro Quadratzentimeter gesteigert werden konnte.

Es stellte sich heraus, daß je nach Alter, Geschlecht und Rasse klare Unterschiede in bezug auf das Niveau der Schmerztoleranz bestehen. Aber im Gegensatz zu der landläufigen Meinung konnten Frauen durchschnittlich nur halb so viel Schmerz ertragen wie Männer. Mit zunehmendem Alter zeigten sowohl Frauen als auch Männer eine ständige Toleranzabnahme; Männer über 65 konnten zum Beispiel nicht einmal 75 Prozent des Schmerzes aushalten, den Männer von 20 tolerierten. Die rassenbedingten Unterschiede waren nicht so auffällig, aber einiges wies darauf hin, daß Weiße eine größere Schmerztoleranz besitzen als Schwarze, und daß Orientalen, die oft als besonders stoisch beschrieben werden, von allen die niedrigste Toleranz aufweisen.
Eine Unzulänglichkeit der kalifornischen Untersuchung und anderer Studien ähnlicher Art kann in der Nichtmeßbarkeit psychischer Faktoren liegen.
Emotionen haben sowohl mit der Schmerztoleranz als auch mit der Schmerzentstehung viel zu tun. Eine von Ärzten schon seit langem beobachtete Tatsache ist, daß die Sorge, die eine schwere Krankheit begleitet, die Schmerzempfindung des Patienten über den Schmerz hinaus steigern kann, der tatsächlich durch die physische Ursache hervorgerufen wurde.
Bei ein und demselben Menschen variiert die Schmerztoleranz mit dem allgemeinen Befinden; das gleiche Schmerzniveau, das zu dem einen Zeitpunkt toleriert wird, kann in einem anderen Moment unerträglich sein.
Es wird manchmal behauptet, daß viele beruflich bedingte Rückenschmerzen in Wirklichkeit viel weniger schmerzhaft sind als ihre Opfer vorgeben, daß Simulieren (Vortäuschen schwerer Schmerzen) allgemein verbreitet ist.
Ohne Zweifel gibt es Beispiele für Simulantentum; häufiger jedoch liegt – unserer Erfahrung nach – keine bewußte Täuschungsabsicht vor. Statt dessen kommt es vor,

daß eine Beschwerde, die den physischen Ursachen nach relativ unbedeutend sein müßte, wegen seelischer Spannungen erheblich verschlimmert wird.
In nur sehr wenigen von insgesamt vielen Tausenden von Fällen, die am ICD untersucht wurden, unternahm der Patient offensichtlich einen bewußten Versuch, den Arbeitgeber oder eine Versicherungsfirma zu betrügen. Wenn bei einem Patienten der Schmerz in keinem Verhältnis zum körperlichen Zustand steht, so hat dies im allgemeinen verständliche psychische Ursachen. Viele Patienten machen sich Sorgen darüber, was die Krankheit für ihre Zukunft und die Zukunft ihrer Familie bedeuten könnte. Viele sind bestürzt und verwirrt, weil sie nicht wissen, was mit ihnen geschehen ist, was sie tun sollen, und wohin dies alles noch führen könnte.
Ein Mann, der sich der Mitte seines Lebens nähert, macht sich vielleicht Gedanken daüber, daß sein Leben nun zur Hälfte vorbei ist, daß er gewissermaßen den Gipfel überschritten hat und sich auf dem absteigenden Ast befindet. Er fühlt, daß seine körperliche Tüchtigkeit nachläßt, seine sexuelle Potenz abnimmt, seine Denkprozesse langsamer ablaufen als in der Jugend. Wenn er dann außerdem noch an Rückenschmerzen leidet, braucht er vielleicht wiederholt die Zusicherung, daß er nicht unbedingt seine Arbeit verlieren wird, und daß seine Selbstachtung nicht weiter durch die Vorstellung bedroht sein wird, er könne den Ansprüchen seines Familienlebens nicht mehr gerecht werden, sei es in sexueller oder in ökonomischer Hinsicht.
Auch Frauen können, wenn sie auf die Wechseljahre zugehen, ein seelisches Trauma erfahren, indem sie sich «weniger als Frau» fühlen. Wenn dazu noch Rückenschmerz kommt, der sexuelle Aktivitäten hemmen kann, dann wird ihr Selbstvertrauen möglicherweise noch mehr erschüttert. Wir kennen zahlreiche Beispiele dafür.

3. Kapitel

Wie Sie selbst die häufigsten Ursachen feststellen und erkennen können

Es gibt viele mögliche Ursachen für Rückenschmerz, jedoch relativ wenig wahrscheinliche. Die Chancen dafür stehen ausgezeichnet, daß Sie selbst auf relativ einfache Weise und ziemlich rasch feststellen können, was sich hinter Ihren Schmerzen verbirgt.
Einige der Tests, die für die vergleichsweise seltenen Ursachen zum Teil notwendig sind, können kompliziert sein und sowohl eine spezielle Ausrüstung als auch lange diagnostische Erfahrung erfordern. Die Tests jedoch, mit denen sehr oft häufige Ursachen festgestellt werden können, sind im Prinzip einfach und erfordern keine speziellen Fähigkeiten. Viele der Tests werden Sie selbst durchführen können; bei einigen bedarf es der – kurzfristigen – Mithilfe eines Familienmitgliedes oder Freundes, und Sie werden keine Schwierigkeiten haben, ihm oder ihr zu sagen, was zu tun ist.

Wie Sie einen Krampf feststellen können

Ein Muskelkrampf ist, wie bereits erwähnt, ein Generalnenner in den meisten Fällen von Rückenschmerz und bedeutet fortgesetzte unfreiwillige Kontraktion eines Muskels. Wer schon einmal beispielsweise Lidzittern erlebt hat, der kennt eine Form von Krampf, wenn auch eine ziemlich unbedeutende.
Wenn ein Krampf lange genug andauert, kann er zur Empfindlichkeit des Muskels führen, und der Muskel

schmerzt, wenn er gedrückt wird. Bei schwerem Krampf schmerzt er auch ohne Druck. Der Muskel kann außerdem hart und knotig und seine Beweglichkeit deutlich eingeschränkt sein. Bei schwerer Verkrampfung eines Nackenmuskels zum Beispiel ist es manchmal unmöglich, den Nacken weit genug zu beugen, um das Ohr an die Schulter zu bringen oder mit dem Kinn eine Schulter zu berühren.

Aber auch in schweren Fällen ist ein Krampf nicht immer offensichtlich. Wenn sich mehrere Muskeln verkrampfen, wird man nur den bemerken, der am meisten schmerzt. Es ist, als würde das Gehirn von verschiedenen Störungen nur die schlimmste bemerken und beachten; zu einem Zeitpunkt nur eine Sache, und zwar die dringlichste. Sobald der Schmerz des am meisten schmerzenden Muskels überwunden ist, wird man den fühlen, der etwas weniger schmerzt. In der Tat besteht hier eine Hierarchie der Schmerzwahrnehmung. Deshalb darf nicht angenommen werden, daß der Krampf auf den Bereich beschränkt ist, wo Schmerz empfunden wird; und es kann erforderlich sein, auch andere Stellen zu testen.

Da es für einen normalen Menschen praktisch unmöglich ist, alle Stellen seines eigenen Rückens zu erreichen, um verkrampfte Muskeln feststellen zu können, benötigen Sie die Mithilfe eines Freundes oder Familienmitgliedes. Lassen Sie den Partner mit seinen Handballen oder Fingerspitzen testen.

Die Fingerspitzen sind empfindlich, können jedoch bei falscher Anwendung noch mehr Schmerz hervorrufen, wenn eine verkrampfte Stelle erreicht wird. Das richtige Verfahren ist folgendes: Man setzt die Fingerspitzen der einen Hand direkt auf den Körper und die Fingerspitzen der anderen Hand auf die der ersten. Nun drückt man mit den Fingerspitzen der oben liegenden Hand, nicht mit denen der unteren.

Ob mit den Fingerspitzen oder den Handballen – die angewandte Bewegung sollte sanft sein, ungefähr von der Art, wie man einen Kuchen- oder Pastetenteig knetet. Ein nicht verkrampfter Muskel kann ohne Schmerz gedrückt, angehoben oder über den darunterliegenden Knochen gewunden werden. Sollten solche Manipulationen Schmerzen hervorrufen, oder sollte der Muskel, wenn der Untersucher mit sanfter Hand vorgeht, empfindlich sein, dann ist der betreffende Muskel verkrampft.

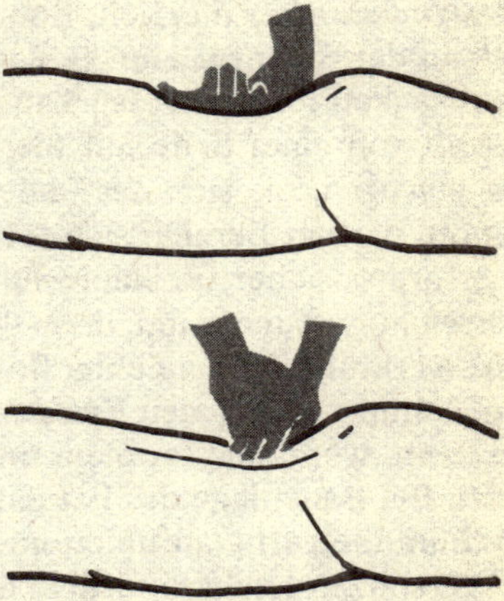

Bei Menschen, die unter psychischer Spannung stehen und bei denen auch die Muskeln angespannt sind, so daß diese von einem Untersucher nicht so leicht manipuliert werden können, ist ein Krampf oft schwieriger festzustellen. Es gibt außerdem Menschen, die – ob sie nun emotional angespannt sind oder nicht – weniger als andere dazu fähig sind, die Muskeln willkürlich zu entspannen. Wir Mediziner nennen solche Leute manchmal «Muskel-Idioten», und dieser Ausdruck soll keineswegs herabwürdigend sein oder ein schlechtes Licht auf die Intelligenz werfen. Er bedeutet einfach, daß solche Menschen, verglichen mit dem Durchschnitt, eine geringe Fähigkeit zur Muskelkontrolle besitzen; das andere Extrem sind Athleten sowie Bauchtänzerinnen und Varietéstars, die bestimmte Muskeln nach ihrem Willen aufsehenerregende Effekte erzielen lassen können.

Wenn Muskeln hart sind, weil das Individuum sie willkürlich angespannt hält und nicht, weil sie verkrampft sind, dann sind sie im allgemeinen, wenn überhaupt, nur wenig empfindlich.

Oft ist es für den Untersucher möglich, Entspannung herbeizuführen. Wenn der Schmerz zum Beispiel im oberen Rücken oder im Nacken lokalisiert ist, kann er den Kopf des Patienten sanft von einer Seite auf die andere sowie vor und zurück bewegen, bis sich der Patient entspannt, und die Muskeln in diesem Bereich sich lockern. Es mag einige Geduld erfordern, aber oft kann auf diese Weise Entspannung erreicht werden; und dann kann der Bereich der Muskelverkrampfung leichter lokalisiert werden. Es gibt Maßnahmen, mit denen Entspannung herbeigeführt werden kann, wenn das Problem im unteren Teil des Rückens sitzt. Bei Bauchlage des Patienten sollte sich sein Gesäß weich und teigartig anfühlen und durch Pressen mit den Fingerspitzen leicht eindrückbar sein. Wenn dies nicht der Fall ist, hat der Patient seine Gesäßmuskeln kontrahiert. Oft hilft es, wenn der Patient versucht, diese Muskeln abwechselnd zu kontrahieren und zu entspannen, so daß er sich bewußt wird, wann sie entspannt sind und sie dann entspannt halten kann.

Falls dies nicht klappen sollte, kann der Untersucher eine sanfte Klatschmassage anwenden, bei der er mit gewölbten Handflächen rasch aber nicht zu kräftig auf das Gesäß schlägt. Noch wirksamer ist manchmal eine Massage, bei der die Hände vertikal, mit den Daumen nach oben, gehalten werden und mit den unteren Handkanten das Gesäß rasch und sanft durchgeklopft wird.

Es gibt eine weitere Maßnahme, mit deren Hilfe Entspannung herbeigeführt werden kann. Der Patient liegt dabei entweder auf dem Bauch oder auf dem Rücken auf einem Bett, während der Untersucher seine Arme oder Beine leicht anhebt und sie vorsichtig aus einer Höhe von etwa 5 cm herabfallen läßt. Sie aus größerer Höhe herabfallen zu lassen sollte vermieden werden, da der Patient eine Verletzung fürchten und sich noch mehr anspannen könnte.

Für einige Menschen sind angenehme Vorstellungen eine Hilfe, um Muskelentspannung zu erzielen. Aufgefordert, an eine Situation zu denken, die sie als angenehm empfinden – zum Beispiel zufrieden mit einer Angel in der Hand in einem Boot zu sitzen, oder im Sonnenschein zu dösen, oder im warmen Sand an einem Strand zu liegen –, können sich viele Menschen körperlich entspannen.

Es gibt auch Patienten, die, wie wir festgestellt haben, sich nur dann entspannen können, wenn sie aufgefordert werden, genau das Gegenteil von dem zu tun, was der Untersucher in Wirklichkeit von ihnen erwartet, oder was sie bereits tun. So kann es zum Beispiel, sollen die Rückenmuskeln entspannt werden, hilfreich sein, wenn man den Patienten veranlaßt, sich auf eine Seite zu legen, nach vorne zu beugen und dann zu versuchen, sich zu entspannen. Wenn es ihm nicht gelingt, sich vollständig zu entspannen, und er teilweise vornübergebeugt bleibt, dann hat er – wohl oder übel, in dieser Position – seine Rückenmuskeln entspannt.

Eine Muskelverkrampfung sollte geprüft werden, bevor man irgendwelche Maßnahmen ergreift, mit dem Ziel, den Rückenschmerz zu lindern, und sie sollte nach Anwendung dieser Maßnahme erneut geprüft werden. (Die lindernden Maßnahmen – wie heiße Bäder, Hautreizmittel, Muskelrelaxantien, Schmerzmittel – werden an anderer Stelle im Detail diskutiert.) Der Test vorher und nachher ist wichtig, einfach um festzustellen, inwieweit,

abgesehen von der Schmerzlinderung, eine Lösung des Krampfes erreicht wurde. Die Krampflösung ist eine therapeutische Maßnahme und hilft außerdem bei der Diagnose – denn wenn ein Triggerpunkt an der Entstehung des Krampfes und der Schmerzen beteiligt ist, dann kann dieser Triggerpunkt möglicherweise nur schwer oder überhaupt nicht lokalisiert werden, bevor nicht der Krampf gelöst ist.
Und so sollte, nach der ersten wichtigen Eigendiagnose auf Krampf und nach dessen Beseitigung das Vorhandensein etwaiger Triggerpunkte geprüft werden.

Wie Sie Triggerpunkte lokalisieren können

Ein Triggerpunkt ist ein kleiner Bereich, generell so begrenzt, daß man ihn mit einer Fingerspitze ganz bedecken kann. Ein empfindlicher Bereich, der größer ist, bedeutet gewöhnlich entweder Muskelverkrampfung um einen Triggerpunkt oder nur Muskelverkrampfung. Man kann einen Triggerpunkt mit einer Fingerspitze lokalisieren; die Stelle ist empfindlich oder sogar schmerzhaft; und wenn man die Fingerspitze nur ganz wenig weiterbewegt, befindet sie sich über einem weit weniger schmerzhaften oder sogar schmerzfreien Bereich.
Indem nun der ganze Rücken auf solche kleinen Bereiche besonderer Empfindlichkeit hin untersucht wird – unter Mithilfe eines Freundes oder eines Familienmitglieds –, sollte es gelingen, festzustellen, ob irgendwelche Triggerpunkte vorhanden sind.
In einigen Fällen wurden Triggerpunkte bei einem chirurgischen Eingriff biopsiert und die kleinen Gewebeschnitte ins Labor zur mikroskopischen Untersuchung gebracht. Bei solchen Untersuchungen ergaben sich Hinweise auf chronisch entzündliche Stellen, bei anderen wiederum wurde nichts Ungewöhnliches festgestellt.

Auch elektrische Tests ergaben hinsichtlich der Triggerpunkte nichts Außergewöhnliches.
Wir haben zwar keine Klarheit darüber, was ein Triggerpunkt ist, wissen jedoch, daß er mehr ist als ein Krampf. Ein Krampf ist weniger lokalisiert. Ein Krampf kann eine Reaktion auf die Reizung eines Triggerpunktes sein – das heißt, ein Sekundäreffekt. Ein Muskelkrampf kann ohne Triggerpunkt entstehen. Er kann das Ergebnis kalter Zugluft, extremer Anstrengung oder ungewöhnlicher seelischer Anspannung sein. Andererseits können eben diese Bedingungen die Bildung von Triggerpunkten hervorrufen. Zuweilen kommt es vor, daß sich ein Krampf entwickelt, wenn ein Triggerpunkt bei einer Muskelkontraktion bewegt wird, so daß die Reihenfolge der Ereignisse folgendermaßen aussehen kann: 1) Zugluft, Anstrengung; 2) Enstehung eines Triggerpunkts; 3) Muskelkrampf.
Es ist wichtig, etwaige Triggerpunkte zu finden, da ihre Behandlung sich von der Behandlung eines Krampfes unterscheidet. Während ein Krampf durch Maßnahmen wie Wärme, Kälte, Massage oder Hautreizmittel gelöst werden kann, ist bei Triggerpunkten möglicherweise Injektion oder Akupunktur erforderlich.

Straffheit

Ein häufiger Grund für Schmerz ist Zug an straffen Strukturen. So wird jemand mit straffen Kniesehnen oder straffen Rückenmuskeln Schmerz empfinden, wenn er versucht, bei gestreckten Knien mit den Fingerspitzen den Fußboden zu berühren. Der Schmerz liegt im Rücken, wenn Zug an straffen Rückenmuskeln ausgeübt wird, oder er liegt im Gesäß, auf der Rückseite der Oberschenkel und vielleicht hinten an den Knien, wenn die Kniesehnen straff sind. Ein erster Test auf Straffheit der Kniesehnen und Rückenmuskeln ist in der Tat der Ver-

such, mit durchgedrückten Knien den Fußboden zu berühren – allerdings auf eine spezielle Weise.
Häufig wird der Fehler gemacht, daß man versucht, sich zur Berührung des Bodens hinabzuzwingen – sich vorzubeugen und auf- und abzuschnellen. Das Ergebnis ist unter Umständen starker Schmerz. Statt dessen sollte man Nacken und Kopf leicht beugen und dann, ganz entspannt, die Arme nach vorn fallen lassen und sich langsam so weit wie möglich nach unten beugen. Dann sollte man den Abstand zwischen Fingerspitzen und Fußboden schätzen bzw. jemanden messen lassen. Dieser Wert sollte notiert werden, um im weiteren Verlauf feststellen zu können, welcher Fortschritt bei der Verbesserung der Elastizität und Flexibilität der Muskeln, Sehnen und Gelenke erzielt wurde.
Gelingt es nicht, den Boden zu berühren, so bedeutet dies, daß möglicherweise entweder Rückenmuskeln oder Kniesehnen oder auch beide straff sind. Um festzustellen welche, können andere Tests angewandt werden.
Straffheit der Kniesehnen testen Sie am besten mit Hilfe eines Partners, um einige einfache Bewegungen durchführen zu können. Setzen Sie sich aufrecht auf den Rand eines Tisches, wobei der Rücken gewölbt ist, so daß ein hohles Kreuz entsteht, die normale lordotische Haltung. Halten Sie sich mit den Händen am Tischrand fest und lassen Sie die Beine baumeln. Der Partner sollte dann jeweils ein Bein hochheben und das Knie langsam und sanft strecken, während Sie aufrecht sitzen. Wenn es ihm nicht gelingt, die Knie zu strecken, ohne daß Sie gezwungen sind, den Rücken zu beugen oder sich zurückzulehnen, sind Ihre Kniesehnen außergewöhnlich straff und Sie sollten Maßnahmen ergreifen (die später zu diskutieren sind), um sie elastischer zu machen.
Falls Sie niemanden haben der Ihnen hilft, gibt es auch eine andere Methode, die Straffheit der Kniesehnen zu testen. Stehen Sie mit durchgedrückten Knien und halten

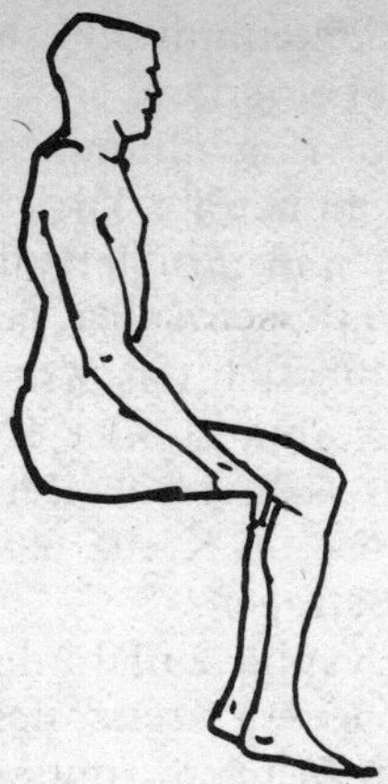

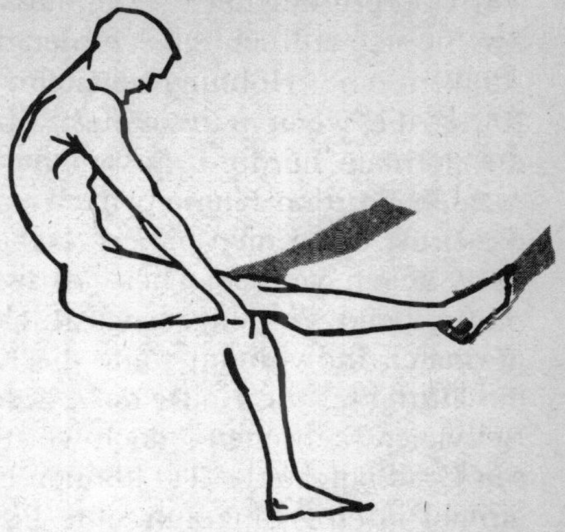

die Hände hinter den Rücken, wobei die Handrücken dem Gesäß zugekehrt sind, es aber nicht berühren. Der Kopf sollte in den Nacken gelegt sein. Senken Sie jetzt Ihren Körper langsam herab, bis der Oberkörper, wenn möglich, einen Winkel von 90 Grad zu den Oberschenkeln bildet. Ihr Gesicht sollte dabei nach vorn gerichtet sein. Wenn es Ihnen nicht gelingt, sich bis in die 90-Grad-Position vorzubeugen, sind Ihre Kniesehnen straff. Sie fühlen eine gewisse Spannung und vielleicht sogar Schmerz im Gesäß oder an der Rückseite der Oberschenkel.

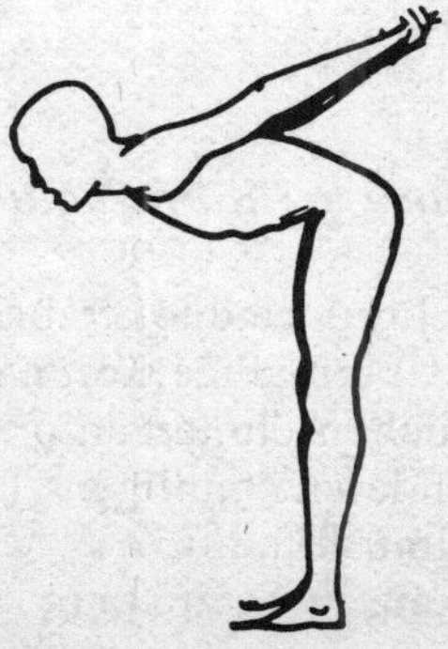

Zur Überprüfung der Flexibilität der Rückenmuskeln setzen Sie sich aufrecht. Sie werden dabei bemerken, daß im Rücken eine Höhlung entsteht, eine Einwölbung im Kreuz, die, wenn man sie mißt, 3 bis 5 cm beträgt. Dies ist die normale Lordose. Lassen Sie sich nun aus der aufrechten Position langsam nach vorne fallen, so daß sich die Brust den Knien nähert. Dabei sollte sich das Kreuz nach außen wölben. Diese Auswärtswölbung, oder Kyphose, beim Vorbeugen des Rückgrats ist normal. Beim normalen Individuum sollte die Kyphose im Kreuz etwa ein Drittel bis die Hälfte der Lordose betragen.

Bei vielen Menschen jedoch weist die Kyphose nicht diesen Grad auf; in der Tat können manche das Kreuz nicht einmal in eine ganz aufrechte Position bringen, sondern halten es konstant in der lordotischen Position.

Es kann von Bedeutung sein, zwischen Straffheit der Kniesehnen und Straffheit der Rückenmuskeln zu unterscheiden, da manche Menschen aus einer stehenden Position mit den Fingerspitzen den Boden berühren können, indem sie die Lumbalregion der Wirbelsäule zu stark und die Kniesehnen zu wenig beanspruchen. Sie können die Wirbelsäule über das Normalmaß hinaus bewegen und auf diese Weise straffe Kniesehnen ausgleichen. Dies kann jedoch eine Ursache für Rückenschmerzen sein, da durch die anomale Bewegung die Gelenke geschädigt werden können.

Überprüfung der Körperhaltung

Ein gewisser Grad an Lordose der lumbalen Wirbelsäule im Kreuz ist normal. Übermäßige Lordose ist jedoch ein häufiger Grund für Rückenschmerzen und geht im allgemeinen mit einer anderen häufigen Ursache einher: schwacher Abdominalmuskulatur.

Ein typischer Rückenschmerzpatient hat schwache

Bauchmuskeln, ein vorstehendes Abdomen, Hyperlordose mit Hohlkreuz und straffe Kniesehnen.
Bei der Überprüfung der Körperhaltung sollte das gesamte Körperprofil mit unvoreingenommenem Blick im Spiegel betrachtet werden. Versuchen Sie nicht, aufrechter als gewöhnlich zu stehen. Stehen Sie in normaler, entspannter Position. (Wichtig ist, daß Sie nicht versuchen, eine militärische Haltung einzunehmen, da sie anomal ist und, wenn sie längere Zeit hindurch aufrechterhalten wird, Schmerzen verursachen kann.)
Denken Sie daran, daß Sie sich prüfen und nicht versuchen, sich selbst zu täuschen.

Hyperlordose mit tiefem Hohlkreuz ist im Spiegel gut zu erkennen. Bei einem korpulenten oder extrem muskulösen Menschen mit einem dicken Fett- oder Muskelpolster über dem Rückgrat kann es jedoch sein, daß sie nicht in Erscheinung tritt. In einem solchen Fall kann auf eine Hyperlordose oft aus dem vorstehenden Abdomen und der übermäßigen Kyphose des oberen Rumpfes geschlossen werden, die fast immer mit einer Hyperlordose einhergehen.

Eine gute Haltung wird oft fälschlicherweise mit einer unveränderlichen stocksteifen Positur gleichgesetzt. Eine derartige «Ideal»-Haltung ist unnatürlich und kann nur für kurze Zeit eingenommen werden. In der Tat wird normalerweise keine Haltung für längere Zeit eingenommen. Wir wechseln ständig von einer Haltung in die andere um Muskeln zu entlasten, die beim Aufrechterhalten einer bestimmten Position Arbeit leisten müssen. Wenn wir sitzen, sitzen wir nicht still, wenn wir uns hinlegen, liegen wir nicht still, wie zerknitterte und unordentliche Bettlaken am Morgen beweisen. Das Drehen und Wenden auch im Schlaf ist ein Schutzmechanismus, denn Druck auf irgendeinen Körperteil kann nicht für längere Zeit aufrechterhalten werden. Andernfalls würde der Blutfluß zu dieser Stelle behindert, da der Druck die Kapillaren zusammenschnürt, jene winzigen Blutgefäße, durch die die Gewebe Nährstoffe aus dem Blut empfangen und über die sie ihre Abfallprodukte loswerden. Auch wenn wir bequem dasitzen und angenehmen Dingen lauschen, werden wir mit der Zeit unruhig und müssen uns bewegen, indem wir das Körpergewicht von einer Gesäßhälfte auf die andere verlagern oder uns sonstwie Ausgleich verschaffen. Beim Stehen verlagern wir das Gewicht von einem Bein auf das andere.

Jegliche Vorstellung von einer guten Haltung als dem Erstarren in einer einzigen bestimmten Position ist an sich ungültig. Natürlich gibt es so etwas wie eine schlechte Haltung. Wenn man zum Beispiel längere Zeit mit herabhängenden Schultern herumgeht, werden die Gewebe auf der konvexen Seite der Krümmung gedehnt, während die auf der konkaven Seite fester werden und unter Druck stehen. Der Druck reicht unter Umständen aus, um Nakken-, Schulter- oder Kreuzschmerzen zu verursachen.

Eine schlechte Haltung kann auf beeinträchtigte Muskelkontrolle, wie bei Poliomyelitis oder Muskeldystrophie zurückzuführen sein, oder einfach auf Schwäche wegen mangelnder körperlicher Betätigung. Sie kann psychologische Ursachen haben. Wenn man beispielsweise einem Menschen begegnet, der mit schlaff herabfallenden Armen und hängendem Kopf einherschlurft und verkündet: «Ich habe mich in meinem Leben nie wohler gefühlt», so steht außer Zweifel, daß dieser sich selbst und andere belügt. Eine solche Haltung ist mit Niedergeschlagenheit und Depression verbunden. Auf der anderen Seite ist ein Mensch, der rasch geht, mit energisch schwingenden Armen und erhobenem Kopf, offensichtlich weit davon entfernt, deprimiert zu sein.

Der psychische Zustand wird in der Haltung und den Bewegungen reflektiert. Es gibt Leute, die sagen, daß, wenn man seinen emotionalen Zustand verbessern will, man seine Haltung verbessern sollte. Es gilt aber eher das Umgekehrte.

Eine gute Haltung ist eine, in der man sich wohl fühlt und die nicht übermäßig viel Anstrengung erfordert. Der Rücken hat normale Krümmungen, und die sollten innerhalb bestimmter Grenzen eingehalten werden. Das Rückgrat ist eine Säule, die gestützt und balanciert werden muß, um ein Vornüberkippen zu vermeiden. Diese Funktion wird von den Muskeln erfüllt. Jede extreme Krümmung im Rückgrat erfordert eine übermäßige Menge an Muskelarbeit, um das Gleichgewicht zu bewahren, und die außergewöhnliche Beanspruchung der Muskeln kann gegen Abend zu Ermüdung und Erschöpfung führen und gelegentlich Schmerz verursachen.

Wie bereits erwähnt kann keine Körperhaltung für lange Zeit aufrechterhalten werden, da sie sonst unbequem wird. Kleine Verlagerungen sind normal. Wenn sich jedoch die Haltung generell – einschließlich Verlagerungen – ziemlich weit vom Normalmaß entfernt und zu übermäßiger Belastung und Anstrengung führt, dann ist es eine schlechte Haltung. Da die Haltung durch viele Faktoren beeinflußt wird – einschließlich des geistigen Bildes, das sich ein Mensch von sich selber macht, und der Ansichten, die er in bezug auf die Welt und seine Beziehung zu ihr hat sowie dessen, was er als eine normale Haltung betrachtet –, ist sie nicht leicht zu verändern. Aber sie kann verändert werden.

Generell sollten in stehender Position die Rückseite des Kopfes, der apikale Teil des thorakalen Rückgrats, das Gesäß und die Fersen auf einer Linie liegen; alle diese Bereiche sollten, wenn man mit dem Rücken zu einer Wand steht, die Wand berühren. Es sollte eine Distanz zwischen der Wand und dem Nacken sein, ebenso eine zwischen der Wand und dem Bereich, der sich vom Gesäß bis zur Rückseite des Brustkorbes erstreckt; beide normalerweise die Bereiche der Lordose. Dies ist eine gute Grundhaltung; sie braucht nicht ständig eingehalten zu werden, kleinere Verlagerungen sind durchaus gestattet.

Bei einer guten Sitzposition befinden sich die Fußsohlen flach auf dem Boden, die Unterschenkel rechtwinklig zum Boden und die Hüften um 90 Grad gebeugt. Für Leute mit Rückenproblemen, aber auch für alle anderen, die längere Zeit sitzen müssen, ist eine Stütze der lumbalen Lordose wichtig; deshalb werden gute Büro- und Schulstühle mit beweglichem Rückenteil, das der entsprechenden Position individuell angepaßt werden kann, hergestellt.

Sehr wichtig ist auch die Körperhaltung im Bett. Das Bett selbst sollte fest sein, fast so fest wie der Fußboden. Das mag sich unbequem anhören, aber Tatsache ist, daß es die meisten Rückenschmerzopfer während einer schweren Schmerzperiode vorziehen, auf dem Fußboden zu schlafen, da dies für sie bequemer ist als im Bett zu liegen.

Der optimale Bettentyp ist eine starre Unterlage und darüber eine einfache Roßhaarmatratze. Diese sind meist nur schwer zu bekommen; und Geschäftsleute verkaufen eine solche Matratze nur widerstrebend, da sie die billigste ist; sie bieten lieber eine teure orthopädische Matratze an, die, ausgestattet mit Brettern, Sprungfedern und anderen komplizierten Vorrichtungen, sich schlußendlich dem Effekt nach der einfachen, billigen Roßhaarmatratze annähert.

Die beste Position im Bett ist, flach, oder fast flach zu liegen. Wenn man auf dem Rücken liegt, den Kopf gestützt von vielen Kissen, ist der Nacken gebeugt, so daß die Gewebe auf der Rückseite gedehnt werden und die auf der Vorderseite entspannt. Am besten ist es, nur ein kleines Kissen zu verwenden. Da wir nie die ganze Nacht über in einer Position, sei es Bauch- oder Rückenlage, liegen bleiben, sondern von einer Seite auf die andere rollen, wird jemand, der überhaupt kein Kissen benutzt, auf der Seite nicht bequem schlafen können, da der Kopf keine Stütze hat. Es kann zu Schmerzen im Nacken, dem oberen Rücken und den Schultern kommen. Als richtige Stütze in der Seitenlage sollte ein Kissen, wenn es durch das Gewicht des Kopfes zusammengedrückt wird, etwa so hoch sein wie die Distanz zwischen der Schulterspitze und dem Gesicht.

Allgemein gilt, daß, wenn jemand gut schläft und morgens beim Erwachen keine Beschwerden hat, er sich keine Gedanken über seine Schlafhaltung zu machen braucht. Wenn man beim Erwachen Schmerzen verspürt, sollte die Möglichkeit in Betracht gezogen werden, daß eine Arthrose vorliegt. Nicht übersehen werden darf aber auch die Möglichkeit, daß ein Wechsel der Matratze oder des Kissens helfen könnte.

Gelegentlich kann Rückenschmerz auf einen Unterschied in der Länge der Beine zurückgeführt werden. Wie bereits erwähnt, ist es nichts Ungewöhnliches, wenn die beiden Körperhälften etwas asymmetrisch sind. Auch ist es nicht ungewöhnlich, wenn eine Differenz von bis zu 1 cm in der Länge der beiden Beine besteht.
Eine gute Methode, die Beinlänge zu bestimmen ist, die Distanz zwischen einem Punkt, der Spina iliaca anterior superior, und einem anderen Punkt, dem Malleolus medialis, zu messen. Die Spina iliaca anterior superior ist der knöcherne Höcker auf der Hüfte, seitlich vom Nabel und etwas tiefer gelegen, der am weitesten hervorstehende Knochen, den man in diesem Bereich fühlen kann. Der Malleolus medialis ist der am stärksten hervortretende Teil des Höckers auf der Innenseite des Fußknöchels.
Es ist auch möglich, vom oberen Teil des Hüftknochens, dem Beckenkamm (crista iliaca) aus zu messen, obgleich dies etwas weniger genau ist. Wenn man diese Methode benutzt, muß gewährleistet sein, daß man auf jeder Seite von einem Punkt genau in der Mitte zwischen Vorder-

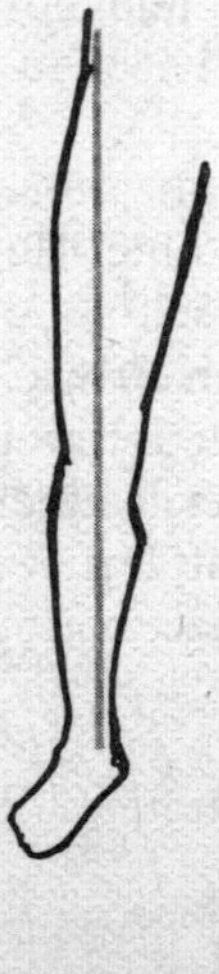

und Rückseite des oberen Teils des Hüftknochens aus mißt. Man mißt dann nicht zum Malleolus medialis auf der Innenseite des Knöchels, sondern zum Malleolus lateralis, dem äußeren Höcker des Knöchels.
Eine größere Differenz in der Beinlänge, größer als 1 cm, ist, das muß betont werden, nur gelegentlich eine Ursache von Rückenschmerzen. Wenn dies der Fall ist, kann eine einfache Maßnahme – die Verwendung eines erhöhten Schuhs – hilfreich sein. Ein Schuhmacher kann dies besorgen, und zwar im allgemeinen in Form eines erhöhten Absatzes. Selten ist die Erhöhung der Sohle erforderlich. Die Erhöhung kann auch mittels einer Einlage im Schuh erzielt werden; dies ist im allgemeinen teurer, aber die zusätzliche Ausgabe kann im Hinblick auf die äußere Erscheinung gerechtfertigt werden, wenn sich die experimentelle Verwendung einer äußerlichen Erhöhung als nützlich erweist.

Prüfung des Kurzbein-Effektes

Wir haben erwähnt, daß – auch wenn keine anatomische Differenz in der Beinlänge besteht –, ein Kurzbein-Effekt, der Rückenschmerzen hervorruft, von einer unterschiedlichen Bewegungsweise der Beine herrühren kann.
Wenn wir gehen, so ist dies in gewisser Hinsicht mit der Bewegung eines sich drehenden Rades vergleichbar, das ja auf optimale Weise ein Gewicht auf ebenem Grund von einem Punkt zu einem anderen transportiert. Beim Rad halten natürlich die Speichen oder Radien den Radkranz in einer konstanten Distanz von der Achse.
Wenn man nun das Hüftgelenk des Körpers als eine Art Radachse betrachtet, dann können die Beine als Speichen angesehen werden.
Die Beine wechseln sich natürlich beim Prozeß der Vorwärtsbewegung des Körpers ab. Dies wäre schwierig,

gäbe es keine Gelenke an Hüften, Knien und Knöcheln, da dann die Füße über den Boden schlurfen würden, oder es wäre erforderlich, sich jedesmal, wenn ein Bein vorwärts bewegt wird, auf die entgegengesetzte Seite zu beugen. Mit Gelenken in Hüften, Knien und Knöcheln jedoch kann das Bein zum Gehen vorübergehend verkürzt werden.
Wenn aber eines der Gelenke auf einer Seite übermäßig gebeugt wird, so daß das Bein nie ganz ausgestreckt wird, dann ist dieses Bein funktionell, wenn auch nicht anatomisch, kürzer als das andere.
Dies kann unerwünschte Folgen haben, denn mit jedem Schritt müssen wir den Schwerpunkt des Körpers über das Bein verlagern, das in diesem Moment das Gewicht trägt, um so ein Vornüberstürzen zu vermeiden. Es kommt daher beim Gehen zu einer ständigen Schwingung, wobei sich der Schwerpunkt des Körpers bei jedem Schritt ein paar Zentimeter auf die entsprechende Seite bewegt. In der Tat durchlaufen wir beim Gehen einen Prozeß, in dem wir regelmäßig das Gleichgewicht verlieren, und es abwechselnd mit dem einen und dann dem anderen Fuß wiedererlangen.
Wenn ein Bein funktionell kürzer ist, dann kommt es zu einer verstärkten Seitwärtsbewegung. Die Folge: Es ist eine größere Muskeltätigkeit als normal erforderlich, was zu einer erhöhten Ermüdungstendenz und manchmal zu Rückenschmerzen führt. Und obgleich immer ein gewisses Hinken nachweisbar ist, kann dieses manchmal so minimal sein, daß es nur von einem geübten Auge bemerkt wird.
Ob eine funktionelle Differenz der Beinlänge besteht, kann man prüfen, indem man sich beim Gehen betrachtet und beobachtet, ob der Körper mehr auf eine Seite neigt als auf die andere. Überdies kann man, wenn man genau horcht, beim Gehen auf einem festen Boden hören, ob das Auftreten des einen Fußes stärker ist als das des ande-

ren. Einen Hinweis kann auch die Untersuchung eines längere Zeit getragenen Paares von Schuhen liefern, bei dem festgestellt wird, ob ein Absatz stärker abgelaufen ist als der andere. Auch an der Sohle kann manchmal ein Unterschied in der Abgetragenheit festgestellt werden, der Absatz ist jedoch für diesen Zweck geeigneter, da man nur auf eine kleine Stelle des Absatzes auftritt und deshalb etwaige Unterschiede leichter zu erkennen sind.
Obgleich nur selten die alleinige Ursache von Rückenschmerzen, kann eine Differenz der Beinlänge doch ein Faktor von wesentlicher Bedeutung sein. Wenn Sie eine solche Differenz feststellen, können Sie diese mit Hilfe eines erhöhten Absatzes ausgleichen. Falls dies nicht ausreicht, kann eine erhöhte Sohle verwendet werden.
Wenn die funktionelle Beindifferenz von einer relativ geringfügigen anomalen Gelenkkontraktur herrührt, ist es zuweilen möglich, sie zu beheben, indem man sich angewöhnt, in Bauchlage ohne Kissen zu schlafen. Das Gewicht von Gesäß und Beinen kann helfen, Hüften und Knie zu begradigen. Die Füße sollten sich dabei über dem Rand der Matratze, zwischen Matratze und Fußbrett befinden, da sonst die Füße auf den Zehen ruhen und eine gewisse Beugung bestehen bleibt. Bei schwereren Kontrakturen kann eine ärztliche Therapie – mit Streckübungen, neuromuskulären Entspannungsübungen oder andere Maßnahmen – erforderlich sein. Eine solche Therapie ist nur auf ärztliches Rezept zu bekommen.

Spannung

Manche Leute können ziemlich leicht sagen, wann sie seelisch angespannt sind. Für sie gibt es so offensichtliche Zeichen wie Gluckern im Bauch, Unterleibskrämpfe oder Durchfall. Bei vielen jedoch zeigt sich emotionale Anspannung nur auf die normale biologische Weise: Durch

erhöhte Muskelspannung, die, in weniger «zivilisierten» Zeiten, als Vorbereitung auf Kampf oder Flucht diente.
Und viele Menschen mit Rückenschmerz, der von Muskelspannung herrührt, die wiederum auf psychische Anspannung zurückzuführen ist, erkennen nicht, daß sie angespannt sind. Auf die Frage, ob sie sich als überempfindlich betrachten, antworten viele mit einem ausdrücklichen Nein. Gleichwohl kommen bei einer Untersuchung abnorm angespannte Muskeln zutage.
Oft muß diesen Leuten beigebracht werden, die Spannung in ihren Muskeln selbst zu erkennen, sie tatsächlich zu fühlen. Wenn sie einmal dazu in der Lage sind, können sie oft selbst eine Entspannung der Muskeln herbeiführen.
Am ICD fordern wir solche Patienten oft einfach auf, sich völlig zu lockern – sich in der Taille vornüberzubeugen und einfach die Arme locker und entspannt herabbaumeln zu lassen. Wir fordern sie auf, die Schultern an die Ohren zu heben, sie in dieser Position kurz zu halten und sie dann zu lockern und danach zu versuchen, sie nach unten zu drücken und sie dann erneut zu entspannen. Wir fordern sie auf, die Schultern vor und zurück, auf und ab und im Kreis zu bewegen, und sie so durch Bewegung aufzulockern. Und wir fordern sie auf, auf das «Gefühl» in einem Muskel zu achten, wenn er nicht mehr angespannt ist.
Es bedarf keiner längeren Anstrengung, dieses Gefühl zu bekommen. Die Muskeln oft genug am Tag bewußt zu entspannen, so daß – auch bei andauernder seelischer Spannung – die Muskeln nicht permanent angespannt sind, ist schwieriger, jedoch nur in dem Sinne, als es erforderlich ist, sich jedesmal selbst an die Anstrengung zu erinnern.
Wenn der Patient so angespannt ist, daß er Schmerzen empfindet, treten diese Schmerzen gewöhnlich zuerst im Nacken und im oberen Rücken auf – quer über die Wur-

zel von Nacken und oberem Rücken und manchmal bis zu den Protuberantiae occipitales, den vortretenden Stellen hinter den Ohren.
Wenn man am einem derartigen Schmerz leidet und die Hand in den Nacken legt – näher beim Hals als bei der Schulter – dann fühlt man, daß die Muskeln an dieser Stelle angespannt und empfindlich sind. Reibt man nun mit den Fingern über diesen Bereich, so fühlt man wahrscheinlich eine gewisse Empfindlichkeit, aber auch eine Art Entspannung. Auf gleiche Weise kann man mit den Händen im unteren Rücken eine ähnliche Anspannung fühlen, obwohl dies etwas schwieriger ist.

Bandscheibenprobleme

Es ist schwierig, wenn nicht gar unmöglich, für sich selbst eindeutig zu bestimmen, ob ein Rückenschmerz das Resultat eines Bandscheibenproblems ist; dafür ist gewöhnlich eine fachmännische ärztliche Diagnose erforderlich. Dennoch können Sie ohne große Schwierigkeiten feststellen, ob die *Wahrscheinlichkeit* einer herniierten Bandscheibe besteht.
Betrachten Sie zunächst die Symptome. Rückenschmerz kann zwar ein Symptom einer Bandscheibenhernie sein, die Hauptbeschwerde ist jedoch im allgemeinen Schmerz entlang des Beines und auf der Außenseite des Fußes, manchmal begleitet von Taubheit, «Nadelstichen» und Schwäche. Manchmal hat man auch Schwierigkeiten, auf den Zehenspitzen zu stehen.
Mit der Hilfe eines Freundes oder Familienmitgliedes können Sie einen Schritt weiter gehen. Legen Sie sich auf den Rücken und lassen Sie den Partner langsam Ihre Beine, eines nach dem anderen, anheben, während Sie die Knie durchgedrückt halten. Im allgemeinen sollte es gelingen, jedes Bein bis zu einem Winkel von 80 Grad zur

Waagrechten anzuheben. Wenn ein Bein um 80 oder 90 Grad gehoben werden kann, das andere jedoch nur um 30 oder 40 Grad, ohne daß heftige Schmerzen bis in den Rücken hinauf hervorgerufen werden, kann dies ein Zeichen für eine herniierte Bandscheibe sein.

Dieser Test ist nicht absolut zuverlässig – und es gibt in der Tat auf keinem Gebiet der Medizin einen Test, der beim Vorliegen einer Krankheit immer positiv ist und immer negativ beim Nichtvorhandensein der Krankheit. Es bestehen noch Unsicherheiten, die mit den Grenzen des menschlichen Wissens und der menschlichen Geschicklichkeit zusammenhängen. Aus diesem Grund wägt ein gewissenhafter Arzt die Resultate verschiedener Tests gegeneinander ab und berücksichtigt auch Einzelheiten der Krankheitsgeschichte des Patienten.

Aus diesen Gründen müssen Sie bei Ihren eigenen Auswertungen mit einem gewissen Maß an Unsicherheit rechnen. Auch wäre es, sowohl beim Beinhebetest als auch bei anderen Tests, nicht überraschend, wenn Sie ihn an einem Tag besser durchführen können als an einem anderen. Kein Mensch, ob er nun unter irgendwelchen Beschwerden leidet oder nicht, führt eine Tätigkeit an verschiedenen Tagen oder auch zu verschiedenen Zeiten am selben Tag auf genau dem gleichen Niveau aus.

Muskeltests

Zu den wichtigsten Tests, die Sie durchführen können, gehören jene, mit denen die spezifische Muskelschwäche herausgefunden werden kann, die möglicherweise für den Rückenschmerz verantwortlich ist.

Obwohl wir die wichtige Rolle der Muskeln bereits besprochen haben, soll dieses Thema hier im Zusammenhang mit Muskeltests noch einmal kurz behandelt werden.

Muskeln kontrahieren sich, wenn sie Arbeit leisten; sie ziehen immer, sie stoßen nie. Das System funktioniert so, daß gewöhnlich ein Muskel gegen einen anderen arbeitet; zum Beispiel kontrahiert sich der eine, um ein Bein zu beugen, und ein Gegenspieler kontrahiert sich, um es zu strecken. Wenn jeder Muskel eines Paares sich fließend kontrahieren soll, muß sich auch jeder fließend entspannen. Andernfalls ist die Muskelbewegung, wegen der entgegengerichteten Kräfte, ruckartig, und eine solche ruckartige, unkontrollierte Bewegung kann Schädigungen hervorrufen.

Die Tätigkeit der Muskeln wird durch das zentrale Nervensystem gesteuert. Nerven nehmen die Stellung verschiedener Teile des Körpers und die Spannung in verschiedenen Muskeln, Sehnen und Bändern wahr und übertragen die Informationen zum Rückenmark und Gehirn, von wo aus dann wiederum Botschaften ausgesandt werden, um koordinierte Entspannung und Kontraktion herbeizuführen. Da der exzitatorische Zustand dieser Nerven von Zeitpunkt zu Zeitpunkt verschieden ist – vor und nach einer Mahlzeit, je nach Barometerstand, Wetter, seelischem Zustand –, ändert sich die Koordination, und mit diesen Änderungen gehen Unterschiede in der Fähigkeit zu arbeiten und sich anzustrengen einher mit dem Zweck des effektivsten, bestkoordinierten und sichersten Gebrauchs der Muskeln.

Neben der Wahrscheinlichkeit, daß ein Muskel bei schlecht koordinierter Bewegung leicht verletzt werden kann, besteht die Wahrscheinlichkeit einer Verletzung auch, wenn von einem geschwächten Muskel eine Leistung gefordert wird, die zu einem anderen Zeitpunkt vollkommen normal wäre.

Körperliche Fitneß ist in den Vereinigten Staaten und in den meisten sogenannten zivilisierten Ländern selten. Es wird viel darüber geredet aber wenig dafür getan. Unsere Lebensweise ist im wesentlichen sitzend. Wenige von uns

haben einen Beruf, der ständig größere körperliche Anstrengung erfordert. Wir benutzen, wenn immer möglich das Auto. Wir nehmen den Fahrstuhl, und sei es nur von einem Stockwerk bis zum nächsten. Die wenigsten treiben regelmäßig Sport – außer vielleicht dem Sport, das Fernsehgerät ein- und auszuschalten oder Essen und Trinken zum Mund zu führen, was ja ausgezeichnete Übungen für Handgelenke und Finger sein mögen, für den Rücken jedoch nichts nützen.
Unsere sitzende Lebensweise führt dazu, daß die Muskeln geschwächt, ihre Koordination durch den Nichtgebrauch beeinträchtigt und Kontrakturen begünstigt werden. Dies ist die primäre Ursache von Rückenschmerzen.
Es ist kein Zufall, daß von allen Ärzten diejenigen, die am meisten unter Rückenschmerzen zu leiden haben, die Psychoanalytiker sind, die den größten Teil des Tages sitzend auf dem Stuhl verbringen.
Muskelschmerz ist eine Protestreaktion, die eintritt, wenn Muskeln gefordert sind, mehr zu leisten als sie vermögen. Auf diese Weise überfordert, verkrampfen sie sich; und dies kann sich so weit steigern, daß sie gegen alles, was sie als überhöhte Anforderung betrachten, «in Streik treten».
Bei der überwältigenden Mehrheit der 5000 Rückenschmerzpatienten, die wir am ICD untersucht haben – und diese Erfahrung trifft auch auf andere medizinische Zentren zu – war der Schmerz einfach das Resultat einer Muskelinsuffizienz.
Die beste Methode zur Überprüfung der muskulären Leistungsfähigkeit entwickelte vor Jahren Dr. Hans Kraus vom Department of Rehabilitation Medicine der New York University School of Medicine in Zusammenarbeit mit Dr. Sonja Weber. Dieser Test ist äußerst wertvoll, und man kann ihn zur Selbstdiagnose anwenden, vorausgesetzt, man versteht das Prinzip, das dahintersteht.
Bei diesem Test wird die minimale Leistungsfähigkeit der

Muskeln geprüft, wie Dr. Kraus wiederholt betonte, wenn auch einige, die professionellen Gebrauch davon machen, dies vergessen haben. Was seine Erfinder in umfassenden Studien herausfanden war, daß die meisten Menschen, deren Muskelkraft und -flexibilität mindestens von dem Niveau ist, daß sie den Test bestehen, nur selten oder überhaupt nicht an Rückenschmerz leiden. Diejenigen, die den Ansprüchen des Tests nicht genügen, neigen dagegen in hohem Maße zu Rückenschmerzen.

Man sollte jedoch dazu sagen, daß manche, die die Testkriterien nicht erreichten, noch nie Rückenschmerzen gehabt hatten, während andere, die diese Kriterien übertreffen, an Rückenschmerz leiden. Daran ist nichts Geheimnisvolles; der Grund ist einfach: Rückenschmerz, der seine Ursachen in den Muskeln hat, tritt auf, wenn die Beanspruchung die Kapazität übersteigt. Bei geringer Beanspruchung kann es sein, daß auch extrem schwache Muskeln keine Beschwerden hervorbringen. Dies erklärt zum Beispiel die Tatsache, daß ein Rückenschmerzpatient, der sich ins Bett legt und dort bleibt, ohne sich zu bewegen, Besserung erfährt. Auf der anderen Seite muß, wenn die Anforderungen hoch sind, auch die Muskelkraft außergewöhnlich groß sein. Ein Gewichtheber beispielsweise könnte seine Leistungen kaum mit Muskeln vollbringen, die einer Hausfrau angemessen wären.

Die Beziehung Muskelkraft–Muskelschmerz kann mit der Beziehung zwischen der Höhe eines Dammes und der Wassermenge hinter diesem Damm verglichen werden. Wenn man annimmt, daß die Dammhöhe die Leistungsfähigkeit der Muskeln repräsentiert, während die Wassermenge die Menge an Arbeit repräsentiert, die von den Muskeln gefordert wird, und eine Überflutung des Dammes Schmerz bedeutet, dann kommt es zur Überflutung oder zum Schmerz, wenn die Wassermenge hinter dem Damm relativ gering ist, der Damm jedoch niedrig; aber ebenso, wenn die Dammhöhe bzw. Muskelkraft groß ist, die Wassermenge bzw. Anforderung jedoch entsprechend größer. Auch der besttrainierte Athlet kann gelegentlich Schmerz erfahren, wenn er eine übermenschliche Anstrengung unternimmt, um seine gewöhnliche Norm zu übertreffen.

Sowohl im Verlauf meiner Spezialausbildung als auch eine Zeitlang danach arbeitete ich mit Dr. Kraus zusammen, der immer wieder die Beziehung betont zwischen Anforderung und Fähigkeit, dieser Anforderung zu entsprechen. Leider haben einige, die Dr. Kraus' Prinzipien anwenden, diese Beziehung nicht voll erkannt. Seit meiner Zusammenarbeit mit Dr. Kraus mache ich routinemäßig Gebrauch vom Kraus-Weber-Test. Er ist von größtem Wert, aber es gibt Patienten die, obwohl sie den Kriterien des Tests entsprechen, immer noch Schmerzen haben, die offensichtlich auf zu hohe Beanspruchung zurückzuführen sind, und für diese Patienten sind weitere Tests erforderlich.

In solchen Fällen bedarf es einer Untersuchung der beruflichen Situation des Patienten, einer Untersuchung, die über die Berufsbezeichnung und eine allgemeine Beschreibung der Arbeit hinaus die spezifischen Tätigkeiten berücksichtigt, die er durchführen muß. Viele Leute sagen – und glauben –, daß sie sehr aktiv sind, während tatsächlich das Gegenteil zutrifft. Auch der umgekehrte Fall kommt vor. Man darf nicht vergessen, daß in den meisten Berufen die Arbeit nicht in gleichbleibendem Maß durchgeführt wird; es gibt im Tagesverlauf Höhe- und Tiefpunkte, und die Beanspruchung der Muskeln variiert. Wenn man zum Beispiel Bauarbeiter beobachtet, wird man feststellen, daß von vielen von ihnen einen Großteil der Zeit über nicht die körperliche Höchstleistung gefordert wird; im allgemeinen müssen sie sich nur für relativ kurze Zeitperioden am Tag bis zum Maximum anstrengen. Aber die Leistungskapazität der Muskeln muß groß genug sein, um den maximalen Anforderungen zu entsprechen, nicht nur durchschnittlichen Anforderungen. Am ICD gibt es einige Patienten, ein paar Prozent von allen, die extrem schwere Arbeit leisten müssen. Wir haben daher Methoden entwickelt, solche Arbeit zu imitieren, indem extreme isometrische Übungen sowie Hebe- und Tragetests verwendet werden, bei denen die Lasten aus Sand bestehen, durch Zusatz von Wasser schwerer gemacht.

Mit dem Kraus-Weber-Test kann festgestellt werden, ob unzureichende Muskelkraft oder -flexibilität ein Faktor beim Rückenschmerz ist. Später kann er als Maß dafür verwendet werden, welcher Fortschritt bei der Steigerung von Kraft und Flexibilität erzielt wurde. Und wenn der Fortschritt das für den Test geforderte Niveau überschritten hat, kann dieser immer noch dazu angewandt werden, weitere Fortschritte durch Abänderungen und zahlreichere Wiederholungen der Testübungen zu messen.

Zum Beispiel müssen Sie sich in einem Teil des Tests, ausgehend von der Rückenlage, aufrecht setzen, zuerst mit gestreckten Knien und den Händen im Nacken, während die Füße festgehalten werden, dann das gleiche mit angewinkelten Knien und Hüften. Wenn Sie kräftiger werden, können Sie diese Übungen weiterhin durchführen, mit gestreckten bzw. angewinkelten Knien und zusätzlich mit Drehung des Rumpfes; und schließlich, bei weiterem Fortschritt, ohne die Füße festzuhalten mit gestreckten Knien und dann mit teilweise angewinkelten Knien.

Achten Sie bei der Durchführung des Tests auf Bequemlichkeit. Ziehen Sie die Schuhe aus, entspannen Sie sich und verfahren Sie ohne jede Hetze. Bei den Testübungen kommt es ja nicht auf Geschwindigkeit an. Wenn sie langsam durchgeführt werden, sind sie etwas schwieriger und liefern bessere Hinweise auf die Leistungsfähigkeit der Muskeln. Außerdem ist das Risiko einer Verletzung viel geringer.

Halten Sie während der Übungen den Mund geöffnet und atmen Sie mit geöffnetem Mund ein und aus. Atmen Sie vor irgendeiner anstrengenden Übung bewußt durch den Mund ein, und lassen Sie die Luft so ausströmen, daß jemand aus etwa 1 m Entfernung das Ausatmen gut hören kann. Atmen Sie in der gleichen Weise während der gesamten Übung ein und aus. Bei dieser Art zu atmen wird der Blutdruck nicht erhöht, und Herz, Lunge und Blutgefäße werden nicht übermäßig angestrengt.
Folgen Sie für jeden Test den Anweisungen – und zwar genau.

1. Legen Sie sich auf den Rücken, die Hände im Nacken verschränkt. Heben Sie die Füße an, bis sie sich etwa 30 cm über dem Boden befinden. Die Knie sind dabei gestreckt und die Beine berühren sich. Bleiben Sie, wenn Sie können, in dieser Position etwa 10 Sekunden lang. Gelingt Ihnen dies, so haben Sie den Test bestanden. Das bedeutet, daß Ihre Hüftbeugemuskeln normal kräftig sind. Im anderen Fall notieren Sie, als Ausgangspunkt für zukünftige Vergleiche, die Zahl der Sekunden, die Sie in der Position bleiben können.

2. Legen Sie sich wieder flach auf den Rücken, die Hände im Nacken verschränkt. Lassen Sie entweder einen Partner Ihre Knöchel festhalten oder bringen Sie die Füße unter ein Bett, Sofa oder ein anderes schweres Möbelstück, das sie festhalten kann. Versuchen Sie nun, die Hände immer noch im Nacken verschränkt und die Ellbogen nach hinten gedrückt, sich aufzusetzen, indem Sie sich hochrollen oder hochwinden. Mit diesem Test soll festge-

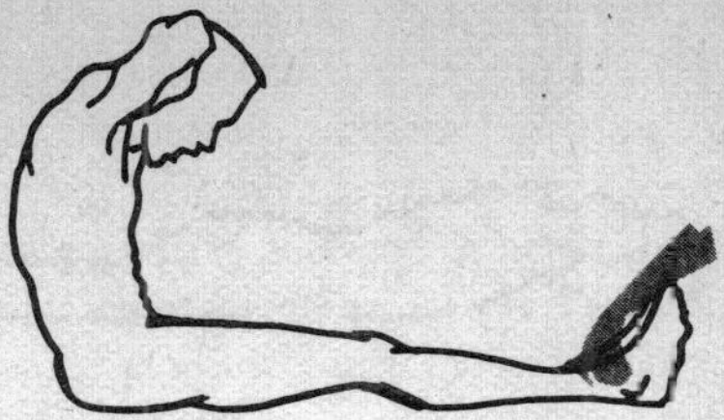

stellt werden, ob die Unterleibsmuskeln und die hüftbeugenden Iliopsoasmuskeln im Zusammenspiel genug Kraft haben, um das Körpergewicht zu heben. Es ist ein relativ einfacher Test. Um ihn zu bestehen, ist nur eine einzige Durchführung erforderlich.

3. Legen Sie sich wieder flach auf den Rücken, die Hände im Nacken verschränkt. Winkeln Sie jetzt jedoch die Knie an und versuchen Sie, an den Knöcheln von einer anderen Person oder einem Möbelstück festgehalten, sich in eine sitzende Position aufzurichten. In diesem Test, bei dem die Knie angewinkelt sind, so daß die Fersen sich möglichst nahe am Gesäß befinden, kommen die Hüftmuskeln nicht zur Wirkung, und es wird fast ausschließlich die Kraft der Unterleibsmuskeln festgestellt. Auch bei diesem Test ist nur eine Durchführung erforderlich.

4. Als nächstes sollen die Muskeln des oberen Rückens getestet werden. Drehen Sie sich dazu auf den Bauch und legen Sie ein festes Kissen unter die Hüften (nicht unter

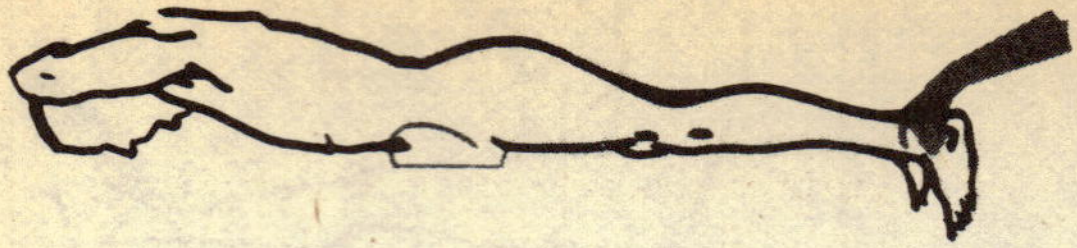

den Bauch). Ein Freund oder Familienmitglied soll nun mit der einen Hand Ihre Knöchel auf dem Boden festhalten und, indem er mit der anderen Hand das Gesäß festhält, Ihren Unterkörper stützen. Heben Sie nun, die Hände im Nacken verschränkt, zunächst die Ellbogen vom Boden, dann das Kinn und dann den ganzen Oberkörper – so daß sich Ellbogen, Kinn und Oberkörper über dem Boden befinden. Bleiben Sie in dieser Position 10 Sekunden lang, wenn Sie können.

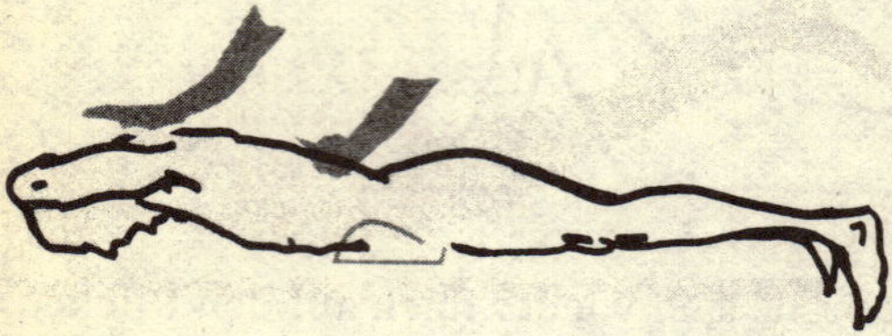

5. Nun wird die Kraft der Muskeln des unteren Rückens getestet. Ihre Ausgangsposition ist ungefähr wie in Test 4, Bauchlage, ein Kissen unter den Hüften. Nun soll jedoch der Partner eine Hand auf den oberen Rücken legen und die andere etwa in Taillenhöhe auf den unteren Rücken. Versuchen Sie nun, beide Beine mit gestreckten Knien anzuheben und etwa 10 Sekunden lang in dieser Stellung zu bleiben.

6. Dies ist der letzte Test der Reihe, und er soll die Flexibilität der Kniesehnen und Rückenmuskeln und anderer Strukturen prüfen. Stehen Sie aufrecht – barfuß oder in

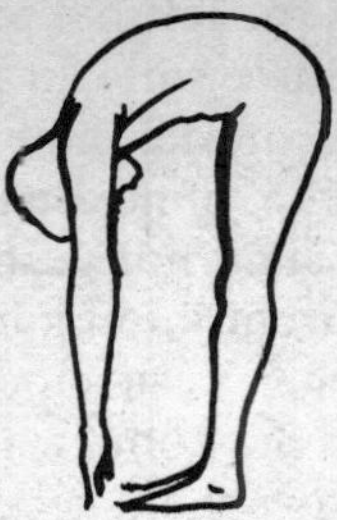

Strümpfen –, die Füße zusammen, die Hände in Seithaltung. Lassen Sie nun Kopf und Arme nach vorn fallen und versuchen Sie, bei gestreckten Knien mit den Fingerspitzen den Boden zu berühren, ohne dabei gewaltsam zu drücken. Sollten Sie diese Übung nicht schaffen, so liegt das nicht an der Körpergröße; da die relative Länge von Armen und Beinen die gleiche ist, sollten große Menschen nicht mehr Schwierigkeiten haben, den Boden zu berühren als kleine. Es ist vielmehr ein Resultat einer Verkürzung und Anspannung von Rückenmuskeln und Kniesehnen und den Muskeln auf der Rückseite der Oberschenkel.

Diese Tests gelten selbstverständlich für Frauen wie für Männer.
Vor einigen Jahren sollte ich bei einer Versammlung über Skikonditionstraining sprechen. Im Vortrag befaßte ich mich ausführlich mit der Bedeutung von Muskelkraft, Ausdauer und Elastizität und betonte insbesondere die wichtige Rolle einer gut entwickelten Bauchmuskulatur, und was die sogenannten Sitzübungen dazu beitragen können. Nachdem sie während des Vortrags höflich gewartet hatte, meldete sich eine junge Frau aus der Zuhörerschaft anschließend sofort zu energischem Protest: «Aber, Herr Doktor, Frauen können solche Übungen doch gar nicht schaffen!» Zum Glück befand sich meine

Frau unter den Zuhörern. Ich bat sie, auf die Bühne zu kommen, und dann führte sie – in ausgezeichneter körperlicher Verfassung – vor, daß eine Frau mit guter Kondition diese Sitzübungen ohne Schwierigkeiten sowohl mit angewinkelten als auch mit gestreckten Knien mehrmals hintereinander durchführen kann.

Diese sechs Kraus-Weber-Tests sind für Männer wie für Frauen gleich wertvoll. Sie können Hinweise auf vorhandene Stärken und Schwächen geben. Mit diesen Tests wird die *minimale*, nicht die maximale Leistungsfähigkeit der Muskeln bestimmt.

Wenn Sie eine dieser Übungen nicht schaffen, ist dies ein unmittelbares Zeichen für eine ganz klare Schwäche – und mit ziemlicher Wahrscheinlichkeit ein Hinweis auf eine Ursache von Rückenschmerz.

Wenn Sie alle sechs Tests bestanden haben, dann besitzen Sie, um dies noch einmal zu betonen, zumindest die minimale Leistungsfähigkeit. Wenn Sie – regelmäßig oder auch nur gelegentlich – mehr als minimale Anforderungen an die arbeitenden Muskeln stellen, sei es im Haus oder Garten, beim Sport oder einer anderen Freizeitbetätigung, reicht die minimale Leistungsfähigkeit wahrscheinlich nicht aus. Deshalb braucht die Erfüllung der Testkriterien noch nicht zu bedeuten, daß Muskelschwäche als Ursache Ihrer Rückenschmerzen wegfällt. Sie dürfen den Faktor Beanspruchung nicht vergessen.

Wie bereits erwähnt leiden am ICD, wie auch an anderen Zentren, etwa vier von fünf Rückenschmerzpatienten an diesen Schmerzen aufgrund einer ihren Anforderungen nicht gewachsenen Muskulatur. Alles in allem wäre die Mehrheit dieser Patienten, hätte sie die Information dieses Kapitels zur Verfügung gehabt, in der Lage gewesen, ihr spezielles Problem zu diagnostizieren und hätte – mit Hilfe später zu diskutierender Methoden – viel, und vielleicht alles Erforderliche dazu beitragen können, mit dem Problem und dem Schmerz fertigzuwerden.

4. Kapitel

Wann eine ärztliche Diagnose erforderlich ist

Unter bestimmten Umständen ist offensichtlich eine fachmännische ärztliche Untersuchung erforderlich. Wenn neben den Rückenschmerzen andere Symptome auftreten, und stünden sie auch allem Anschein nach außerhalb jeder Beziehung dazu, sollte eine ärztliche Diagnose erfolgen, da der Rückenschmerz mit diesen Symptomen zusammenhängen könnte. Wie bereits festgestellt, kann Rückenschmerz auf eine ganze Anzahl von Krankheiten zurückzuführen sein, die nichts mit dem Rücken zu tun haben, darunter Magengeschwüre, Prostata- oder Nierenerkrankungen, Uterusretroversion, fibroide Uterustumoren, Störungen im Eileiter. Ungewohnte Magenbeschwerden, Störungen beim Harnlassen oder Menstruationsprobleme, die zusammen mit Rückenschmerzen auftreten, erfordern eine fachmännische Diagnose.

Auch dann, wenn Rückenschmerz durch die gewissenhafte Anwendung später noch zu besprechender Maßnahmen nicht gebessert werden kann, sollte um ärztlichen Rat ersucht werden. Auch wenn keine anderen nicht mit dem Rücken verwandten Symptome festzustellen sind, liegt möglicherweise irgendein krankhafter Zustand vor, der nichts mit dem Rücken zu tun hat. Wenn keine Besserung eintritt, kann dies auch darauf zurückzuführen sein, daß die Behandlungsmethoden nicht richtig angewandt worden sind.

Im Fall, daß ärztliche Hilfe erforderlich sein sollte, ist es natürlich ein entscheidendes Problem, den richtigen Arzt zu finden.

Welcher Arzt?

Allgemein ist es das beste, zuerst zum Hausarzt oder zum Internisten zu gehen. Vielleicht kann er selbst erfolgreich mit Ihrem Problem fertigwerden. Wenn nicht, kann er Sie zu einem Spezialisten überweisen, der für das Problem qualifiziert ist. Für einen Patienten kann es schwierig sein, selbst zu entscheiden, welchen Spezialisten er konsultieren soll, und eine zufällige Wahl kann kostspielig sein, sowohl in finanzieller Hinsicht als auch was unnötig verlängerte Schmerzen betrifft.

Der Hausarzt oder Internist kann die Frau, bei der er Grund zur Vermutung hat, daß ihr Rückenschmerz im Zusammenhang mit fibroiden Tumoren steht, zum Gynäkologen schicken, er kann den Patienten, bei dem er einen Zusammenhang mit einem Magengeschwür vermutet, zu einem Gastroenterologen überweisen.

Oft überweist der Hausarzt einen Patienten mit einem offenbar schweren Rückenproblem an einen Spezialarzt für physikalische Medizin, sein Hauptinteresse gilt dem Funktionieren von Knochen, Nerven und Muskeln.

Oft kann auch ein orthopädischer Chirurg helfen, dessen Spezialgebiet die Knochen sind. In bestimmten Fällen können andere Spezialisten erforderlich sein. Bei Erkrankungen der Prostata, der Nieren oder des Harntraktes kann es ein Urologe sein; ein Internist, wenn der Rückenschmerz mit Herz- oder Kreislauferkrankungen zusammenhängt. Zum Beispiel kann ein intramurales Aortenaneurisma, eine Erkrankung der Körperhauptschlagader, quälende Rückenschmerzen verursachen; und in diesem Fall erfordert die endgültige Diagnose die Untersuchung durch einen Kardiologen, einen Internisten, der auf Störungen des Herzens und verwandter Strukturen spezialisiert ist.

Schmerzen im unteren Rücken können manchmal mit einer Erkrankung der Blutgefäße der Beine zusammenhängen. In diesem Fall kann der Schmerz nach kürzerem Gehen auch im Gesäß und in den Beinen auftreten, im Verlauf einer Ruhepause wieder verschwinden, und später beim Gehen wieder in Erscheinung treten. Ein solches Problem liegt auf dem Gebiet des Spezialisten für Gefäßerkrankungen, entweder einem Internisten mit speziellen Kenntnissen und Erfahrung in Gefäßkrankheiten, oder, falls ein chirurgischer Eingriff zur Besserung erforderlich sein sollte, einem Gefäßchirurgen.

Ein Neurologe kann zu Rate gezogen werden, wenn vermutet wird, daß Nerven an der Schmerzentstehung beteiligt sind, als Resultat des Druckes durch eine herniierte Bandscheibe oder durch einen Tumor im Wirbelkanal oder auch als Resultat eines Druckes an irgendeiner anderen Stelle.

Ein Endokrinologe, ein Spezialist für Drüsenerkrankungen, kann in Fällen erforderlich sein, in denen der Rückenschmerz vermutlich auf eine Störung des Hormongleichgewichts zurückzuführen ist. Zum Beispiel produziert die Schilddrüse das Hormon Thyroxin, und wenn die Werte dieses Hormons nicht stimmen, kann das Rückenschmerz zur Folge haben.

Bei einer Osteoporose genannten Krankheit werden die Knochen, einschließlich der der Wirbelsäule, mürbe und brüchig und können schließlich, als Resultat eines Kalziumverlustes aus dem Knochengerüst, zusammenbrechen. Die Osteoporose, die nicht selten bei Frauen nach der Menopause auftritt, kann zwar größere Brüche mit Wirbelkollaps verursachen; häufiger jedoch führt sie zu kleineren Rissen im Knochen, die dann am Periosteum, der faserigen Membran, die den Knochen umgibt, reißen, und auf diese Weise Schmerzen hervorrufen können. Manchmal sind die Risse auf Röntgenbildern sichtbar. Da die Regulierung des Kalziumhaushaltes – und daher auch die Osteoporose – unter Umständen mit Hormonspiegeln zusammenhängt, kann ein Endokrinologe erforderlich

sein, der die Hormonspiegel bestimmt und feststellt, welche Medikamente zur Korrektur von Ungleichgewichten nützlich sein könnten.
In Fällen, wo offensichtlich seelische Probleme am Rückenschmerz beteiligt sind, kann psychiatrische Hilfe notwendig sein.

Diagnoseverfahren: Welche sind erforderlich und wann?

Eine der wichtigsten Hilfen für eine ärztliche Diagnose – für Rückenschmerzen wie für andere Probleme – ist die Geschichte des Patienten. Oft ergeben sich daraus wertvolle Hinweise, die die Suche nach Ursachen erleichtern können und so eine Menge Zeit und Mühe sparen.
Bei Rückenschmerzen können Informationen über den Charakter des Schmerzes selbst von Bedeutung sein, und oft hilft es weiter, wenn der Patient ein Tagebuch führt, in dem er dem Schmerz ständig auf der Spur ist. Ist er leicht, mäßig oder schwer? Von welcher Qualität? Ist es ein brennender Schmerz? Ist er permanent da oder tritt er in Abständen auf? Zu welcher Tageszeit tritt er gewöhnlich auf? Erscheint er nach bestimmten Tätigkeiten? Lassen bestimmte Tätigkeiten ihn verschwinden? Beeinflussen Husten, Niesen oder Anstrengungen während einer Darmbewegung den Schmerz in irgendeiner Richtung? Verschlimmert oder bessert er sich beim Essen? Und wenn Essen in irgendeiner Weise den Schmerz beeinflußt, gibt es dann bestimmte Speisen, die offensichtlich den Unterschied bewirken? Hängt der Schmerz mit dem Menstruationszyklus zusammen? Treten zusammen mit dem Schmerz Nadelstichempfindungen oder Parästhesien auf?
Lassen Sie mich kurz auf die mögliche Bedeutung einiger dieser Aspekte des Rückenschmerzes eingehen. Die Stärke des Schmerzes steht nicht unbedingt in Beziehung

zur Schwere der Ursache. Bestimmte Arten irritativer Schmerzen – wie zum Beispiel der Schmerz, der einen Bruch der Wirbelsäule oder einen Rippenbruch begleitet – sind jedoch qualvoll. Der Schmerz, den ein Muskelkrampf erzeugt, kann recht heftig sein, geht jedoch selten bis an die Grenze des Unerträglichen. Schmerzen aufgrund von Triggerpunkten können von sehr leicht bis sehr schwer reichen. Der frühe Schmerz, der mit der herniierten Bandscheibe einhergeht, ist immer sehr heftig und ist zum großen Teil auf den mit der Herniation verbundenen Muskelkrampf zurückzuführen, im allgemeinen läßt der Schmerz jedoch ziemlich rasch nach. Ein brennender Schmerz kann ein Zeichen für die Reizung von Nervenfasern sein. Parästhesien oder Nadelstiche können auf einer Störung der Blutzufuhr oder der Reizung von Nervenwurzeln durch einen Tumor, eine herniierte Bandscheibe oder durch einen verkrampften Muskel zurückzuführen sein. Rückenschmerz, der abends auftritt, kann von einer seelischen Anspannung herrühren, die sich häufig den Tag über aufbaut und in ihrem Verlauf eine Muskelanspannung erzeugt, die zu Rückenschmerz führen kann. Für den Arzt ist es wichtig, die Fallgeschichte eines Patienten zu erfahren, damit er feststellen kann, ob irgendwelche Muskel-, Knochen- oder Gelenkerkrankungen beim Patienten selbst oder in seiner Familie vorkamen. Außerdem kann er Hinweise auf andere Krankheiten – Tuberkulose (die Knochen befallen kann), Krebs, Herz- oder Gefäßkrankheiten, Colitis, Menstruationsstörungen u.a. – beim Patienten oder in der Familie erhalten.

Sie ist das nächste, äußerst wichtige diagnostische Verfahren. Dazu gehören Maßnahmen zur Feststellung, ob das Becken gerade ist, die Untersuchung des Rückgrats auf etwaige anomale Verkrümmungen und die Überprüfung der Muskelanspannung. Außerdem wird der Bewegungsspielraum der Gelenke getestet.

Eine gründliche physikalische Untersuchung umfaßt auch das Abmessen von Brust und Unterleib sowie einen Test, mit dessen Hilfe festgestellt wird, ob Brust- oder Bauchatmung dominiert. Menschen, die zum Atmen die Bauchmuskeln benutzen, haben im allgemeinen eine stärkere Bauchmuskulatur als diejenigen, die die Brustmuskeln benutzen.

Bei der Untersuchung des Rückens wird der Arzt prüfen, ob Triggerpunkte, Knötchen oder kleine Fettherniationen vorliegen. Er wird auch auf etwaige Tumoren, gutartig oder bösartig, achten, die im Rücken vorkommen können. Außerdem wird er untersuchen, ob eine Spina bifida vorliegt, die gelegentlich Rückenschmerzen hervorrufen kann. Bei der Spina bifida haben sich die Knochen auf der Rückseite der Wirbelsäule während der intrauterinen Entwicklung nicht vereinigt, so daß ein Spalt bestehen blieb. Diese Öffnung braucht selbst keine Symptome zu erzeugen, führt jedoch dazu, daß die Ansatzstellen der Muskeln etwas außerhalb der Mitte liegen, was einen mechanischen Nachteil mit sich bringt. Deshalb kann es sein, daß eine Rückenmuskelkraft, die für jemanden ohne Spina bifida ausreicht, für einen Patienten, der an dieser Anomalie leidet, unzureichend ist. Tatsächlich kommt eine Spina bifida bei fast 25 Prozent der «normalen» Menschen vor.

Zuweilen ist eine Röntgenuntersuchung der Wirbelsäule erforderlich. Eine Röntgenaufnahme ist im Grunde genommen eher ein Schatten als ein Bild. Und ebenso wie

aus dem Schatten eines Menschen nicht zu erkennen ist, wie er aussieht, so gibt auch ein Röntgenbild vielleicht keinen direkten Hinweis darauf, was tatsächlich los ist. Ein Arzt kann jedoch aus einem Röntgenschatten wertvolle Schlüsse ziehen. Zum Beispiel sind die Bandscheiben selbst auf einer Röntgenaufnahme nicht zu sehen, da sie für Röntgenstrahlen durchlässig sind; Knochen dagegen ist röntgenstrahlenundurchlässig und daher sichtbar; und dort, wo die Wirbel anomal dicht beisammenliegen und nicht den normalen Zwischenraum aufweisen, kann der Arzt schließen, daß mit der dazwischenliegenden Bandscheibe etwas geschehen sein muß, und dieses Etwas ist gewöhnlich Degeneration oder Herniation.
Eine Ursache für Schmerz im unteren Rücken, der auch mit der Hüfte und der Leistengegend in Zusammenhang gebracht werden kann, ist eine Erkrankung des Hüftgelenks. Eine schwere Arthritis des Hüftgelenks kann zu schmerzhafter Nervenreizung führen. Deshalb wird der Bewegungsspielraum der Hüften getestet, und es können Röntgenaufnahmen der Hüfte gemacht werden.
Schmerzen im Oberschenkel, die bis zum Gesäß und zum Kreuz ausstrahlen können, sind möglicherweise auf eine Bursitis in der Hüftgelenksgegend zurückzuführen. In diesem Fall ist die Diagnose gewöhnlich leicht, da der stärkste Schmerz unmittelbar über der am meisten seitlich gelegenen Knochenleiste des «Hüftgelenks» lokalisiert ist. In Wirklichkeit ist dies gar nicht das Hüftgelenk, sondern eine Ausbuchtung des Oberschenkelknochens, der sogenannte Trochanter major. Eine Bursa (Schleimbeutel) ist ein mit Flüssigkeit gefüllter Sack, der eine Gleitfunktion erfüllt, indem er hilft, eine Abnutzung der Muskeln zu verhindern, wenn sie über rauhen Knochen gleiten. Eine Bursitis an dieser Stelle oder zum Beispiel in der Schulter kann mit Hilfe einer Cortisoninjektion behandelt werden oder durch orale Verabreichung eines Mittels wie Phenylbutazon.

Je nach den Umständen können auch andere diagnostische Tests erforderlich sein. Wenn der Rückenschmerz von irgendeiner Form von Arthritis herrühren könnte, sind Blutzählungen und andere Tests auf rheumatoide Arthritis, Gicht und verwandte Krankheiten notwendig. Wenn eine seltene Krankheit wie die Paget'sche Knochenerkrankung oder ein gutartiger oder bösartiger Knochentumor vermutet wird, werden die geeigneten Tests durchgeführt.

Es sollte betont werden, daß die bloße Tatsache, daß ein Test auf eine bestimmte Krankheit durchgeführt wird, noch lange nicht bedeutet, daß der Patient tatsächlich an dieser Krankheit leidet. Viel häufiger werden Tests nur deshalb durchgeführt, um jede Möglichkeit auszuschließen, daß bestimmte Krankheiten vorliegen.

In einigen Fällen können spezielle Röntgenuntersuchungen erforderlich sein. Die Tomographie ist ein Verfahren, bei dem eine rotierende Röntgenröhre verwendet wird. Durch die Rotation wird erreicht, daß alle Gewebe des Körpers verschwommen aussehen bis auf das Gewebe, auf das der Röntgenstrahl fokussiert wird. In der Tat kann mit Hilfe der Tomographie ein Knochen zur Untersuchung «in Scheiben geschnitten» werden, wodurch man präzisere Hinweise auf einen Knochentumor, einen Bruch oder eine andere Anomalie erhält.

Es gibt noch zahlreiche weitere mögliche Tests, von denen der eine oder andere gelegentlich angewandt werden kann. Eine Rückenmarkspunktion – dabei wird eine Nadel in den Rückenmarkskanal eingeführt und etwas Rückenmarksflüssigkeit zur Laboruntersuchung entnommen – kann erforderlich sein, wenn der Verdacht besteht, daß der Rückenschmerz möglicherweise mit einer Krankheit wie Meningitis zusammenhängt. Zusätzlich zur Flüssigkeitsentnahme können Druckmessungen durchgeführt werden um festzustellen, ob der Durchfluß der Rückenmarksflüssigkeit behindert ist, wie es bei einem Tumor des Rückenmarks oder benachbarter Strukturen der Fall wäre. Nach diesen Messungen und der Flüssigkeitsentnahme kann anstelle der entnommenen Flüssigkeit eine röntgenstrahlenundurchlässige Farbe eingeführt werden. Dies ist die sogenannte Myelographie. Die Farbe, gewöhnlich eine ölige, jodhaltige Substanz, füllt den unteren Teil des Rückenmarkskanals; und wenn nun Röntgenaufnahmen von dem Bereich gemacht werden, hat die Säule aus jodhaltigem Öl bei den meisten Individuen eine charakteristische Form. Wenn die Form der Säule verzerrt ist, kann dies von einem gut- oder bösartigen Tumor oder einer herniierten Bandscheibe herrühren

Früher wurden Myelogramme bei vielen Rückenschmerzpatienten durchgeführt, auch wenn ein chirurgischer Eingriff nicht in Betracht gezogen wurde. Heute wird an den meisten medizinischen Zentren, die Erfahrung mit derartigen Problemen haben, die Myelographie nur dann angewandt, wenn die Entscheidung für einen chirurgischen Eingriff bereits feststeht; mit diesem Verfahren kann dann genau bestimmt werden, in welcher Höhe die Operation durchgeführt werden soll.

Heute ist zu diagnostischen Zwecken ein neuerer Test, die Elektromyographie, an die Stelle der Myelographie getreten. Die Elektromyographie ähnelt insofern der Elektrokardiographie, als auch sie die körpereigenen elektrischen Potentiale registriert. Während des Tests wird das vom Muskel erzeugte elektrische Potential verstärkt, und die Signale können auf Band aufgezeichnet oder über einen Lautsprecher abgespielt werden. Ein erfahrener Elektromyograph kann viele Anomalien einfach durch Abhören der Töne erkennen.

Der Test erfordert das Einführen sehr feiner beschichteter Nadeln in verschiedene Muskeln im Rücken sowie in den Beinen oder Armen, je nachdem, ob der Schmerz im oberen oder im unteren Rücken lokalisiert ist. Im Gegensatz zu Injektionsnadeln sind diese Nadeln solide, mit Dräh-

ten in ihrem Inneren, und sie können elektrische Potentiale von sehr genau begrenzten Bereichen einer Muskelfaser aufnehmen.
Das Elektromyogramm kann zwischen einer echten Muskelkrankheit wie Muskeldystrophie und einer entzündlichen Krankheit wie Polymyositis oder Dermatomyositis unterscheiden und kann auch Krankheiten des Rückenmarks aufspüren. Wenn bei einem Patienten eine primäre Muskelkrankheit wie Muskeldystrophie am Rückenschmerz schuld ist, dann ist das elektrische Potential wegen der Zerstörung einiger der Muskelfasern durch die Krankheit erniedrigt.
Wenn ein Nerv, der einen Muskel versorgt, zerstört ist, wird der Muskel so reizbar, daß fast ständig elektrische Potentiale erzeugt werden, auch wenn sich der Muskel nicht in Kontraktion befindet, und diese Potentiale sind registrierbar. Die Elektromyographie ermöglicht in vielen Fällen die Lokalisierung einer irritativen oder destruktiven Schädigung. Es können verschiedene Muskeln im Rücken und in den Armen oder Beinen getestet werden, und da bekannt ist, welche Nerven welche Muskeln versorgen, kann der Arzt aus Potentialanomalien in bestimmten Muskeln schließen, daß zum Beispiel eine herniierte Bandscheibe auf einen bestimmten Nerv drückt.
In einigen Fällen wird die Leitgeschwindigkeit der Nerven geprüft. Der Arzt stimuliert einen Nerv an einem Punkt und registriert die elektrische Welle, wenn sie einen anderen Punkt passiert oder eine Muskelkontraktion erzeugt und kann so die Geschwindigkeit bestimmen, mit der Informationen durch den Nerv geleitet werden. Druck auf Nervenwurzeln kann die Leitung stören und eine primäre Erkrankung der Nerven kann die Leitgeschwindigkeit verändern.
Während die Myelographie häufig Kopfschmerzen zur Folge hat, und die Prozedur selbst für manche Patienten schmerzhaft ist, haben Elektromyographie und Leitge-

schwindigkeitsuntersuchungen keine nachteiligen Nebenwirkungen.
In seltenen Fällen können noch andere Tests erforderlich sein. Mit Hilfe der Biopsie, bei der kleine Muskelschnitte chirurgisch entfernt und unter dem Mikroskop untersucht werden, können Muskelerkrankungen aufgespürt werden, wie zum Beispiel die schmerzhafte Muskelkrankheit, die durch – von Schweineparasiten verursachte – Trichinose hervorgerufen werden kann. Schmerz im unteren Rücken und im Gesäß kann in einigen Fällen auf die Obstruktion der Aorta oder einer anderen Arterie, der Ailiaca communis, zurückzuführen sein. Diese Möglichkeit kann mit Hilfe von Röntgenaufnahmen nach der Einführung von strahlenundurchlässigem Material in den Blutstrom untersucht werden.
Und damit ist der Vorrat an Tests und Diagnoseverfahren, die dem Arzt heute zur Erkennung scheinbar mysteriöser Ursachen von Rückenschmerzen zur Verfügung stehen, noch längst nicht erschöpft.
Viele der Tests zur Untersuchung möglicher Ursachen von Rückenschmerz wurden speziell zu diesem Zweck entwickelt. Und da zahlreiche der weniger alltäglichen Rückenschmerzen von Krankheiten herrühren können, die nichts mit dem Rücken selbst zu tun haben, können zusätzlich Tests, die zur Diagnose dieser Krankheiten entwickelt wurden – Tests aus der Urologie, der Gastroenterologie, der Gynäkologie, der Neurologie, der Kardiologie und anderen medizinischen Fachbereichen – bei Bedarf angewandt werden.
Tatsache ist, daß die überwältigende Mehrheit der Rückenschmerzprobleme auf einfache Ursachen zurückzuführen ist; daß in vielen Fällen solche Ursachen vom Patienten selbst festgestellt werden können; daß, wenn der Patient die Ursache nicht selbst bestimmen kann, der Arzt dies fast immer tun kann – und es auch dann in den meisten Fällen eine einfache Ursache sein wird, die der

Experte leicht erkennen kann. Aber auch wenn die Ursache nicht einfach ist, wenn es sich um eine seltene Ursache handelt, ist es heute in den meisten Fällen für den Facharzt möglich, sie zu bestimmen. Und er braucht auch nicht jeden der im Buch aufgeführten Tests anzuwenden. Anhand der Geschichte des Patienten und der Hinweise, die ihm der Patient gibt, anhand seiner Befunde bei der physikalischen Untersuchung und den Leitlinien, die sich für ihn aus diesen Befunden ergeben, kann er die Möglichkeiten beträchtlich einschränken und dann relativ wenige geeignete Tests durchführen.

Es wäre übertrieben zu sagen, daß jede Ursache von Rückenschmerz behoben werden kann, wenn sie einmal festgestellt ist. Es ist schwierig, eine Trichinose oder eine andere parasitäre Muskelerkrankung vollständig auszumerzen; man kann sie aber unterdrücken. In den meisten Fällen ist aber eine heilende Behandlung möglich, manchmal mit Medikamenten, manchmal durch einen chirurgischen Eingriff – zum Beispiel ein operativer Eingriff zur Korrektur der Aorta oder eines anderen Blutgefäßes oder zur Entfernung eines gut- oder bösartigen Tumors, der Rückenschmerz verursacht.

5. Kapitel

Welchen Wert haben Wärme, Kälte, Hautreizmittel, andere Hausmittel – und Schmerzmittel, Tranquilizer und Muskelrelaxantien?

Kürzlich brachte ein Freund seine Frau zu uns zur Behandlung eines akuten Anfalls von Rückenschmerz. Sie war eine stark gefühlsbetonte Frau, die, wenn sie unter Druck stand, plötzliche, ruckartige, schlecht koordinierte Bewegungen ausführte; ohne Zweifel hatte sie bei einer solchen Bewegung eine Verstauchung erlitten, und die Verstauchung hatte zu einem Muskelkrampf geführt, der ihren Schmerz verursachte. Nach der Behandlung rieten wir ihr, zu Hause, neben anderen Maßnahmen, eines der bekannten Hautreizmittel anzuwenden. Ihr Mann drückte Erstaunen darüber aus, daß wir ein so «unwissenschaftliches, nutzloses Mittel» verschrieben.

Aber ein Hautreizmittel ist – richtig angewandt – keinesfalls nutzlos. Und ebensowenig sind es natürlich andere Hausmittel. Sie können in der Tat als Linderungsmittel dienen, bis ärztliche Hilfe erreichbar ist und als Ergänzung einer ärztlichen Behandlung nützlich sein; in einigen Fällen können sie sogar ärztliche Hilfe überflüssig machen.

Einige Hausmittel sind in Gebrauch, weil jahrhundert- oder sogar jahrtausendalte Erfahrung ihren Wert bewiesen hat. Und während wir uns in diesem Buch mit vielen neuen Methoden zur Behandlung von Rückenschmerzen befassen werden, sollen daneben die alten, bewährten Hausmittel nicht zu kurz kommen.

Ein nützliches Mittel zur Lösung eines Muskelkrampfes, dieser häufigsten Ursache von Rückenschmerzen, ist die Anwendung von Wärme. Viele Tiere kennen ihre Bedeutung und sitzen in der Sonne oder suchen warme Wassertümpel auf, um Muskelverkrampfung und Schmerz zu lindern. Sogenannte primitive Menschen in der ganzen Welt haben den Wert der Wärme zu schätzen gelernt. Amerikanische Indianer zum Beispiel pflegten mitten im Kriegsgetümmel Mitgliedern eines feindlichen Stammes, die Hilfe bei einer warmen Quelle suchten, sicheres Geleit zu geben.

Die Heilbädertherapie, bei der das Schwergewicht auf Bädern in warmen Mineralquellen liegt, wird in den USA relativ selten angewandt, während sie in der Sowjetunion und in einem großen Teil Europas seit langem populär ist. Erstens entspannt Wärme Muskelverkrampfungen und lindert dadurch den Schmerz. Es wird vermutet, daß im Wasser dieser Bäder gelöste Mineralsalze eine besondere Bedeutung haben, aber derartige Annahmen sind noch ziemlich umstritten. In Untersuchungen wurden gewöhnlichem erwärmtem Leitungswasser verschiedene Mineralsalze zugefügt, ohne daß eine Steigerung des Heilwerts festgestellt wurde. Es gibt auch Untersuchungen, in denen Mineralsalze, durch Verdampfen aus Heilwasser gewonnen, in trockener Form an andere Stellen versandt wurden, wo sie in Wasser gelöst wurden, diesem jedoch keine Wirksamkeit verliehen haben. Möglicherweise ist eine Heilbädertherapie aus anderen Gründen von besonderem Wert. Der Patient befindet sich in einer entspannenden Atmosphäre, fern von Arbeit und anderen Belastungen, und seine Muskeln – einschließlich die verkrampften – haben mehr Gelegenheit, sich zu entspannen. Auch die Erwartung, daß geholfen wird, trägt zur Verringerung der Schmerzen bei, und diese Erwartung wird man bei den meisten Menschen finden, die Heilbäder besuchen. Die einzige klar erwiesene Bedeutung einer Bädertherapie liegt in der Anwendung von Wärme – und Wärme kann in vielerlei Form wirksam zu Hause angewandt werden. Teure Methoden der Wärmebehandlung sind generell nicht sehr viel wirksamer als einfache, billige Methoden.

Für die meisten Menschen ist feuchte Wärme am wirksamsten. Bei anderen wirkt trockene Wärme am besten. Es sollte Ihnen einen Versuch wert sein, festzustellen, welche Form für Sie die geeignetste ist.

Ob feucht oder trocken – Wärme zur Lösung von Muskelverkrampfungen sollte zwanzig bis dreißig Minuten lang angewandt werden. Eine kürzere Anwendung führt möglicherweise nicht zur vollen Reaktion. Andererseits sollte niemand, der an einem Muskelkrampf leidet, freiwillig länger als eine halbe Stunde in einer Position bleiben, da dies zu Steifheit führen kann, und dann können die Schmerzen bei der Bewegung schwer genug sein, um noch mehr Muskelverkrampfung zu erzeugen und den Teufelskreis Krampf-Schmerz-Krampf aufs neue in Gang zu setzen. Stehen Sie spätestens nach einer halben Stunde Wärmebehandlung auf und bewegen Sie sich.

Wärme sollte generell mindestens zweimal am Tag angewandt werden. Viermal am Tag wäre noch besser, wenn dies praktisch möglich ist. Intensive Wärme ist nicht erforderlich. Am wirksamsten ist die sanfte Erwärmung. Wenn ein Heizkissen benutzt wird, sollte es auf die niedrigste Stufe eingestellt werden und sollte – um Verbrennungen zu vermeiden – in ein Handtuch eingewickelt werden. Man sollte keine Gewichte verwenden, um ein Heizkissen festzuhalten, und generell sollte das Kissen *auf*, nicht unter den Körper gelegt werden, so daß es das Körpergewicht nicht zu tragen braucht.

Bei der Anwendung feuchter Wärme muß in jedem Fall gewährleistet sein, daß das Heizkissen so konstruiert ist, daß es nicht zu einem Kurzschluß kommen kann, wenn ein feuchtes Handtuch darum gelegt wird. Solche Heizkissen sind im Handel erhältlich; sie tragen im allgemeinen ein Garantiezeichen mit dem Hinweis, daß sie in Wasser eintauchbar sind. Falls es kein solches Zeichen gibt, benutzen Sie zur Behandlung mit feuchter Wärme kein Heizkissen.

Ein heißes Wannenbad ist oft ein wirksames Mittel zur Linderung von Verkrampfungen und Schmerzen. Es ist besser als eine heiße Dusche. Falls Sie eine Dusche für die Körperreinigung vorziehen sollten, dann wechseln Sie für die Krampflösung zum Wannenbad über. Das Bad sollte eine halbe Stunde dauern. Einige Zeit bevor die dreißig Minuten vorüber sind, beginnt das Wasser sich kühler anzufühlen. Der Körper hat dann die kleine Menge Wasser, die ihm unmittelbar angrenzt, abgekühlt; wenn Sie das Wasser mit der Hand bewegen oder Ihren Körper bewegen, wird dieses abgekühlte Wasser gegen wärmeres ausgetauscht. Man kann auch ein Strudelbad benutzen. Ein solches Bad bewegt das Wasser hin und her und erhöht so die dem Körper zugeführte Wärme. Sie können aber das gleiche Resultat erzielen, wenn Sie das Wasser mit der Hand umrühren oder Ihren Körper bewegen. Daneben hat das Strudelbad jedoch den Vorteil, daß eine sanfte Form von Massage ausgeübt werden kann, wenn der Strom auf den Rücken gerichtet ist.

Vielleicht empfiehlt ein Arzt andere Wärmeformen, oder er wendet sie selbst an oder läßt sie durch einen Physiotherapeuten anwenden. Eine Dampfkabine kann nützlich sein. Am häufigsten wird ein Modell verwendet, bei dem es möglich ist, Teile des Körpers mit Dampf zu behandeln. Die erzeugte Wärme ist sanft, anders als bei Dampfkabinen, wie sie zur Gewichtsreduktion verwendet werden (in Wirklichkeit bringen sie nur einen vorübergehenden Gewichtsverlust durch übermäßiges Schwitzen zustande).

Manchmal ist eine Höhensonne zu empfehlen. Der Normaltyp mit Infrarot ist in der Apotheke erhältlich.
In manchen Fällen wenden Ärzte oder Therapeuten eine Behandlung mit Tiefenwärme an. Meistens wird dazu ein Kurzwellen-Diathermie-Gerät benutzt. Es erzeugt ein rasch wechselndes elektrisches Feld, das die Molekülbewegung in Körpergeweben anregt, so daß die Wärme nicht auf die Körperoberfläche beschränkt bleibt. Der Patient hat ein Wärmegefühl, das als Orientierungshilfe nützlich ist, um eine zu starke Erwärmung tiefer gelegener Gewebe zu vermeiden.
Tiefenwärmebehandlung ist auch mit Hilfe von Mikrowellendiathermie möglich. Die Wärme reicht dabei tiefer als bei der Kurzwellendiathermie. Da die Tiefenwärme ohne signifikante Oberflächenerwärmung zustande kommt, ist der Sicherheitsfaktor etwas geringer als für die Kurzwellendiathermie. Ich bin nicht der Überzeugung, daß die Mikrowellendiathermie in ihrer gegenwärtigen Form eine nützliche Ergänzung der übrigen Methoden darstellt, dies aber durchaus noch der Fall sein könnte, wenn die Wellenlänge modifiziert würde.
Die tiefste Form der Wellentherapie liefert der Ultraschall. Die Schallwellen, obgleich jenseits des menschlichen Hörbereichs, vibrieren tief in den Geweben, versetzen die Moleküle dort in Bewegung und erzeugen so Wärme. Einige Ärzte vermuten, daß mit Hilfe von Ultraschall noch andere nützliche Effekte erzielt werden können, ich glaube jedoch nicht, daß dies der Fall ist.
Vorausgesetzt, daß sie richtig angewandt wird, ist die Ultraschallbehandlung sicher. Da die Hautoberfläche nur wenig oder überhaupt nicht erwärmt wird, und der wärmende Effekt des Ultraschalls sehr rasch eintritt und auf einen Punkt tief unter der Haut konzentriert ist, muß der Ultraschallkopf ständig bewegt werden, um eine Schädigung tiefliegender Gewebe zu vermeiden. Aus diesem Grund ist der Hausgebrauch nicht zulässig.

Alle Formen von Tiefenwärme – Kurzwellen- und Mikrowellendiathermie wie auch Ultraschall – tragen unter Umständen potentielle Gefahren mit sich. Sie sollten nicht angewandt werden, wenn der Patient Metall in irgendeiner Form im Körper hat – wie zum Beispiel nach einer Hüftnagelung oder der Verwendung von Metallnähten nach einer Operation. Das Metall könnte überhitzt werden. Aus dem gleichen Grund sollte zur Behandlung mit Tiefenwärme die Kleidung abgelegt werden, so daß Metallknöpfe, Druckknöpfe, Büstenhalterverschlüsse usw. nicht zu stark erhitzt werden. Die Tiefenwärme sollte nicht angewandt werden, wenn die Möglichkeit eines Tumors oder einer anderen Krankheit besteht, solange die Ursache des Schmerzes noch nicht festgestellt wurde.

Es wird zwar von einigen Seiten vermutet, daß Tiefenwärme bei der Linderung von Muskelkrämpfen wirksamer ist als oberflächliche Wärme, aber es gibt dafür noch keine sicheren Beweise.

Bei der Behandlung von Triggerpunkten scheint jedoch Ultraschall in einigen Fällen ebenso effektiv zu sein wie Akupunktur oder Massage.

Der Zweck der Wärmebehandlung – egal, mit was für einer Art von Wärme, ob zu Hause angewandt oder in der Arztpraxis – ist in erster Linie Krampflösung; wie die Wärme eine solche Entspannung zustandebringt, ist allerdings noch nicht klar. Es gibt Spekulationen – mehr ist es bis jetzt nicht –, daß dabei ein Reflexmechanismus beteiligt ist, in dem die Wärme Nerven stimuliert und, als ein Resultat, Blutgefäße erweitert werden, so daß mehr Blut durchfließen kann und dadurch der Stoffwechsel der Muskeln gesteigert wird.

Wärme ist sehr wertvoll bei der Krampflinderung, hat aber keine heilende Wirkung. In den meisten Fällen ist sie eine nützliche Vorbereitung für die effektive Anwendung anderer Maßnahmen. Leider erhalten viele Patienten eine wiederholte Wärmebehandlung und nichts weiter – auch wenn mehr erforderlich wäre, gewöhnlich ein heilendes Gymnastikprogramm. Einer unserer Mitarbeiter berichtete uns über die enorme Anzahl von Fällen, mit denen er konfrontiert wird, wo Patienten monatelang mehrmals wöchentlich nur mit Wärme behandelt wurden, dabei nach jeder Behandlung vorübergehend Besserung erfuhren, nach kurzer Zeit aber – wegen eines fehlenden Übungsprogramms – wieder Schmerzen bekamen. Leider scheint diese Praxis so verbreitet zu sein, daß eine öffentliche Warnung erforderlich ist. Es hat offensichtlich finanzielle Vorteile, eine lange Reihe von Behandlungen zu bieten, mit denen nichts weiter erreicht wird als eine vorübergehende Besserung. Tatsächlich sieht es so aus, daß nur sehr wenige Ärzte solche Praktiken um des finanziellen Gewinns willen betreiben; einige wenden die ausschließliche Wärmebehandlung deshalb an, weil es ihnen an Verständnis dafür mangelt, daß diese Behandlung mit anderen Maßnahmen kombiniert werden *muß*.

Kälte

Auf den ersten Blick mag es widersprüchlich scheinen, daß, wenn Wärme wirksam ist, dies für Kälte ebenso gilt. Wärme erweitert die Blutgefäße, Kälte bewirkt gerade das Gegenteil. Dennoch tritt, nach einer bestimmten Zeit der Kälteanwendung, ein sekundäres Phänomen in Erscheinung: Die verengten Blutgefäße ermüden und entspannen sich und werden deutlich erweitert. Am Ende ist der Effekt der Kälte im wesentlichen der gleiche wie der Effekt der Wärme.
Die meisten Leute ziehen Wärme vor, da sie diese als angenehmer empfinden. Eine Kältebehandlung – in Form von Eis oder Äthylchloridspray – kann Schockwirkung haben. Sie mag im Sommer mit einem gewissen Reiz ver-

bunden sein, ganz bestimmt jedoch nicht bei kaltem Wetter.

Tatsächlich jedoch ist Kälte nur während der ersten paar Minuten unangenehm, dann wird die behandelte Stelle gefühllos. Bei weiterer Kühlung tritt ein fließender, brennender Schmerz auf. Im weiteren Verlauf der Kälteeinwirkung jedoch verschwindet der brennende Schmerz (oft innerhalb von Sekunden), und die Stelle wird anästhesiert. Wenn dieser Zustand der Anästhesie erreicht ist, sollte die Kältebehandlung nur noch etwa fünf Sekunden andauern und dann abgebrochen werden.

Bei richtiger Anwendung kann ein Äthylchloridspray nützlich sein. Es sind zwar noch andere kühlende Chemikalien erhältlich, Äthylchlorid hat aber den Vorteil, daß es nicht so rasch verdampft und sein Kühleffekt etwas tiefer reicht.

Bei der Verwendung von Äthylchlorid sollte die Sprühdose so gehalten werden, daß die Düse nach unten zeigt. Die Sprühdose sollte ständig bewegt werden. Sobald ein weißer, gefrorener Fleck auf der Haut erscheint, sollte mit dem Sprühen aufgehört werden, und die Stelle sollte sanft mit der Hand gerieben werden, so daß die Haut durch die Wärme der Hand genügend gewärmt wird, um Gewebeschädigungen zu verhindern. Gelegentlich kann eine weiße Verfärbung der Haut eintreten, bevor die Stelle gefroren ist. Wenigstens bei den ersten fünf Anwendungen eines Äthylchloridsprays kann es erforderlich sein, sich zu vergewissern, daß ein Gefrieren und nicht nur eine bloße Hautverfärbung erreicht wurde. Dies kann mit Hilfe einer Nadel geprüft werden. Eine nur verfärbte Stelle ist empfindlich, eine gefrorene Stelle nicht.

Man sollte nicht vergessen, daß Äthylchlorid leicht entzündbar ist; es sollte sich deshalb in der Nähe des Sprays keine Flamme befinden.

Und noch eine Vorsichtsmaßnahme muß beachtet werden: Das Gas, das sich beim Verdampfen des Äthylchlorids entwickelt, hat Anästhesiewirkung und wurde in der Tat vor Jahren zur Narkose verwendet. Das Gas ist schwerer als Luft; wenn es sich um den Patienten herum konzentriert, kann es sein, daß der Patient dadurch eingeschläfert wird. Dies braucht sich nicht unbedingt schädlich auszuwirken, aber es gibt Leute – zum Beispiel solche mit Herzproblemen –, für die ein derartiger Zwischenfall gefährlich sein kann.

Während der Behandlung mit Äthylchlorid sollte der Patient am besten sitzen, oder sein Gesicht sollte so gerichtet sein, daß verdampfendes Gas in einiger Entfernung von der Nase nach unten abfließen kann. Auch sollte der Raum gut durchlüftet sein. (Manche Ärzte empfehlen für den Hausgebrauch trotz geringerer Wirksamkeit andere Sprays, die nicht entflammbar sind und keine Narkose verursachen können.)

Wenn kein Äthylchlorid verfügbar ist, kann Eis verwendet werden. Eiswürfel oder Stücke von zerstoßenem Eis, in eine gewöhnliche Kissenhülle gefüllt und sanft über die Haut gerieben, wirken oft krampflösend. Bei der Verwendung von Eis sollte – ebenso wie bei der Anwendung anderer Wärme- und Kältearten zur Krampflinderung – die behandelte Fläche viel größer sein als die unmittelbar schmerzende Stelle. Das Eis sollte sanft hin- und hergerieben werden, und das Wasser sollte von der Haut ablaufen können. Man sollte nicht versuchen, die Haut abzutrocknen, da das Wasser die Kälte zurückhält und so zusätzlich zum Eis eine Wirkung ausübt.

Ebenso wie Äthylchlorid hat auch Eis wegen seiner Temperatur zunächst eine Schockwirkung, gefolgt von einer Kälteadaption, dann einem brennenden Schmerz, der ein paar Sekunden andauert, und schließlich der Anästhesie. Das Eis sollte, nachdem die Anästhesie eingetreten und der Schmerz verschwunden ist, noch etwa dreißig Sekunden lang weitergerieben werden.

Manchmal scheint sich der Schmerz weiterzubewegen,

nachdem ein Muskelkrampf, sei es durch Spray, Eismassage oder Wärme gelöst wurde. In Wirklichkeit bewegt er sich jedoch nicht; wie wir bereits erwähnt haben, ist es die Schmerzwahrnehmung, die sich verschiebt – zu schmerzenden Stellen, die auch zuvor schon vorhanden waren, aber da weniger schmerzhaft, in Gegenwart des stärkeren Schmerzes nicht beachtet wurden. Wir alle haben schon einmal erlebt, daß wir an einer – leichten oder schweren – Verletzung litten, aber zum Zeitpunkt der Verletzung den Schmerz überhaupt nicht gewahr wurden, da unsere Aufmerksamkeit in diesem Moment auf etwas anderes, Wichtigeres konzentriert war; später wurde der Schmerz allerdings deutlich genug. Ähnlich achten wir auf die Stelle, die am meisten schmerzt und können andere, weniger schmerzhafte Stellen, ignorieren.

Wenn nach der Behandlung einer schmerzenden Stelle mit Wärme oder Kälte an einer anderen Stelle Schmerz auftritt, kann diese Stelle wie die erste behandelt werden. Richtig verabreicht schaden weder Wärme noch Kälte, und beide können, wenn erforderlich, drei- oder viermal täglich angewandt werden.

Nach jeder Wärme- oder Kältebehandlung oder einer anderen Maßnahme zur Krampflinderung, sollten vorsichtige Bewegungen durchgeführt werden, um die zuvor verkrampften Muskeln zu mobilisieren und zu strecken.

Hautreizmittel

Egal, von welcher Form, ob altmodische Senfpflaster oder modernere Salben oder Flüssigkeiten mit Wintergrünöl oder Methylsalicylat, Hautreizmittel sind nützlich.

Sie können auf zweierlei Art wirken. Der Reiz, den sie erzeugen, kann stark genug sein, um eine Zerstreuung zu bewirken, so daß der ursprüngliche Schmerz weniger stark wahrgenommen wird. Zusätzlich jedoch verursacht der Reiz eine nervöse Reflexreaktion, die zur Erweiterung von Blutgefäßen führt. Dadurch sind Hautreizmittel in ihrer Wirkung der Anwendung von Wärme und Kälte ähnlich.

Hinsichtlich der Wirksamkeit bestehen zwischen den meisten Reizmitteln kaum Unterschiede, aber es gibt natürlich Unterschiede in bezug auf Geruch, Fettigkeit und Bequemlichkeit in der Anwendung, die eines dem anderen überlegen machen.

Hautreizmittel sind im allgemeinen wirksamer, wenn sie nach einer Wärmebehandlung angewandt werden, da die Wärme die Poren der Haut öffnet, und so eine größere Absorption des Reizmittels ermöglicht wird. Manche Menschen empfinden dies als wohltuend, andere wiederum haben etwas gegen den zusätzlichen Reiz.

Wenn Sie finden, daß die Besserung, die durch Wärme oder Kälte erzielt wird, unzureichend ist, kann es sein, daß ein Hautreizmittel, entweder allein oder nach einer Wärmebehandlung angewandt, hilfreich ist.

Für die meisten Rückenschmerzpatienten bestehen beim Gebrauch von Reizmitteln keine Gefahren. Wenn aber der Rückenschmerz mit Beinschmerz und Verkrampfung von Beinmuskeln verbunden ist, sollte jemand, der an einer Gefäßkrankheit oder an Diabetes leidet, sich vor der Anwendung eines Hautreizmittels oder auch von Wärme auf die Beine hüten, obwohl die Behandlung des Rückens mit einer dieser Methoden oder mit beiden unproblematisch ist. Bei Gefäßerkrankungen oder Diabetes können die Beinarterien betroffen sein, und, während ein Haupteffekt von Wärme oder einem Hautreizmittel die Erweiterung der Blutgefäße ist, gibt es noch einen wichtigen Effekt: die Steigerung des lokalen Stoffwechsels. Wenn ein Gefäß sich aufgrund einer Erkrankung nicht erweitern kann, ist es nicht in der Lage, die Zirkulation und die Ernährung, die für den erhöhten Stoffwechsel zusätzlich erforderlich ist, zu bewältigen, und dies kann zur Unterernährung und zum Absterben von Geweben führen. Es muß betont werden, daß die Anwendung einer oder aller der erwähnten Maßnahmen zur Krampflinderung nur diesen Zweck erfüllt. Keine dieser Maßnahmen verbessert Kraft, Ausdauer oder Koordination der Muskeln. Das gleiche gilt für die Massage, eine weitere wertvolle krampflösende Methode, die in Kapitel 7 diskutiert werden soll. Die Lösung von Muskelverkrampfungen ist aber nicht nur wichtig für die Schmerzlinderung, sondern auch eine wesentliche Voraussetzung für die Anwendung weiterer Maßnahmen zur Verbesserung der Muskelkondition und hilft somit, Rückfälle zu verhindern.

Bettruhe

Bei sehr schwerem Rückenschmerz kann Bettruhe eine wirksame Maßnahme sein. Wie wir gesehen haben, ist ein Muskelkrampf eine Art biologischer Schiene; die Muskeln haben sich unwillkürlich kontrahiert und reduzieren so die Bewegung einer verletzten Stelle. Je größer die drohende Gefahr der Bewegung, desto stärker der Krampf und der resultierende Schmerz. Im Bett ist die Gefahr der Bewegung beträchtlich eingeschränkt, und die Muskeln können sich entspannen.

Es gibt jedoch Grenzen in bezug auf die Dauer der Bettruhe. Die Muskeln verlieren ziemlich schnell ihre Kondition und werden schwach. Ein Patient, der Bettruhe einhalten muß, verliert innerhalb von zehn Tagen fast ein Drittel der Muskelkraft zum Beispiel seiner Oberschenkel, auch wenn er vorher kräftig war. Wegen des raschen Konditionsverlustes sollte die Dauer der Bettruhe auf das absolut notwendige Mindestmaß beschränkt werden. In den meisten Fällen von schwerem Rückenschmerz sollten nicht mehr als zwei oder drei Tage erforderlich sein.

Viele Menschen machen den Fehler, nur ein Hausmittel auf einmal auszuprobieren. Oft führt die kombinierte Anwendung verschiedener Maßnahmen – zum Beispiel ein paar Tage Bettruhe plus Wärme, Massage und Hautreizmittel – zu weit besseren Resultaten. Es gibt auch verschiedene Medikamente, die – allein oder kombiniert mit den anderen Maßnahmen – wesentlich zur Besserung beitragen können.

Analgetika

Analgetika oder Schmerzmittel, die allgemein zur Linderung verschiedener Arten von Schmerz in verschiedenen Teilen des Körpers verwendet werden, können auch bei Rückenschmerz hilfreich sein. Aspirin ist oft recht nützlich und sollte als erstes ausprobiert werden.

Über der Wirkungsweise der meisten Medikamente liegt noch ziemlich viel Geheimnis. Aspirin ist eines jener Mittel, deren Wirkungsmechanismus noch nicht aufgeklärt ist, obwohl neuere Forschungsergebnisse vermuten lassen, daß es dem Effekt eines Prostaglandines entgegenwirkt, eines einer vor kurzem entdeckten Verbindungsklasse, das wahrscheinlich an der Entstehung von Entzündungen und Schmerz beteiligt ist.

Aspirin ist bei vielen Krankheiten wirksam, da es sowohl einen entzündungshemmenden als auch einen analgetischen Effekt hat. Es wird oft bei rheumatoider Arthritis angewandt. Seine Wirkung ist meist günstig.

Bei vielen Menschen reicht es aus, wenn sie Aspirin in seiner einfachsten, billigsten Form zu sich nehmen. Für Patienten, deren Rückenschmerz vor allem am Morgen besonders stark ist, kann die Verabreichung von Aspirin mit Langzeitwirkung von Nutzen sein. Zwei Tabletten dieser Aspirinform, vor dem Schlafengehen eingenommen, können lange genug wirken, um Steifheit und

Schmerzen beim Aufstehen zu reduzieren oder zu verhindern. Falls Aspirin nicht ausreicht, kann ein Arzt andere nicht narkotisierende Schmerzmittel verschreiben, die in einigen Fällen wirksamer als Aspirin sind, in anderen Fällen weniger wirksam. Schmerzmittel können bei manchen Menschen Nebenwirkungen haben, kein Medikament, einschließlich Aspirin, ist davon gänzlich frei. Wenn irgendein Mittel unerwünschte Wirkungen zeigt, sollte sofort ein Arzt aufgesucht werden. Auch wenn die unerwünschten Effekte nicht lebensbedrohlich sind, brauchen sie nicht hingenommen zu werden, da es im allgemeinen ein anderes Mittel gibt, das statt dessen genommen werden kann.
In einzelnen schweren Fällen können Morphinderivate verschrieben werden. Während diese Medikamente bei längerem Gebrauch süchtig machen können, kann ihre kurzzeitige Verabreichung von großem Wert sein. Es gibt jedoch Patienten, die eine so übermäßige Angst vor Narkotika haben, daß sie es ablehnen, eine Dosis, die den Teufelskreis Schmerz-Krampf-Schmerz unterbrechen könnte, zu nehmen, und die deshalb wochenlang unter den heftigsten Schmerzen leiden.

Tranquilizer und Muskelrelaxantien

Tatsache ist, daß fast alle Beruhigungsmittel eine gewisse muskelentspannende Wirkung haben und praktisch alle Muskelrelaxantien einen beruhigenden Effekt. Medikamente, die primär als Muskelrelaxantien konzipiert sind, scheinen direkter auf die Muskeln einzuwirken, während sie zu einer gewissen Lockerung der seelischen Anspannung führen; diejenigen Mittel, die als Tranquilizer bezeichnet werden, lösen in erster Linie die psychische Anspannung, und dies trägt dazu bei, die Muskelspannung zu lösen.

Ob sich der Arzt bei einem Rückenschmerzpatienten für ein Muskelrelaxans oder für ein Beruhigungsmittel entscheidet, hängt davon ab, wie stark die seelische Anspannung des Patienten ist. Das eine oder das andere kann eine nützliche Hilfe bei der Behandlung des unmittelbaren Schmerzes sein.

Zögern Sie nicht, Hausmittel anzuwenden

Hausmittel können von großem Wert sein. Auch wenn letzten Endes ärztliche Hilfe erforderlich ist, kann ein akuter Rückenschmerz so qualvoll sein, daß vor dem Eintreffen des Arztes irgendeine Maßnahme zur Linderung nötig ist. Schmerz kann, wie wir gesehen haben, zu Krampf und Krampf zu Schmerz führen. In einem Teufelskreis bedingt das eine das andere, und je eher der Kreis unterbrochen werden kann, desto besser stehen die Chancen, den akuten Schmerz rasch zum Verschwinden zu bringen.
Man sollte nicht zögern, Hausmittel anzuwenden. Die einzige Gefahr besteht darin, daß man sich völlig auf sie verläßt und dabei der Ursache des Schmerzes nicht genügend auf den Grund geht.

6. Kapitel

Akupunktur und Triggerpunkte

Sie ist 41 Jahre alt, Sozialarbeiterin, eine wegen ihrer beruflichen Fähigkeiten und auch wegen ihres unbezwingbaren Mutes geachtete Frau. Sie hat es geschafft, ihrem Leben einen Sinn zu geben trotz großer Behinderung durch eine angeborene zerebrale Lähmung. Sie hat durchgehalten trotz wiederholter Anfälle extrem schwerer Rückenschmerzen. Wegen der anomalen Weise, in der sie sich fortbewegen muß, sind ihre Muskeln einer ungewöhnlichen Belastung ausgesetzt und rebellieren oft, indem sie sich verkrampfen und so die qualvollen Rückenschmerzen auslösen.

Seit über zehn Jahren behandeln wir sie am ICD und haben in dieser Zeit viele verschiedene Methoden angewandt, die halfen, die Häufigkeit der Rückenschmerzanfälle wenigstens bis zu einem gewissen Grade zu reduzieren. Wir probierten zahlreiche Techniken aus, um sie aus akuten Schmerzanfällen herauszubekommen, gewöhnlich mit Erfolg.

Vor kurzem jedoch erlitt sie einen Anfall, dem gegenüber alle früher angewandten Maßnahmen machtlos waren. Schon fast verzweifelt versuchten wir dann, konzentrierten Druck auf bestimmte Akupunkturpunkte auszuüben. Die Entspannung des Muskelkrampfes und das Nachlassen des Schmerzes waren erfreulich. Wir bemerkten außerdem, daß sich ihre Bewegungsweise und ihr Gleichgewicht drastisch verbesserten; offensichtlich führte die außergewöhnliche Krampflinderung, die durch das Pressen der Akupunkturstellen erreicht wurde, auch zu einer

Verringerung der Spastizität, die ihre Lähmung begleitete.
Die Akupunktur ist stark in den Mittelpunkt des Interesses gerückt, seit es amerikanischen und europäischen Wissenschaftlern möglich geworden ist, die Volksrepublik China zu besuchen, und sie dort die Akupunktur in voller Blüte erlebten. Die alte ärztliche Kunst, Nadeln in strategische Punkte des Körpers einzusetzen, um Schmerzen zu lindern, hat die Öffentlichkeit in ihren Bann gezogen und unter Ärzten ein beträchtliches Forscherinteresse geweckt.

Wir waren daran interessiert, eine – wie vieles im Zusammenhang mit der Akupunktur bis heute noch nicht Geklärte – Beziehung zwischen dem Einstechen von Nadeln in Akupunkturstellen und dem Einstechen von Nadeln in Triggerpunkte zu finden. Es gibt eine nadelfreie Technik, die wir seit einiger Zeit auf bestimmte Akupunkturstellen anwenden und die vielversprechend hinsichtlich der Erleichterung von Rückenschmerzen zu sein scheint. Es handelt sich um eine Technik, die auch zu Hause angewandt werden kann.

Wir haben Triggerpunkte bereits beiläufig erwähnt. Wir werden sie hier noch einmal im Detail behandeln, sowohl wegen ihrer Bedeutung an sich als auch wegen der Beziehung, die sie zur Akupunktur haben.

Das Triggerpunkt-Phänomen

Die Bedeutung von Triggerpunkten – auch Triggerbereiche und Triggerstellen genannt – bei der Verursachung von Schmerz wurde erst kurz vor dem Zweiten Weltkrieg entdeckt, und seither haben sie in zunehmendem Maße das Interesse der Medizin auf sich gezogen.

Die Bezeichnung «Trigger» = Auslöser, ist zutreffend, da die Stimulierung dieser ungewöhnlich sensiblen kleinen Muskelbereiche – wie das Betätigen des Auslösers eines

Gewehrs – Wirkungen an einer anderen Stelle, einem Zielort, hervorrufen kann. Offensichtlich können Impulse, die in einem Triggerpunkt entstehen, das zentrale Nervensystem bombardieren und so ferne Schmerzen verursachen.

Dieser weitergeleitete Schmerz kann dumpf und drükkend sein, aber auch heftig; ja, er kann den Betroffenen manchmal sogar ganz außer Gefecht setzen. Wenn der Zielort, die Stelle des weitergeleiteten Schmerzes, gedrückt wird, führt dies möglicherweise nur zu einer geringfügigen Verstärkung des Schmerzes. Wenn jedoch ein gleich starker Druck auf einen Triggerpunkt ausgeübt wird, ist die Steigerung des Schmerzes an der Zielstelle ganz erheblich.

Das Triggerpunkt-Phänomen ist immer noch von einem beträchtlichen Maß an Geheimnis umgeben. Wie entsteht ein Triggerpunkt? Irgendwann erlebt wohl jeder von uns einen Krampf im Wadenmuskel; Millionen von Muskelfasern haben sich plötzlich kontrahiert und lassen den Muskel knotig werden. Es gibt eine Theorie, nach der ein Triggerpunkt dann entstehen kann, wenn aus irgendeinem Grund, vielleicht unter der Spannung eines schweren Krampfes, sich ein paar Tausend Fasern zusammenziehen und einen örtlich begrenzten Knoten bilden, der auch dann noch fortbestehen kann, wenn der Krampf nachgelassen hat.

Was auch immer der Mechanismus seiner Entstehung sein mag – wenn ein Triggerpunkt da ist und Schmerz verursacht, bringt die Behandlung des Triggerpunktes oft große Erleichterung. Innerhalb von Minuten kann ein Schmerz, der monatelang da war, vollständig verschwinden, manchmal für immer. Auch wenn die Besserung nur vorübergehend ist, ermöglicht sie den Einsatz einer korrigierenden Behandlung, die sonst nicht angewandt werden könnte.

Die Resultate einer Triggerpunkt-Behandlung versetzen

manchmal auch Ärzte in Erstaunen, die nicht mit dem Phänomen vertraut sind. Wir haben eine Patientin, die an fortgeschrittenem, weit ausgestrahltem Krebs der Wirbelsäule leidet und heute von der Hüfte an abwärts gelähmt ist. Sie bekam qualvolle Schmerzen zwischen den Schulterblättern. Obgleich der behandelnde Arzt und ein beratender Neurologe glaubten, daß der Schmerz auf die Ausbreitung des Krebses zurückzuführen sei, wurden wir zur Konsultation hinzugezogen und fanden bei der Untersuchung Triggerpunkte an der Basis jedes Schulterblattes.
Wir vermuteten, daß das Problem des Schulterschmerzes folgendes sein könnte: Die Patientin wollte sich aufsetzen. Als sie jedoch versuchte zu sitzen, konnte sie den Oberkörper nicht über dem Becken aufrechthalten, da die Muskeln gelähmt waren. Bei einem Versuch zu kompensieren benutzte sie andere Muskeln, die sie noch nie zu diesem Zweck benutzt hatte und zerrte sie. Daraufhin entwickelten sich Triggerpunkte, und wir nahmen an, daß es die Triggerpunkte waren, die den Schmerz verursachten.
Wir schlugen auch eine Behandlung der Triggerpunkte vor, und zwei Tage später rief ihr Arzt an und bat uns, die Behandlung durchzuführen. Als wir dort waren, fanden wir auf der Karte der Patientin eine Anmerkung des Neurologen, die besagte, daß der Schmerz auf den Krebs zurückzuführen sein müsse und daß Triggerpunkt-Injektionen nutzlos seien. Bereits während der Injektion der Triggerpunkte fühlte die Patientin jedoch ein Nachlassen des Schmerzes, und die Besserung dauerte an.
Eine Woche später wurden wir wegen neu aufgetretener Schmerzen zurückgerufen. Als der quälende Schmerz zwischen den Schulterblättern verschwunden war, hatte die Patientin Schmerzen an anderer Stelle bemerkt. Bei ihren Bemühungen, sich aufzusetzen, hatte sie auch den Trapeziusmuskel gezerrt, der an der Schädelbasis ansetzt und quer über den oberen Rücken und den Nacken ver-

läuft. Die Injektion von Triggerpunkten, die wir an der Schädelbasis fanden, brachte sofortige Besserung.
Offensichtlich hatten die Triggerpunkt-Injektionen überhaupt keinen Effekt auf die Malignität des Krebses. Irgendwie hatten die Injektionen die Triggerstellen aufgebrochen und ihre schmerzerzeugende Aktivität beendet. Aber wie?
Der Mechanismus ist noch unbekannt.
In vielen Fällen enthalten Injektionen für Triggerpunkte ein Lokalanästhetikum. Aber die Wirkung eines Lokalanästhetikums hält nur etwa eine Stunde an – ebenso lange wie die Wirkung eines Lokalanästhetikums andauert, das der Zahnarzt in das Zahnfleisch injiziert. Wenn das Nachlassen des Schmerzes nur von einem Abtöten des Triggerpunktes herrühren würde, dann müßte die Besserung schnell wieder verschwinden. Da sie aber längere Zeit, manchmal für immer, anhält, muß ein anderer Mechanismus beteiligt sein.
Häufig enthalten Injektionen für Triggerpunkte auch Cortison oder ein ähnliches Mittel. Gleichwohl haben wir viele Injektionen verabreicht, die nur eine Salzlösung enthielten, und wir erzielten genau die gleichen Resultate wie mit Injektionen, die sowohl Anästhetikum als auch Cortison enthielten.
Außerdem fanden wir heraus, daß ein bloßes Einstechen einer Nadel in einen Triggerpunkt, ohne daß irgend etwas injiziert wird, oft ebenso wirksam ist wie eine richtige Injektion. Und diese Tatsache – die Wirksamkeit des bloßen Einstechens einer Nadel – ließ an einen möglichen Zusammenhang mit der Akupunktur denken.
Es gab noch eine andere Tatsache, die einen solchen Zusammenhang nahelegte, nämlich, daß in vielen Fällen Triggerpunktstellen mit Akupunkturstellen zusammenfallen.

Die Akupunktur (vom Lateinischen *acus* = Nadel und *pungere* = stechen) wird in China seit 3000 Jahren angewandt. Der Überlieferung nach soll sie ihren Ursprung im Erlebnis eines Soldaten haben, der während einer Schlacht von einem Pfeil getroffen wurde und dann ein Gefühl der Taubheit weit entfernt von der tatsächlichen Wundstelle verspürte.

Die Akupunktur entwickelte sich in China zusammen mit der Moxibustion, der Verbrennung von Kräutern an bestimmten Stellen des Körpers. Und der Kern der traditionellen chinesischen Medizin ist eine Kombination aus Akupunktur, Moxibustion, der Anwendung von Kräutern, Atemübungen und therapeutischer Massage.

Die Akupunktur hat für westliche Menschen etwas Mysteriöses an sich, da es keine wissenschaftliche Erklärung für ihre Wirkungsweise gibt. Für viele westliche Wissenschaftler beruhen die meisten herkömmlichen Erklärungen auf östlicher Philosophie und sind teilweise oder ganz Phantasieprodukte.

Nach der überlieferten chinesischen Erklärung zirkuliert die Energie (genannt chi) durch das ganze Universum und wird dabei kontrolliert von Kräften (Yin und Yang), die den beiden Opponenten eines Paares entgegengerichteter Kräfte entsprechen, wie zum Beispiel Licht und Dunkelheit, männlich und weiblich, gut und schlecht.

Im Körper stehen sechs Organe, die sogenannten soliden Organe (darunter Leber, Nieren und Lungen) unter dem Einfluß des Yin, während sechs hohle Organe (darunter Gallenblase, Dünndarm und Magen) unter den Kräften des Yang stehen.

Im menschlichen Körper fließt die Energie oder «chi» entlang zwölf parallelen Linien oder Meridianen, die der Länge des Körpers und seiner Extremitäten nach verlaufen. Die meisten Meridianlinien sind mit größeren Orga-

nen des Körpers verbunden, und chi fließt entlang der Meridiane und durch die Organe im Einklang mit den natürlichen Lebensrhythmen. Diese Rhythmen regeln Funktionen, die täglich (Beseitigung von Abfallprodukten), monatlich (der weibliche Reproduktionszyklus) oder von Zeit zu Zeit (Launen) ablaufen.
Nach dieser Theorie ist ein Mensch krank, wenn der natürliche Rhythmus des Energieflusses auf irgendeine Weise unterbrochen oder verändert wird. Und die Akupunktur scheint den natürlichen Rhythmus wieder herzustellen.
Entlang des Meridiannetzes liegen über 500 spezifische Punkte. Eine Nadel, die in einen dieser Akupunkturpunkte eingesetzt wird, der auf einem mit einem größeren Organ verbundenen Meridian liegt, soll das Funktionieren dieses Organs beeinflussen.
Traditionell gibt es neun Arten von Nadeln verschiedener Länge und Größe. Einige werden nur ein paar Millimeter tief eingesetzt, andere mehrere Zentimeter tief. Einige werden nur ein paar Minuten an der Stelle belassen, andere bleiben tagelang. Bei manchen Krankheiten sind wiederholte Behandlungen erforderlich.
Auf der Grundlage komplizierter Gesetze, von denen man glaubt, daß sie die Beziehungen zwischen den einzelnen Organen steuern, kann ein Akupunkteur seine Nadeln in Punkte auf mehreren Meridianen einsetzen, um eine Störung in einem Organ zu behandeln. Bei Magengeschwüren beispielsweise kann ein Punkt, der als «Magen 43» bekannt ist und zwischen dem zweiten und dem dritten Zeh liegt, und ein anderer, bekannt als «Leber 1», ebenfalls im Fuß, akupunktiert werden.
Warum sollten Nadeln, die an zwei Stellen im Fuß eingesetzt werden, Magengeschwüre beeinflussen? Niemand weiß es. Einige Experimente deuten darauf hin, daß bei der Anwendung der Akupunktur der elektrische Widerstand entlang einer bestimmten Meridianlinie abnimmt.

Ein Akupunkteur bestimmt die Stellen, wo die Nadeln einzusetzen sind, anhand des Pulses des Patienten. Bei der Akupunktur gibt es zwölf Pulse, sechs an jedem Handgelenk, die den zwölf Meridianen entsprechen. Indem er nun die Frequenz und den Druck jedes einzelnen fühlt, muß der Akupunkteur in der Lage sein, festzustellen, welches Organ gestört ist und die Symptome verursacht, über die der Patient klagt.
Wegen des weitverbreiteten Interesses an der Akupunktur mag es gerechtfertigt sein, noch einen Augenblick auf diesem Gebiet außerhalb der Rückenschmerzen zu verweilen, um zu betrachten, wie die Akupunktur von westlichen Praktikern ausgeübt wird.
Dr. Felix Mann ist ein Londoner Arzt, der die Akupunktur seit über einem Jahrzehnt ausübt. Er ist Autor mehrerer Bücher über das Thema und bietet zusätzlich zu seiner eigenen Praxis Akupunkturkurse für britische Ärzte an.
«In der Akupunktur», so berichtet er, «wird eine Krankheit als eine Schwäche irgendeines Körperteils betrachtet. Bei der Behandlung von Heuschnupfen zum Beispiel behandle ich generell die Lungen, da sie ein Teil des Atmungssystems sind. Wenn es sich um den allergischen Typ handelt, könnte ich die Milz behandeln. Es hängt davon ab, welcher Puls schwach ist. Wenn die Lunge schwach ist, gibt es einen bestimmten Weg der Behandlung von Heuschnupfen; wenn die Milz schwach ist, einen anderen. Es macht keinen Unterschied, ob jemand gegen Katzenhaare allergisch ist oder gegen Staub.»
Seiner Erfahrung nach braucht es durchschnittlich sieben Behandlungen, um jemanden zu heilen, der seit zehn Jahren an Heuschnupfen gelitten hat, vorausgesetzt, er spricht überhaupt auf Akupunktur an. Zuerst wird der Patient zweimal pro Woche behandelt, dann einmal wöchentlich, dann einmal alle vierzehn Tage. Es hängt von den individuellen Umständen ab, ob ein Patient für im-

mer geheilt wird, oder ob er einmal in der Saison zur Wiederholungsbehandlung kommen muß.

«Mit Akupunktur,» berichtet Dr. Mann, «kann jeder krankhafte Zustand behandelt werden, der physiologisch reversibel ist. Ein Nierenstein zum Beispiel ist nicht physiologisch reversibel, wenn er einmal da ist. Man kann aber die Niere behandeln, um die Wahrscheinlichkeit eines Rückfalls zu reduzieren.»

«Die Erfolgsquote der Akupunktur hängt davon ab, was ich behandle. Auf manchen Gebieten kann es sein, daß ich nur fünf Prozent der Patienten heile. Bei Migräne liegt die Erfolgsquote generell bei 75 Prozent. Bei Magengeschwüren kann zwei von drei Patienten geholfen werden. Nicht heilen kann ich Angina pectoris (den Brustschmerz, der mit der koronaren Herzerkrankung verbunden ist), ich kann jedoch in fast der Hälfte der Fälle eine Besserung erreichen. Wenn der Patient vor der Behandlung kaum noch gehen konnte, dann sollte er hinterher in der Lage sein, mehrere Kilometer zu wandern.»

Man ist der Meinung, daß Akupunkteure ausgebildete Mediziner sein sollten; denn umfassende Kenntnisse des Körpers und der allgemeinen Medizin sind hilfreich bei der Akupunktur. Seiner Schätzung nach gibt es in England 15 Akupunkturärzte, 300 in Südamerika, 1000 in Westeuropa und weitere 1000 in der Sowjetunion. Er glaubt jedoch, daß es über 20mal so viele praktizierende Akupunkteure gibt, die keine ärztliche Ausbildung haben.

Wie erklärt er den Mechanismus der Akupunktur? Mann sagt, daß es ihm «nicht das geringste ausmachen würde», sollte es sich herausstellen, daß der Grund für ihre Wirksamkeit ein psychologischer sei, so lange sie wirkt. Er glaubt aber, daß die Akupunktur über das Nervensystem wirkt, und daß Heilerfolge eine Sache der Stimulierung der richtigen Nerven sind.

«Man kann Yin und Yang weglassen», meint er, «und das ganze in Begriffen der gewöhnlichen Medizin erklären –

nicht vollständig zwar, aber ausreichend um zu zeigen, daß es über nervöse Reflexe funktioniert. Ich schreibe zurzeit an einem Buch, das die Akupunktur in Begriffen der Neurophysiologie erklärt, und das wird, glaube ich, die Ärzte eher ansprechen.»

Sowohl amerikanische als auch japanische Forscher haben kürzlich darauf hingewiesen, daß nach neuesten medizinischen Auffassungen viele der Meridianpunkte Stellen entsprechen, wo Nerven aus einem Muskel an die Oberfläche treten, oder wo Gefäße und Nerven relativ oberflächlich gelegen sind, wie zum Beispiel an Stellen zwischen Muskel und Knochen oder zwischen Knochen und Gelenk. Außerdem glaubt man, daß einige dieser Punkte «elektropermeable Punkte» sind; sie haben einen geringeren elektrischen Widerstand als andere Stellen.

Eine mögliche Erklärung der Wirkungsweise der Akupunktur basiert auf einer «Torkontrollen»-Theorie, wie sie ursprünglich von britischen und kanadischen Ärzten vorgeschlagen wurde, die sich mehr mit dem Schmerzmechanismus als mit der Akupunktur befaßten. Nach der Torkontrollen-Theorie wird durch die Stimulierung bestimmter großer Fasern in sensorischen Nerven – Stimulierung, die durch Akupunkturnadeln hervorgerufen werden kann – eine Art Tor im Rückenmark geschlossen. Dadurch können Schmerzimpulse, die entlang einer anderen Gruppe kleinerer Nervenfasern verlaufen, blockiert werden, indem verhindert wird, daß die Impulse durch das Rückenmark ins Gehirn gelangen.

Dies könnte zwar die Blockierung von Schmerzimpulsen erklären, die entlang der Nerven zum oder vom Rückenmark an Stellen verlaufen, die vom Nacken an abwärts liegen, nicht jedoch, wie Akupunkturnadeln, die in den Arm eingesetzt werden, Zahnextraktionen ohne Schmerzen ermöglichen können. Vor kurzem wurde vorgeschlagen, daß es in einem Bereich des Gehirns, dem Thalamus, ein zweites Tor geben könnte, das sich verschließt, um zu

verhindern, daß Schmerzimpulse von unterhalb oder oberhalb des Rückenmarks zu den schmerzempfindlichen Bereichen des Gehirns gelangen.
Wie die Akupunktur bei inneren Krankheiten wie hohem Blutdruck oder Asthma wirkt, bleibt ein Geheimnis. Einige Forscher glauben, daß die Stimulierung von Nerven auf der Haut innere Organe über Reflexbahnen beeinflussen könnte. Vor über zwanzig Jahren stellte Dr Janet Travell, Ärztin des verstorbenen Präsidenten John F. Kennedy, fest, daß durch Injektion von Procain in bestimmte Triggerpunkte auf der Brust die durch Angina pectoris verursachten Brustschmerzen manchmal für längere Zeit zum Verschwinden gebracht werden können. Auch sollten Experimente erwähnt werden, in denen bei Tieren durch Kratzen der Haut Veränderungen der Eingeweidefunktionen hervorgerufen wurden.

Modifizierte Akupunktur bei Rückenschmerz

Seit einiger Zeit haben wir am ICD die Erkenntnis gewonnen, daß eine modifizierte Akupunkturtechnik bei Patienten mit Rückenschmerzen oft von großer Hilfe ist. Wie bereits erwähnt, ist oft das bloße Einstechen einer Nadel in Triggerpunkte – ohne etwas zu injizieren – wirksam, ebenso wirksam wie eine Injektion. Bei der Akupunktur wird die Nadel eingesetzt und gedreht.
Tatsächlich war eine der ersten Methoden zur Behandlung von Triggerpunkten die, einfach mit einem Fingerknöchel die Punkte zu pressen und «aufzubrechen». Am ICD benutzen die Therapeuten dazu nicht die Knöchel, sondern etwas nur wenig anderes – einen runden, stumpfen Gegenstand, wie zum Beispiel die harte, zylindrische Hülse, in die manche Zigarren verpackt sind. Mit diesen Zylindern wird Druck ausgeübt, nicht nur auf Triggerpunkte, sondern auch auf Akupunkturpunkte. Im Gegen-

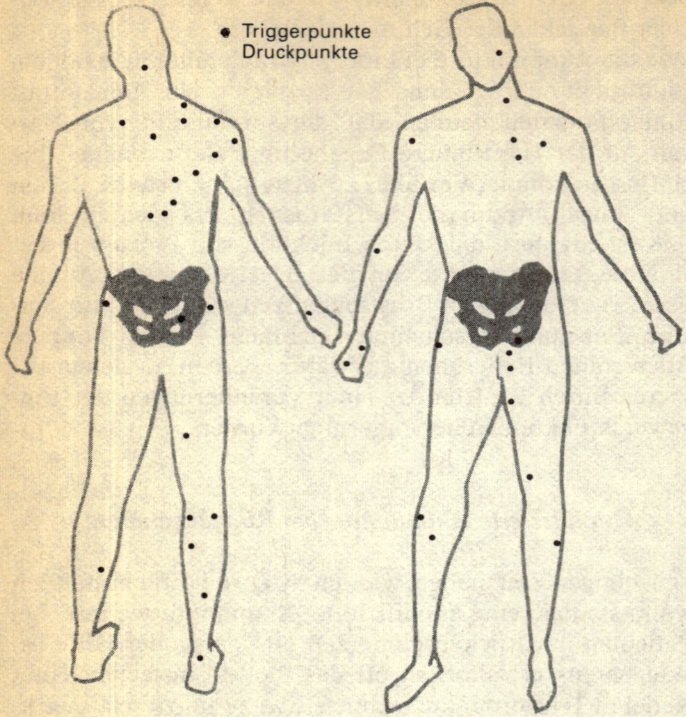

satz zu den Triggerpunkten sind die Akupunkturpunkte offenbar nicht besonders empfindlich. Dennoch hat sich Druck auf diese Punkte als hilfreich erwiesen.

Bei der Bewertung irgendeiner therapeutischen Maßnahme sollte man weitergehen, als einfach danach zu urteilen, ob die Maßnahme wirkt oder nicht. Man sollte auch versuchen zu erklären, wie sie wirkt – eine Theorie vorzuschlagen, die als Erklärung dienen könnte, eine Theorie, die alle bekannten Tatsachen berücksichtigt und

vernünftig scheint. Darüber hinaus ist ein letzter Schritt, festzustellen, ob die Theorie allgemein gültig ist und allen Überprüfungen standhält.
Wir wissen nicht, wie die Akupunktur funktioniert – was die Nadeln tatsächlich bewirken oder was Druck auf Akupunkturstellen möglicherweise bewirkt. Wir wissen jedoch, daß Druck in vielen Fällen wirksam ist. Wir werden weiterhin Forschungen betreiben mit dem Ziel, den Mechanismus herauszufinden und mit dieser Technik größere Erfolge zu erreichen.
Wenn Sie anhand einer Eigendiagnose feststellen, daß Sie Triggerpunkte haben, die offenbar an Ihrem Rückenschmerz schuld sind, kann es sein, daß Sie die Hilfe eines erfahrenen Arztes brauchen, der diese Punkte mit Injektionen oder Nadeln behandelt. Es ist aber auch gut möglich, daß Sie selbst in der Lage sein können, sie ohne Injektionen oder Nadeln zu behandeln.
In manchen Fällen reagieren Triggerpunkte auf Äthylchlorid. Sie können den Spray (siehe Kapitel 5) dazu benutzen, einen Triggerpunkt «einzufrieren» Wenn erforderlich, kann das Einsprühen in kurzen Abständen wiederholt werden.
In anderen Fällen können Triggerpunkte auf Druck reagieren, der mit einem harten zylindrischen Gegenstand ausgeübt wird. Die Punkte, von denen wir bisher gefunden haben, daß sie am meisten auf Druck reagieren, sind in den Illustrationen angedeutet.
Zu guten Resultaten kann zuweilen auch Druck auf bestimmte Akupunkturstellen führen. Die Abbildung zeigt die Punkte, die sich bei Untersuchungen am ICD als die mit der größten Wahrscheinlichkeit am Rückenschmerz beteiligten herausstellten. Akupunkturpunkte, die mit inneren Krankheiten zusammenhängen, sind in der Abbildung bewußt weggelassen worden. Ihre Stimulierung durch einen Laien sollte vermieden werden. Bitte beschränken Sie Ihre Stimulationsversuche auf die Punkte,

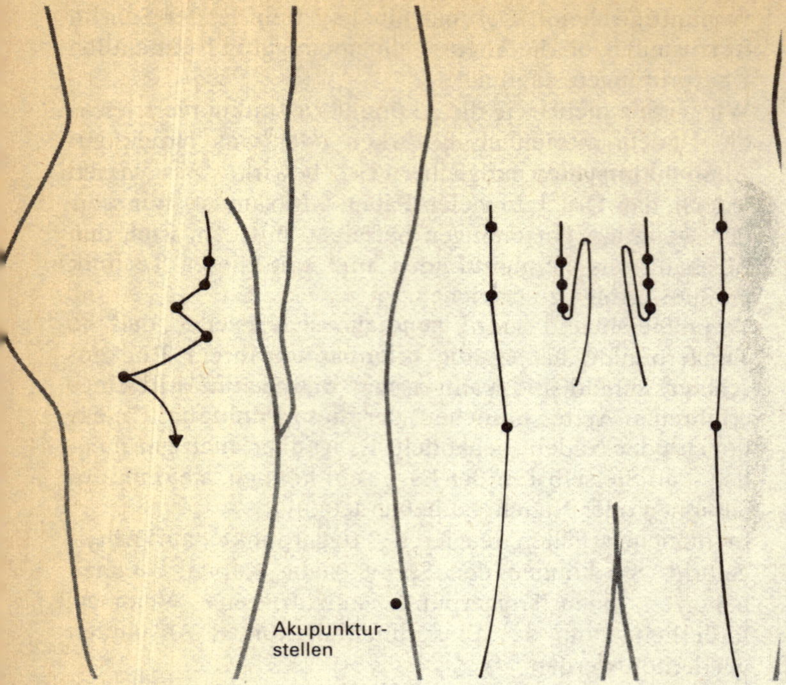

die in der Abbildung angegeben sind, und experimentieren Sie nicht mit anderen Stellen.
Zur Ausübung des Druckes benötigen Sie die Hilfe eines Freundes oder eines Familienmitgliedes. Während die Gefahr der Infektion aus unsterilen Akupunkturnadeln erwachsen kann, besteht bei der Druckanwendung eine solche Gefahr nicht.
Ich erinnere mich an einen besonders dramatischen Fall, der zeigt, wie wirksam Druck manchmal sein kann. Es handelte sich um eine 56jährige Frau mit sehr starken Schmerzen im unteren Rücken und einem Triggerpunkt. Eine Behandlung war unbedingt erforderlich, sie hatte je-

doch große Angst vor einer Triggerpunkt-Injektion. Der Triggerpunkt lag nahe bei einem Akupunkturpunkt, von dem wir herausgefunden hatten, daß er mit den Rückenschmerzen zusammenhängt, und wir konnten sie schließlich dazu bewegen, uns zu erlauben, mit einem zylinderförmigen Gegenstand Druck auf den Akupunkturpunkt auszuüben. Der Druck dauerte zehn Sekunden, und sie schrie auf vor Schmerz. Aber dann lächelte sie. «Es tut nicht mehr weh. Mein Rücken ist wieder in Ordnung», triumphierte sie, stieg sofort vom Behandlungstisch herab und begann vor Freude herumzuhüpfen. Wir gingen dazu über, sie zu beruhigen, und konnten sie nun, da das Nachlassen des Schmerzes es ermöglichte, mit dem korrigierenden Gymnastikprogramm beginnen lassen, das sie benötigte.

7. Kapitel

Mehr als nur eine Art der Massage

Eine der ältesten aller Therapien, die Massage, ist oft von großem Wert bei Rückenschmerz. Es gibt zahlreiche Formen, von denen einige wirksam zu Hause angewandt werden können. Zugelassene Therapeuten wenden die Massage, einschließlich spezieller Formen, zusammen mit anderen therapeutischen Methoden unter medizinischer Anleitung an.
In letzter Zeit ist eine wahre Massageindustrie erblüht. Viele Massagesalons sind seriös, andere dagegen funktionieren als getarnte Bordelle.
Falsche Vorstellungen über Massage sind reichlich vorhanden. Es gibt Leute, die glauben, daß Massage Arthritis und Ischias heilen, Gewicht reduzieren und sogar Falten entfernen, das Herz erneuern, die Lungenkapazität erweitern und die Muskeln kräftigen kann. Sie kann nichts dergleichen – auch nicht Rückenschmerzen heilen, obwohl sie auf spezifische Weise helfen kann.
Wir haben zahlreiche Patienten mit quälenden Rückenschmerzen gesehen, die so gut auf Massage reagierten, daß sie keine Narkotika mehr brauchten. Ich erinnere mich an ein Erlebnis mit einer sehr guten Freundin, die mitten in einem Anfall, der so schwer war, daß sie das Bett nicht verlassen konnte, anrief und bat, ihrer Apotheke ein Rezept für ein Betäubungsmittel zukommen zu lassen. Statt das zu tun, begab ich mich so schnell wie möglich zu ihr und hörte, wie sie berichtete, daß sie zwei Nächte nicht geschlafen hatte und sich kaum von einer Seite des Bettes auf die andere bewegen könne. Bei der

Untersuchung stellte ich einen schweren Muskelkrampf fest, und als erste Maßnahme wandte ich Massage an. Schon nach wenigen Minuten war sie in der Lage, das Bett zu verlassen und zum Badezimmer zu gehen.

Wie Massage funktioniert

Die Massage hat unter anderem einen psychologischen Wert, und obgleich dieser nicht objektiv gemessen werden kann, könnte er von einiger Bedeutung sein. Streicheln des Körpers hat eine beruhigende Wirkung. Jede Mutter weiß, daß Kinder darauf reagieren. Auch Erwachsene schätzen es, obwohl sie ihre Reaktion nicht so offen zeigen. Hunde sind, wie man weiß, besonders scharf darauf. Und auch viele andere Tiere reagieren darauf; sie pressen sich aneinander und belecken und reiben sich gegenseitig.

Es gibt natürlich auch physiologische Wirkungen. Immer wenn sich Muskeln kontrahieren, wird Energie verbraucht; aus dem Blut bezogene Chemikalien werden oxidiert, und dieser Prozeß liefert die Energie, die für die Muskelkontraktion erforderlich ist.

Der Vorgang läßt jedoch einige Restprodukte zurück, vor allem Milchsäure. Für andauernde Aktivität muß nicht nur mehr chemischer Brennstoff und Sauerstoff herbeigeschafft werden; es müssen auch Abfallprodukte entfernt werden, beides Aufgaben des Atmungs- und des Kreislaufsystems.

Die Muskeln tragen selbst dazu bei, daß diese Arbeiten getan werden; denn wenn sie sich kontrahieren und entspannen und bis zu einem gewissen Grade aneinanderreiben, stimulieren sie Nervenendigungen und informieren das Nervensystem über ihre Aktivität. Das Nervensystem trifft dann Anordnungen für einen stärkeren Herzschlag und eine Erweiterung der Blutgefäße, so daß mehr Blut zirkulieren kann, um Nährstoffe herbeizubringen und Abfallstoffe wegzubefördern. Gleichzeitig wird die Atemfrequenz erhöht, so daß mehr Sauerstoff aufgenommen wird.

Muskeltätigkeit hilft auch noch auf eine andere Weise. Das Blut, das sich vom Herzen weg durch die Arterien bewegt, hat Druck hinter sich, der es vorwärtstreibt. Für den Rückfluß durch die Venen zum Herzen gibt es jedoch keinen solchen Druck. Ventile in den Venen verhindern, daß das Blut in die falsche Richtung fließt. Aber der Rückfluß des venösen Blutes, insbesondere aus dem unteren Teil des Rumpfes und den Beinen, hängt von der Kontraktion von Muskeln ab, die es durch die Venen «quetschen».

Bei jemandem, der längere Zeit stillsteht, kann es zu Schwäche oder sogar zu einer Ohnmacht kommen. Dies ist darauf zurückzuführen, daß sich das Blut bei fehlender Muskelbewegung leicht in den Beinvenen staut, daß nicht genug zum Herzen zurückfließt, und das Herz deshalb nicht genug ins Gehirn pumpen kann.

Aber abgesehen von dieser extremen Situation kann es bei der heutigen sitzenden Lebensweise sein, daß die Muskelaktivität geringer ist als zur Vermeidung von Mattigkeit und Erschöpfung nötig. Die Ermüdung durch Inaktivität – durch unzureichende Zirkulation und unzureichenden Austausch von Nähr- und Abfallstoffen in den Geweben – ist ebenso echt wie Ermüdung durch schwere Arbeit.

Auch bei seelischer Spannung kommt es zur Muskelspannung, der Kontraktionszustand der Muskeln erhöht den Energiebedarf und stört dazu noch die Prozesse, die den Bedarf befriedigen können.

Gymnastikübungen können viel dazu beitragen, Müdigkeits- und Schlaffheitsgefühl zu überwinden, indem sie Kreislauf und Atmung stimulieren. Für einen ermüdeten Menschen kann es jedoch schwierig sein, mit der Aussicht auf aktive Muskelbetätigung konfrontiert zu werden. Die Massage ist in der Tat eine passive Muskelbetätigung. Sie besorgt die Stimulation, die eine Reaktion des Nervensystems und auf diesem Wege eine Reaktion des Atmungs- und des Kreislaufsystems hervorrufen kann. Massage hilft außerdem, verkrampfte Muskeln zu entspannen und so den damit verbundenen Schmerz zu verringern.

Massage zu Hause

Zur Linderung von Krämpfen kann zu Hause eine einfache, leichte Streichmassage angewandt werden. Man sollte dazu ein gemütlich warmes Zimmer aussuchen, der Patient sollte auf dem Bauch liegen, unbekleidet, mit einem Kissen unter den Hüften, die Arme an den Seiten ruhend.

Während in der Klinik oft Alkoholeinreibungen angewandt werden, um bei Patienten, die längere Zeit im Bett liegen, Reizungen lindern zu helfen, ist Alkohol bei der Massage nicht das beste Material. Optimal für den Hausgebrauch ist geruchloser Talkumpuder; auch Babypuder ist geeignet. Auf den Rücken gestäubt ermöglicht er, daß die reibende Hand leicht über die Haut gleitet und unerwünschte Reibung vermieden wird. Aber auch ein leichtes Mineralöl oder sogar Speiseöl kann als Gleitmittel dienen. Man gibt dazu eine kleine Menge Öl auf die Handfläche, läßt es sich etwas erwärmen und verteilt es dann sanft auf dem Rücken des Patienten.

Egal, ob der Schmerz nun im oberen oder im unteren Rücken lokalisiert ist, mit der leichten Massage sollte am Gesäß begonnen werden. Benutzen Sie die Handballen – die Daumenbasis und die Handfläche in der Nähe des Handgelenks. Pressen Sie sanft auf beiden Seiten der Wirbelsäule, und vermeiden Sie dabei Druck auf Stellen direkt über einem Knochen. Die Hände sollten den

Rücken des Patienten nie verlassen. Bei der Aufwärtsbewegung wird der Druck mit den Handballen ausgeübt. Abwärts sollten die Fingerspitzen und die Hand den Rücken leicht berühren, nicht jedoch drücken.
Die leichte Massage von jeweils zehn Minuten Dauer kann so oft wie erforderlich angewandt werden. Im allgemeinen reichen zwei bis vier Massagen täglich aus. Eine solche Massage ist völlig harmlos; sie sollte schmerzlos sein; für die Krampflinderung hat es einen zusätzlichen wertvollen Effekt, wenn die Massage nach einem heißen Wannenbad oder einer sonstigen Form von Wärmebehandlung angewandt wird.

Andere Arten der Massage

Außer der leichten Streichmassage, die praktisch jeder auch ohne Erfahrung sicher und effektiv zu Hause ausüben kann, gibt es andere Arten, die Geschicklichkeit und Übung erfordern und am besten von Fachkräften durchgeführt werden.
Bei einer Reibmassage vom mittleren Typ werden die Hände zu leichten Fäusten geformt. Massiert wird mit den ersten beiden Gelenken der Finger und den Daumenballen. Die Hände werden dabei zu beiden Seiten des Rückgrats in einem langen festen Strich von unten nach oben bewegt.
Tiefe Massage – unter Verwendung der Handballen – kann von einer Fachkraft angewandt werden, nachdem vorher mit Hilfe leichter Massage für etwas Entspannung gesorgt wurde. Bei der tiefen Massage ist der angewandte Druck wesentlich größer.
Es gibt auch verschiedene Arten von Klatsch- oder Schlagmassagen, die von Fachleuten durchgeführt werden. Das Prinzip einer solchen Massage ist, daß durch Schlagen oder Klatschen die Muskeln zur Kontraktion

angeregt werden, und sie sich daraufhin vollständiger entspannen. Der Effekt ist etwa dem von Gymnastikübungen ähnlich.

Bei einer Art Schlagmassage werden die Finger beider Hände auf den Patienten geklopft. Dazu läßt man die Hände aus den Handgelenken gegen den Rücken des Patienten schnellen. Eine andere Art Schlagmassage, mit der der gleiche Effekt erzielt wird, ist «Hacken» mit den Handkanten; dies sollte aber nicht zu kräftig geschehen.

Schlagen mit der flachen Hand kann antreibend und stimulierend wirken. Oft wird diese Art Massage auch in abgeänderter Form, mit gewölbten Handflächen, angewandt. Bei einem anderen Massagetyp wird der Muskel geknetet oder festgehalten und sanft aber fest gedrückt oder sogar gedreht. Kneten hilft oft große verspannte Muskeln zu entspannen.

Zur Massage kann auch passive Bewegung gehören – sanftes Ziehen und Drehen kleiner Gelenke und Bewegung von Arm- und Beingelenken innerhalb ihres vollen Bewegungsspielraums, drehen des Kopfes von einer Seite zur anderen.

Man kann zwei oder mehr dieser Massageformen in Kombination anwenden. Es sind auch zahllose Veränderungen in bezug auf Tempo der Massage, Höhe des ausgeübten Druckes und der Dauer möglich.

Ein geschickter Physiotherapeut besitzt das Wissen und die Erfahrung, die richtige Massageart für einen bestimmten Patienten auszuwählen. Gewöhnlich beginnt der Therapeut damit, eine betroffene Stelle mit Wärme zu behandeln, damit sich die Muskeln dort leichter entspannen können. Abhängig vom individuellen Bedarf kann der Therapeut eine heiße Tücherpackung für feuchte oberflächliche Wärme, oder Infrarotlampen für trockene oberflächliche Wärme benutzen, Kurzwellendiathermie für Tiefenwärme oder Ultraschallwellen für noch tieferdringende Wärme.

Die Massage, so nützlich sie auch ist, kann nicht allein stehen. Auch wenn man feststellt, daß die Heimmassage ihren Zweck – Linderung von Krampf und Schmerz – erfüllt, ist es im allgemeinen von wesentlicher Bedeutung, weiterzugehen, auch andere Maßnahmen anzuwenden, um den Schmerz vollständig zu beseitigen, und darüber hinaus das zugrundeliegende Problem, das Krampf und Schmerz verursacht, zu korrigieren.
Ebenso ist die von einem Physiotherapeuten ausgeübte Massage selten oder nie die einzige angewandte Maßnahme, sondern ist verbunden mit anderen Therapieformen und mit einer allgemeinen medizinischen Behandlung.
Leider suchen viele Leute, einschließlich solche, die an Rückenschmerz leiden, kommerzielle Massagesalons auf, in der Hoffnung auf wundersame Heilung durch Massage allein.

Wenn fachmännische Massage erforderlich ist

Massagesalons können grob in zwei Sorten eingeteilt werden: zweideutige und seriöse. Die ersteren sind meist leicht zu identifizieren: Frauen, oft dürftig bekleidet, massieren Männer. Einige dieser Etablissements sind, wie erwähnt, nur schlecht getarnte Stätten der Prostitution.
Die seriösen Massagesalons bieten neben der Massage im allgemeinen Dampfbäder und Sauna an. Während Wärme zur Entspannung beiträgt, kann die Sauna für Leute mit Herz- und Atembeschwerden belastend und möglicherweise sogar gefährlich sein.
Fragen Sie Ihren Arzt, vielleicht kennt er einen guten kommerziellen Massagebetrieb, oder die physiotherapeutische Abteilung Ihres örtlichen Krankenhauses hat eine Liste erfahrener Physiotherapeuten und Masseure.

Bindegewebsmassage: Eine besondere Art

Eine andere Art der ganz speziellen Massage, die Bindegewebsmassage, ist in Europa weitverbreitet.
Sie geht von einer deutschen Physiotherapeutin aus, die – 1929 – selbst an fast unerträglichen Rückenschmerzen litt und dazu noch an einer Durchblutungsstörung im rechten Bein, die so schwer war, daß eine Amputation in Betracht gezogen worden war.
Sie versuchte ihren Rückenschmerz dadurch etwas zu lindern, daß sie, auf der Seite liegend, über die schmerzenden Stellen strich. Bestimmte Bereiche waren so empfindlich, daß sogar leichtes Reiben mit den Fingerspitzen große Schmerzen verursachte. Dennoch bemerkte sie, daß nach einem solchen Reiben der Schmerz im Rücken allmählich nachließ und einem angenehmen Wärmegefühl Platz machte. Nach einigen weiteren Tagen, in denen diese Behandlung fortgesetzt wurde, schien eine Besserung in ihrem Bein einzutreten, soweit, daß sie statt des bisherigen Kältegefühls nun plötzlich ein Gefühl von Wärme empfand. Nach mehrmonatiger Behandlung durch einen anderen Physiotherapeuten, der Frau Dickes Anweisungen folgte, waren sowohl Bein als auch Rücken deutlich gebessert, und sie nahm ihren Beruf als Physiotherapeutin wieder auf.
Offensichtlich waren noch andere Phänomene am Fall von Frau Dicke beteiligt. Wie berichtet wurde, waren im Verlauf ihrer Krankheit auch Störungen verschiedener innerer Organe hinzugekommen: Sie litt an Gastritis, ihre Leber zeigte eine Vergrößerung, und die Funktion der Nieren war gestört. Es gab auch Symptome, die auf Angina pectoris hindeuteten, den Brustschmerz, der mit der beeinträchtigten Durchblutung des Herzmuskels einhergeht. Diese Beschwerden schienen gleichzeitig mit der Besserung im Rücken und im Bein nachzulassen.
Frau Dicke hatte den Eindruck, daß bestimmte Bereiche

der Körperoberfläche mit bestimmten inneren Organen assoziiert sind. Untersuchungen einiger deutscher Ärzte ließen vermuten, daß daran etwas Wahres sein könnte. Diese Arbeiten führten zu einer Methode, «Bindegewebsmassage» genannt, die in Deutschland und in anderen europäischen Ländern bei zahlreichen inneren Störungen angewandt wird.

Tatsächlich hatte um die Jahrhundertwende ein englischer Neurologe namens Head über Befunde berichtet, daß anomale Veränderungen in inneren Organen von Veränderungen in den Hautbereichen begleitet werden, die die selbe nervöse Versorgung wie die inneren Organe haben.

Die Anhänger der Bindegewebsmassage rechnen Elisabeth Dicke die Entdeckung an, daß anomale Veränderungen auch in subkutanem Gewebe stattfinden können, dem Gewebe zwischen Haut und Muskeln

Die Haut stellt natürlich die äußerste Schicht der Körpergewebe dar und enthält druck- und temperaturempfindliche Nervenendigungen. Die Muskeln können als die unterste Schicht der Gewebe betrachtet werden, die die Körperoberfläche bilden, und auch sie enthält viele Nervenendigungen, die ihrerseits empfindlich gegenüber Veränderungen in der Länge der Muskelfasern sind.

Bindegewebe kommt überall im Körper vor, es umgibt Blutgefäße und Nerven, bildet Muskelscheiben, sorgt für Stützung von Muskeln und Nerven und dient als Bindeglied zwischen verschiedenen Strukturen.

Befürworter der Bindegewebsmassage gestehen ein, daß es immer noch unmöglich ist, all die Effekte zu erklären, die ihr zugeschrieben werden, obgleich es eine Theorie gibt, daß sie über eine Stimulierung des parasympathischen Nervensystems wirken könnte.

Das parasympathische System ist ein Teil des zweiten großen Nervennetzes im Körper, bekannt als das autonome System. Das erste Netz ist natürlich das bekannte zentrale Nervensystem, das das Gehirn einschließt und für die willkürliche Kontrolle von Tätigkeiten verantwortlich ist. Das autonome System mit seinen Abzweigungen vom Herzen, den Blutgefäßen und verschiedenen Organen einschließlich dem Gastrointestinal- und dem Harntrakt, ist dagegen verantwortlich für Funktionen, die unbewußt ablaufen. Wie sein Name sagt, arbeitet es automatisch.

Und es ist ein System von Kontrollen und Gleichgewichten. Es besteht in der Tat aus zwei einander entgegenwirkenden Systemen, dem sympathischen und dem parasympathischen. Beispiele für die Arbeit dieser Systeme: Während das sympathische System die Pupillen der Augen erweitert, wirkt das parasympathische pupillenverengend; und während der Sympathikus den Herzschlag beschleunigt, wirkt der Parasympathikus verlangsamend. Das autonome System ist in starkem Maße psychischen Einflüssen ausgesetzt. Wenn man zum Beispiel vor Angst eine Gänsehaut und einen trockenen Mund bekommt, ist das autonome System am Werk, und in diesem Fall dominiert der sympathische Teil des Systems.

In Zeiten der Belastung übernimmt das sympathische System die Oberhand, denn Belastung bedeutet Gefahr. Das sympathische System kann den Körper auf die Begegnung mit der Gefahr vorbereiten. Es erweitert die Pupillen, so daß das Sehvermögen im Moment des Kampfes oder der Flucht optimal ist; es kann die Tätigkeit der Nieren und der exkretorischen Organe stoppen, denn Flucht oder Kampf ist im Moment der Bedrohung wichtiger als die Ausscheidung von Abfallstoffen. Es kann Verdauungsvorgänge stoppen, denn auch sie scheinen von untergeordneter Bedeutung. Es kann die Herzfrequenz erhöhen, daß mehr Blut in den Kreislauf gepumpt wird, und es kann, indem die Blutzufuhr zur Haut reduziert wird, mehr Blut den Muskeln zuführen, die es im Kampf oder zur Flucht benötigen.

All dies ist wichtig für tatsächliche Notsituationen – und sobald die Notsituation vorüber ist, kann das parasympathische System in Aktion treten und den vorangegangenen Aktivitäten des sympathischen Systems bis zu dem Punkt entgegenwirken, wo die normalen Körperfunktionen wiedererlangt sind.

Wenn jedoch ein Individuum unter praktisch chronischem Streß steht, wenn er oder sie sich fast ständig in einer Streß- (Kampf- oder Flucht-)Haltung befindet, und die Muskeln in Aktionsbereitschaft angespannt sind, können sich die Muskeln verkrampfen, und es kann an anderer Stelle in einem oder mehreren Organen des Körpers zu Rückwirkungen kommen.

Deshalb könnte sich eine Stimulierung des parasympathischen Systems – zur «Abkühlung» des Körpers – als hilfreich erweisen. Und die Theorie behauptet nun, daß mit Hilfe der Bindegewebsmassage dies zustandegebracht werden kann.

Zur Bindegewebsmassage werden die Mittelfinger, Ringfinger und kleinen Finger benutzt, und die Fingernägel müssen so kurz sein, daß sie niemals die Haut berühren. Ein Hautwulst wird vor den Fingern hergeschoben.

Wenn möglich sollte der Patient während der Massage sitzen, obgleich sie, falls dies erforderlich sein sollte, auch durchgeführt werden kann, wenn der Patient liegt. Der Therapeut sitzt hinter dem Patienten und etwas unterhalb von ihm, gewöhnlich auf einem speziellen Stuhl.

Die Massagestriche beginnen in der Beckenregion und verlaufen gewöhnlich, aber nicht immer, von der Mittellinie nach außen. Eine besondere Folge von Strichen wird um die Michaelisraute herum ausgeführt, einem rhombenförmigen Bereich, der von den zwei Grübchen auf beiden Seiten der Beckenregion, dem Steißbein (das ist der Knochen direkt in der Gesäßfalte) und einem Punkt in der Mitte über den Grübchen abgegrenzt wird. Im Bereich um den Beckenknochen und darüber werden «ha-

kende» Bewegungen ausgeführt, und dann schreitet die Massage fort, den Rücken hinauf.
Bei einem angespannten Patienten ruft die Bindegewebsmassage oft das Gefühl hervor, ein Messer würde ins Fleisch schneiden, auch wenn die Finger nur auf die weichen Gewebe pressen. Ein Resultat der Massage ist die Erweiterung der Blutgefäße und eine darauffolgende Rötung der Haut. Bei besonders empfindlichen Patienten entstehen gelegentlich Quaddeln, die jucken können. Da die Bindegewebsmassage Herzklopfen verursachen kann, sollte sie nie bei Patienten mit Herzkrankheiten oder schwerem Bluthochdruck angewandt werden, wenn kein Arzt dabei ist.
Wie bereits erwähnt, behaupten glühende Verfechter dieser Technik, daß sie bei zahlreichen inneren Störungen hilfreich ist. Wir am ICD haben die Richtigkeit dieser Behauptung nicht untersucht. Wir können jedoch jahrelange Erfahrung mit dieser Technik bei Rückenschmerzpatienten aufweisen.
Wir haben sie bei bis zu zehn Patienten am Tag angewandt, und mit großem Erfolg, vor allem bei extrem angespannten Patienten mit schweren Muskelverkrampfungen, denen mit anderen Maßnahmen nicht beizukommen war. Wir wissen nicht mit Sicherheit, was diese Technik alles zuwege bringen kann. Sicher wissen wir, daß Muskelkrämpfe gelöst werden, auch wenn der Krampf chronisch geworden ist und wenn es zu fibromyositischen Verwachsungen in Muskelgruppen und zwischen Haut und Muskeln gekommen ist. Obwohl es sich um einen extrem stimulierenden Massagetyp handelt, ist seltsamerweise die Entspannung hinterher außerordentlich groß.
Nach einer Reihe von Behandlungen können die vorteilhaften Wirkungen monatelang andauern. Eine einzelne Behandlung mit Bindegewebsmassage hat kaum einen Sinn. Mindestens zehn oder zwanzig Behandlungen sind erforderlich, bevor eine merkliche Besserung eintritt.

Es wurde behauptet, daß Bindegewebsmassage sich bei schweren Gefäßerkrankungen hilfreich auswirken würde. Und es gibt gewisse Hinweise darauf, daß Patienten mit peripherer vaskulärer Erkrankung bis zu einem gewissen Grade davon profitieren. Die Massage erweitert die Blutgefäße oft stärker als die Erwärmung des Körpers, was ja in vielen Fällen ein sehr nützliches Mittel ist.
Am ICD wurden zahlreiche Patienten mit peripherer vaskulärer Erkrankung behandelt, und Bindegewebsmassage hat sich in einigen Fällen bei der Verbesserung der Durchblutung der Beine als hilfreich erwiesen, vor allem bei Patienten mit Arteriosklerose verbunden mit Diabetes. Gegenwärtig ist keine Behandlung bekannt, die den arteriosklerotischen Prozeß rückgängig machen könnte. Aber Maßnahmen zur Erweiterung der Gefäße können helfen, die Durchblutung der Beine bei Patienten mit Gefäßkrankheiten zu verbessern und so vielleicht eine Amputation hinauszuschieben oder überflüssig zu machen.

Zonentherapie

Da sie Gebrauch von Druckanwendung macht, kann die Zonentherapie als eine Form von Massage betrachtet werden. Andererseits ist sie auch mit der Akupunktur verwandt, da sie auf der Vorstellung beruht, daß es im Körper Segmente gibt – im wesentlichen Kanäle, die verschiedene Teile des Körpers miteinander verbinden –, und daß Stimulierung durch Druck an einer Stelle vorteilhafte Wirkungen an einer anderen, weit entfernten Stelle erzielen kann.
Diese Vorstellung ist nicht neu, und auch die Zonentherapie ist nicht neu. Bis zu einem gewissen Grade wurde die Therapie wegen der zahllosen an sie gestellten Forderungen in die Obskurität verbannt. Dennoch scheint die Zonentherapie gelegentlich hilfreich zu sein bei der Linde-

rung von Rückenschmerzen und es ist eine Therapie, die zu Hause angewandt werden kann.
Die Verfechter der Zonentherapie haben darauf hingewiesen, daß wir alle in gewisser Weise dieses Handauflegen mit Druck praktizieren, wenn wir uns verletzen. Wenn wir gegen eine Tür stoßen, reiben wir die gestoßene Stelle. Das Reiben hat einen beruhigenden Einfluß. Die Anhänger der Zonentherapie äußern darüber hinaus die Ansicht, daß Druck, der auf eine Verletzung ausgeübt wird, Druck auf Nerven erzeugen kann, die von der verletzten Stelle zum Gehirn verlaufen, und damit den Impulsstrom unterbindet und die Schmerzempfindung reduziert oder ausschaltet.
Nach der ursprünglichen Theorie der Zonentherapie kann Druck, wenn er richtig angewandt wird, noch viel mehr zustande bringen. Der Körper, so behauptet die Theorie, ist der Länge nach in zehn Zonen eingeteilt, fünf auf jeder Seite einer Mittellinie. Auf jeder Seite beginnen die fünf Zonen an den Zehen und enden in den Fingern; so erstreckt sich zum Beispiel die erste Zone vom großen Zeh über die gesamte Länge des Körpers von vorne nach hinten, über Brust und Rücken zum Kopf und den Arm hinab bis in den Daumen.
Die Theorie behauptet, das Schmerz an irgendeiner Stelle der ersten Zone durch Druck auf das erste Gelenk des großen Zehs oder das entsprechende Gelenk des Daumens behandelt und – zumindest vorübergehend und oft für immer – beseitigt werden kann.
Begeisterte Verfechter der Zonentherapie – dazu gehören auch Ärzte – behaupten, daß es möglich ist, durch Ausübung von Druck auf bestimmte Stellen Kopfschmerzen, Ohrenschmerzen, Halsschmerzen, Bronchitis, Asthma, Heuschnupfen, Rheumatismus, Neuralgien, Übelkeit und vieles andere mehr zu lindern. Bisher wurde aber kein überzeugender wissenschaftlicher Beweis für die Richtigkeit solcher Behauptungen geliefert. Auch gibt es bis

heute keine befriedigende Erklärung dafür, wie die Zonentherapie, wenn sie eine Wirkung hat, tatsächlich funktioniert.
Aber auch wenn wir kein Vertrauen in die Theorie oder die vorgeschlagene Zoneneinteilung haben, so haben wir dennoch herausgefunden, daß die Zonentherapie bei Rückenschmerzen manchmal nützlich sein kann. Möglicherweise verläuft die Wirkung über Suggestion oder über Gegenreiz, vielleicht auch über irgendeinen noch unbekannten nervösen Reflexmechanismus; jedenfalls stimmt es, daß starker Druck manchmal zu einem Nachlassen des Schmerzes führen kann.
Eine typische Zonentherapiebehandlung kann darin bestehen, daß man entweder die Finger oder die Zehen so stark wie möglich, sowohl seitlich als auch von oben nach unten, etwa dreißig Sekunden lang preßt. Manchmal hilft es auch, die Finger für kurze Zeit fest mit einem Gummiband zu umwickeln (ein Gummiband sollte nie länger als zwei Minuten anbelassen werden, da sonst die Gefahr der Unterbrechnung der Blutzufuhr besteht). Zum Pressen der Finger können auch Wäscheklammern genommen werden.
Bei Rückenschmerz – so fanden wir heraus – kann ein Metallkamm, wie er zur Hundepflege verwendet wird, von Nutzen sein. Die Zähne des Kammes werden fest auf die Handinnenfläche und die Innenflächen der Finger gepreßt. Der Druck kann zehn bis zwanzig Minuten andauern. Manchmal nützt es auch, mit dem Kamm auf die Haut zwischen Daumen und Zeigefinger und zwischen Zeige- und Mittelfinger zu drücken. Der Kamm kann auch zur Stimulierung der Fußsohlen verwendet werden.
Zu Hause kann jede Art von Druck angewandt werden – mit der Hand, mit einer Wäscheklammer, einem Gummiband oder einem Kamm; auf die Handinnenflächen und die Innenflächen der Finger, oder auf Daumen, Zeige- und Mittelfinger. Der Druck sollte fünf bis zwanzig Minu-

ten ausgeübt werden, außer dem Druck mit einem Gummiband, der auf zwei Minuten beschränkt werden sollte. Es ist unmöglich, genau vorauszusagen, ob die Zonentherapie in einem bestimmten Fall irgendeine Wirkung haben wird; aber da sie ungefährlich ist, spricht nichts dagegen, sie auszuprobieren und zu sehen, ob sie Krampf und Schmerzen lindern kann, wenn durch andere Maßnahmen keine ausreichende Besserung zu erzielen ist. Wenn überhaupt die Aussicht auf eine Wirkung besteht, sollte diese im Verlauf der fünften Behandlung erkennbar sein; und wenn dann eine Wirkung eintritt, sollten Sie die Behandlung so oft wie erforderlich wiederholen.

Bei der Stimulierung der Füße durch eine andere Person sollte der Druck – mit einem Kamm oder dem stumpfen Ende eines Kugelschreibers – auf den großen Zeh und die beiden nächsten Zehen ausgeübt werden. Der Druck sollte so stark sein, daß Sie ihn gerade noch aushalten können. Er sollte fünf Minuten lang auf jeden Zeh und die angrenzenden Bereiche der Fußsohle ausgeübt werden. Wenn sowohl auf die Hände als auch auf die Füße fünfmal Druck angewandt wurde, ohne daß sich ein Erfolg gezeigt hat, sollte die Behandlung abgebrochen werden.

Viele Patienten, die am ICD mit Zonentherapie behandelt wurden und einige, die zu Hause von der Technik Gebrauch machten, haben über große Erfolge berichtet.

Einer unserer interessanten Fälle war ein Hafenarbeiter mit sehr starken Rückenschmerzen, die auf keine Maßnahme reagierten. Er kam gerade zu der Zeit, als wir im ICD zum erstenmal an die Möglichkeit dachten, die Zonentherapie in besonders hartnäckigen Fällen auszuprobieren. Wir hatten kein großes Vertrauen in diese Technik. Nicht einmal ein Metallkamm war vorhanden. Wir probierten einfach, mit dem Daumen auf den Ballen des großen Zehs zu drücken (an dem Fuß auf der Seite, auf der die Verkrampfung der Rückenmuskeln am größten war). Der Patient klagte in zunehmendem Maße über den Druckschmerz im Zeh, und schließlich setzte er sich auf dem Behandlungstisch auf und stöhnte, daß er es nicht länger aushalten könne. Während der ganzen Woche zuvor hatte er sich nicht hinsetzen oder eine andere Bewegung so schnell wie diese ausführen können, und als er aufhörte, über seinen schmerzenden Zeh zu toben, bemerkte er plötzlich, daß der Rückenschmerz verschwunden war. Die Besserung hielt bei ihm etwa einen Tag an, dann begann der Schmerz allmählich zurückzukehren. Aber es konnten dann andere schmerz- und krampflindernde Maßnahmen angewandt werden, die es uns ermöglichten, bei ihm mit einem korrigierenden Programm weiterzumachen.

Wir haben bereits darauf hingewiesen, daß die Zonentherapie nicht zu den Maßnahmen gerechnet werden kann, die in jedem Fall wirken. Sie ist auch sicherlich nicht in jedem Fall erforderlich. Ebenso muß betont werden, daß, auch wenn sie funktioniert, im allgemeinen andere Maßnahmen wie Wärme oder Massage angewandt werden müssen, um die Entspannung der Muskeln aufrechtzuerhalten. Alle diese Maßnahmen wirken bestenfalls lindernd. Es ist wichtig, Krampf und Schmerz zum Verschwinden zu bringen, denn wenn dies einmal erreicht ist, kann viel zur Korrektur der Probleme getan werden, die primär für den Krampf und den Schmerz verantwortlich sind.

8. Kapitel

Manipulation

Der Patient kommt in die Praxis gehumpelt, und seine Qual ist offensichtlich. Im Verlauf der Untersuchung wird er aufgefordert, sich nach vorne zu beugen. Er versucht es, hält aber vor Schmerz inne, bevor seine Finger Kniehöhe erreicht haben. Man hilft ihm dann auf den Behandlungstisch, seine Wirbelsäule wird kurz manipuliert, worauf er einen tiefen Seufzer der Erleichterung ausstößt, ohne Hilfe vom Tisch aufsteht, aufrecht geht und sich ohne Schmerzen nach vorn beugen kann, bis seine Fingerspitzen etwa 20 cm vom Boden entfernt sind.

Schauplatz des Geschehens ist nicht, wie man erwarten könnte, die Praxis eines Chiropraktikers, sondern die eines gewöhnlichen Arztes.

Die Manipulation ist dabei, ihr Schattendasein zu verlassen. Sie wird heute von immer mehr Ärzten zur Behandlung von Rückenschmerzen angewandt.

Die Manipulation ist ein nützliches Werkzeug bei der Annäherung an bestimmte Probleme, sicherlich jedoch kein Allheilmittel. Wegen ihrer weitverbreiteten, oft unbedachten und wahllosen Anwendung durch nicht medizinisch ausgebildete Praktiker bei der Behandlung der unterschiedlichsten Leiden, war ihr Ruf lange Zeit nicht der beste. Viele Ärzte wollten deshalb – vielleicht zu Unrecht – nichts mit ihr zu tun haben. Heute schenkt man dieser Methode wieder mehr Aufmerksamkeit; ihre Anwendungsmöglichkeiten werden erforscht und ihre Grenzen klar abgesteckt.

Zuweilen scheint es, als wolle sich jeder am Manipulationsgeschäft beteiligen. Osteopathen machen von der Methode Gebrauch und selbstverständlich in großem Ausmaß die Chiropraktiker. Aber Manipulation wurde und wird auch von Saunaangestellten, Therapeuten in «Gesundheits»-Clubs, Ex-Boxern, Trainern und Masseuren ausgeübt.

Die osteopathische Medizin ist definiert als ein Therapiesystem, das auf der Theorie basiert, daß der Körper, wenn er sich in normaler organischer Verfassung befindet, wenn seine Umweltbedingungen günstig sind, und seine Ernährung ausreicht, in der Lage ist, sich seine eigenen Mittel gegen Krankheiten zu besorgen. Die osteopathische Medizin betont die große Bedeutung der normalen Körpermechanismen und manipulativer Methoden zur Aufspürung und Korrektur fehlerhafter Strukturen, sie benutzt aber generell die herkömmlichen physikalischen, medizinischen und chirurgischen Diagnose- und Behandlungsmethoden.

Die Chiropraktik wurde 1895 von D. D. Palmer aus Davenport, Iowa, einem Kolonialwarenhändler, der zum «Magnetismus-Heiler» wurde, ins Leben gerufen. Sie ist definiert als Therapiesystem, das auf dem Anspruch basiert, daß Krankheit durch eine anomale Funktion des Nervensystems verursacht wird. Sie versucht, die normale Funktion des Nervensystems durch Manipulation und Behandlung der Körperstrukturen, insbesondere der Wirbelsäule, wiederherzustellen.

Nach der Theorie der Chiropraktik verursachen Subluxationen und Dislokationen (teilweise und vollständige Verrenkungen) von Wirbeln Druck auf Nerven, der wiederum zur verminderten Resistenz gegen Krankheiten und zum Auftreten anomaler Zustände führt. Eine Dislokation ist eine Trennung der beiden Seiten einer Gelenkfläche, gewöhnlich mit einem Riß in der Gelenkkapsel verbunden. Eine Subluxation ist eine partielle Trennung von Gelenkflächen.

Auch dem Unkundigsten sollte klar sein, daß z. B. Tuberkulose durch den Tuberkulosebazillus verursacht wird und Poliomyelitis durch ein spezifisches übertragbares Virus. Manipulation kann zwar gelegentlich Patienten mit verschiedenen Krankheiten Erleichterung und Linderung verschaffen, ohne Zweifel jedoch wären Patienten mit Tuberkulose heute nicht mit einer Behandlung ausschließlich durch Manipulation einverstanden, sondern wollen eine Behandlung mit Medikamenten, von denen man weiß, daß sie die Tuberkuloseerreger bekämpfen.
Niemand, der über eine umfassende Erfahrung in der Behandlung von Rückenschmerzen verfügt, wird abstreiten, daß Manipulation unter bestimmten Bedingungen nützlich sein kann. Sie hilft nicht bei jedem Rückenschmerz; heilen kann sie keinen – ob es sich jetzt um chiropraktische oder medizinische Manipulation handelt.
Der grundlegende Unterschied zwischen chiropraktischer und medizinischer Manipulation liegt nicht so sehr in der Manipulationstechnik als vielmehr in den Umständen der Anwendung. Während Osteopathen und Ärzte von vielen Diagnose- und Behandlungsmethoden Gebrauch machen, hat der Chiropraktiker – nach Gesetz und Ausbildung – nur die eine zur Verfügung. Wenn Manipulation das tatsächlich erforderliche Mittel ist, kann die chiropraktische Manipulation von Wert sein. Wenn aber Manipulation nicht erforderlich ist, kann es sein, daß chiropraktische Manipulation nicht nur keinen Erfolg hat, sondern sich als wahrhaft schlechter Dienst erweist. Leider gehört zur Werbung für die Chiropraktik, daß mit ihr praktisch alle Krankheiten behandelt werden können. Sicher, jede Methode, einschließlich die Manipulation, kann dazu benutzt werden, eine Krankheit zu «behandeln». Auch Krebs kann durch Manipulation «behandelt» werden – ohne Erfolg allerdings. Leider kann es vorkommen, daß die Manipulation, indem sie vorübergehend Besserung verschafft, eine ernsthafte Krankheit verdeckt, die

eine gänzlich andere Therapieform erfordern würde. Zur Manipulation gehört die Bewegung von Knochen, um ihre Position zu ändern. Und wenn tatsächlich eine Subluxation oder Dislokation eines Gelenks vorliegt, kann Manipulation ein wertvolles Mittel sein.

Wenn bei einem normalen Gelenk eine Subluxation oder Dislokation eintritt, müssen notwendigerweise periartikuläre Strukturen gedehnt werden, das heißt, Strukturen wie Ligamente, die das Gelenk umgeben. Ein Gelenk kann subluxieren oder dislozieren, weil zum Beispiel die umgebenden Strukturen schon vorher locker gewesen sind, entweder von Geburt an, oder als Resultat einer früheren Verletzung. Oder eine plötzliche akute Verletzung kann die Subluxation oder Dislokation herbeiführen. Eine häufige Ursache einer solchen Verletzung ist schnelles, unkoordiniertes, ruckartiges Beugen oder Heben. Wenn einmal die Strukturen gedehnt worden sind, können sich die Gelenkflächen aus ihrem normalen Spielraum herausbewegen, und dies kann zu starken Schmerzen führen.

Zweck der Manipulation ist dann, die umgebenden Gewebe so zu dehnen, daß das Gelenk «geöffnet» wird und die Gelenkflächen in ihre normale Position zurückkehren können. Oft verschwindet dann der Schmerz sofort; denn wenn eine Subluxation oder Dislokation eintritt, führt dies automatisch zu Muskelkrampf. Der Krampf dient als Schiene für das betroffene Gelenk. Er hat eine Schutzwirkung, erzeugt aber selbst ebenfalls Schmerz. Wenn die Subluxation oder Dislokation durch Manipulation beseitigt worden ist, läßt auch der Schmerz nach.

Manipulation kann auch dazu verwendet werden, um ein Gelenk absichtlich vorübergehend zu subluxieren oder zu dislozieren, wenn das Problem mit einer kontrahierten, vernarbten Gelenkkapsel und Verwachsungen zusammenhängt. Wenn dieser Zustand vorliegt, erzeugt jede Bewegung des Gelenks Schmerzen, da an den Verwachsungen gezerrt wird. Wenn die Verwachsungen durch plötzliche Manipulation zerrissen werden, kann der normale Spielraum der Gelenkbewegung wiederhergestellt werden, und der Schmerz kann sofort nachlassen.

Manipulation kann manchmal auch in Fällen von degenerativer Bandscheibenerkrankung von Nutzen sein, wenn der ausgestoßene Nucleus pulposus, der durch Druck auf eine Nervenwurzel Schmerz verursacht, sauber abgebrochen werden kann, und sich dann von der Nervenwurzel wegbewegt, so daß der Druck beseitigt wird. Dabei besteht jedoch das Risiko, daß das Material nicht abbricht, und der Druck auf die Nervenwurzel sogar noch verstärkt wird.

Die Manipulation des oberen Rückens – in der Cervikal- oder Nackenregion ist risikoreicher als die Manipulation des unteren Rückens, da das Rückenmark unter dem ersten Lumbalwirbel endet, etwas unterhalb der Stelle, wo die unterste Rippe abzweigt. Daher kann Manipulation des unteren Rückens das Rückenmark nicht beeinflussen. In der Cervikalregion liegt das Rückenmark im Wirbelkanal, und es hat nur wenig Raum zwischen Mark und Wirbelknochen. Es gibt Fälle von unsachgemäßer Cervikalmanipulation, die zur Lähmung führten. Wenn sie richtig ausgeführt wird, kann Cervikalmanipulation nützlich sein; die Risiken müssen jedoch im Auge behalten werden.

Bei der Manipulation wird eine Seite eines Gelenks festgehalten und die andere dagegen bewegt. Ein Beispiel: Der Patient liegt auf dem Rücken; seine rechte Schulter wird von der linken Hand des Manipulateurs niedergehalten. Die rechte Seite des Beckens kann so weit wie möglich nach links gedreht werden, wobei der lose Teil des Gelenks hochgehoben wird. Der Manipulateur drückt dann mit seiner rechten Hand nach unten, gegen die linke Seite des Patienten und auf die Rückseite des Beckenkamms und führt dann einen plötzlichen scharfen Stoß

nach unten aus, so daß die verklemmten Gelenkflächen getrennt werden und übereinander schnappen. Eine manipulative Behandlung braucht nicht länger als eine oder zwei Minuten zu dauern. Wenn sie erfolgreich war, ist keine Wiederholung erforderlich. In manchen Fällen kann die Behandlung mehr Zeit erfordern, wenn zuerst Muskelverkrampfungen gelöst werden müssen, um eine angemessene manipulative Bewegung zu ermöglichen.
Gibt es irgendwelche Anzeichen, die darauf hindeuten, daß Manipulation in Ihrem Fall hilfreich sein könnte? Ein möglicher Hinweis ist, wenn Ihr Rückenschmerz unmittelbar nach einer plötzlichen Bewegung auftritt, vor allem dann, wenn Sie ein Schnappen gehört oder gespürt haben. Das könnte eine Subluxation oder Dislokation vermuten lassen, die durch Manipulation erfolgreich behandelt werden kann. Man sollte aber nicht vergessen, daß nicht jeder plötzliche Rückenschmerz unbedingt auf eine Subluxation oder eine Dislokation zurückzuführen ist; sehr viel häufiger liegt eine Zerrung vor.
Ein weiterer Hinweis, wenn der Schmerz nach einer plötzlichen Bewegung auftritt, ergibt sich daraus, ob Ruhe die Steifheit des Gelenks und den Schmerz verstärkt oder eine gewisse Erleichterung bringt. Wenn sich die Symptome durch Ruhe bessern, besteht die Wahrscheinlichkeit, daß Manipulation helfen kann. Wenn Ruhe die Symptome nur noch deutlicher hervortreten läßt, liegt außer Subluxation oder Dislokation wahrscheinlich noch etwas anderes vor, und es sollte keine Manipulation angewandt werden.
Manipulation kann mit oder ohne Narkose durchgeführt werden. Generell ist sie sicherer ohne Narkose, die die Schutzfaktoren Muskelkrampf und Schmerz verschwinden läßt. Aber, wenn erforderlich, kann – mit den entsprechenden Vorsichtsmaßnahmen – eine Narkose gegeben werden, um eine Manipulation zu gestatten, die sonst nicht möglich wäre.

Wenn Sie glauben, daß Ihnen eine manipulative Behandlung helfen könnte, sollten Sie einen Arzt aufsuchen, der in ihrer Anwendung erfahren ist. Orthopädische Chirurgen und Fachärzte für physikalische Medizin und Rehabilitation verfügen über entsprechende Kenntnisse; Ihr Hausarzt oder die örtliche Gesundheitsbehörde werden Ihnen einige Namen nennen können. Alle osteopathischen Ärzte sind geschickte Manipulateure. Wir möchten ganz dringend empfehlen, entweder einen Osteopathen oder einen erfahrenen allgemeinen Arzt oder Chirurgen aufzusuchen und keinen Chiropraktiker, denn wenn Sie ein Leiden haben, das nicht auf manipulative Behandlung reagiert, wird ein Arzt feststellen können, was das wirkliche Problem ist und kann es ohne Verzögerung behandeln.

Es ist sehr wichtig, die Manipulation sachlich zu sehen. Sie ist in vielen Fällen nützlich. In anderen ist sie wertlos oder kann sogar schädlich sein. Außerdem darf sie, auch wenn sie nützlich ist, nicht als einzige Behandlung angewandt werden. Man kann sich nicht einzig und allein auf sie verlassen. Der Grund ist einfach: Eine Subluxation oder Dislokation bedeutet, daß die Gelenkkapsel und sie umgebende Strukturen gedehnt wurden. Ohne eine solche Dehnung hätte die Subluxation oder Dislokation nicht eintreten können.

Bei der Manipulation werden die Strukturen erneut gedehnt, um zu ermöglichen, daß die normalen strukturellen Beziehungen wiederhergestellt werden. Die Strukturen springen jedoch nach dem Dehnen nicht sofort zurück wie ein Gummiband.

Wenn man nach der Manipulation den Strukturen ermöglicht, in normaler Position zu bleiben, dann werden sie sich im Verlauf einiger Wochen allmählich kontrahieren und ihre normale Distanz voneinander wiedererlangen, dies hilft, das Gelenk für längere Zeit oder vielleicht für immer unversehrt zu erhalten.

Wenn andererseits die Strukturen nicht die Möglichkeit bekommen, ihre normale Länge wiederzuerlangen, kann es erneut zu einer Subluxation oder Dislokation kommen. Diese kann wiederum durch Manipulation behandelt werden. Je mehr Manipulationen durchgeführt werden, desto mehr werden die Strukturen gedehnt, und der Bedarf an noch mehr Manipulation kann weiter steigen. Dies führt dann zu einem Teufelskreis von Subluxation oder Dislokation, Dehnung, wieder Subluxation oder Dislokation, noch mehr Dehnung, usw.

Bei der Manipulation besteht also, wenn sie als das einzige therapeutische Mittel ohne geeignete Nachversorgung angewandt wird, die Gefahr, daß sie ewig fortgesetzt werden muß. Nach der Manipulation sollte die Bewegung so eingeschränkt werden, daß das zuvor subluxierte oder dislozierte Gelenk keine Möglichkeit hat, aus seinem normalen Bewegungsspielraum hinauszugeraten.

Wenn die Muskulatur in entsprechendem Zustand ist, kann der Patient in den meisten Fällen angewiesen werden, seine Muskeln in koordinierter Weise zu benutzen, so daß es nicht zu einer erneuten Subluxation oder Dislokation kommen kann. Bei richtiger Koordinierung und ausreichend kräftigen Muskeln kann eine übermäßige Bewegung des Gelenks vermieden werden, und den gedehnten Strukturen kann so die Gelegenheit gegeben werden, zu ihrer normalen Länge zurückzukehren.

In einigen Fällen kann es erforderlich sein, etwa vier bis sechs Wochen lang ein Stützkorsett zu tragen. Es gibt selten Fälle, in denen wegen ständig eintretender Subluxation oder Dislokation eine chirurgische Behandlung erforderlich ist. Es kann eine Knochenfusion notwendig sein, oder die Kapselstrukturen müssen festgezogen werden, um sie zu straffen; das Festziehen entspricht im Endeffekt dem Engernähen von Kleidern, die zu weit geworden sind.

Ein wesentlicher Bestandteil der manipulativen Prozedur ist die Traktion, also die Ausübung von Zug. Durch Traktion allein kann, wenn sie ausreichend lange fortgesetzt wird, das gleiche Endergebnis erzielt werden wie durch Manipulation. Sie ist allgemein sicherer als Manipulation und dehnt die Gelenkstrukturen weniger.

Das Ganze läuft auf folgendes hinaus: Wenn jemand ein subluxiertes oder disloziertes Gelenk hat, können die Gelenkflächen entweder plötzlich durch Manipulation auseinandergezogen werden und dann in ihre normale Lage zurückkehren, oder aber eine Zugkraft wird angewandt, die die Muskeln veranlaßt, allmählich «nachzugeben», bis die Gelenkflächen getrennt werden, und dann, wenn die Traktion beendet ist, können die Flächen zurück in ihre normale Position gleiten.

Das Prinzip der Traktion ist folgendes: Wenn an Muskeln eine Zeitlang gezogen wird, ermüden sie, entspannen sich und ermöglichen die Dehnung von Gelenkstrukturen. Die Traktionskraft kann in einer Weise ausgeübt werden, daß der Zug nicht nur die Dehnung erlaubt, sondern auch so gerichtet ist, daß er hilft, die Gelenke auszurichten, so daß sie nach Beendigung der Traktion leichter in die richtige Position zurückspringen können.

Die Traktion kann sowohl bei Problemen im unteren Rücken als auch in der Cervikalgegend angewandt werden. Die Gefahr einer Verletzung ist geringer, vor allem was die Cervikalgegend betrifft.

Die Traktion, so wie sie oft zu Hause und in der Klinik angewandt wird, verwendet einen Zug von höchstens 15 Pfund und ist nur wenig mehr als ein Mittel zur Gewährleistung vollständigerer Ruhe für einen Bereich des Rückgrats. Die Traktion, über die hier im Zusammenhang mit Rückenschmerzen diskutiert wird, ist schwere Traktion, die für den unteren Rücken einen Zug von 15 bis 200

Pfund verwendet und für die Nackenregion 5 bis 40 Pfund. Viele Ärzte wenden für die Cervikaltraktion nicht mehr als 20 Pfund an.

Traktion kann entweder konstant oder mit Unterbrechungen ausgeübt werden. Für die Kreuzregion haben wir eine intermittierende Traktion von bis zu 200 Pfund mit ausgezeichneten Resultaten angewandt. Ich erinnere mich an einen besonderen Fall, der mich veranlaßte, von einer solchen Traktion Gebrauch zu machen. Der Chefarzt, unter dem ich während meiner ersten Zeit am ICD arbeitete, hatte gerade einen Beckentraktionstisch angeschafft, der eine intermittierende Traktion von bis zu 200 Pfund ermöglichte. Ich hatte noch nie eine solche Vorrichtung im Gebrauch gesehen und machte dem Arzt gegenüber die ziemlich überhebliche Bemerkung: «Sie haben gerade 3000 Dollar für diese Maschine verschwendet. Ich würde sagen: reiner Schrott.» Der Chefarzt zuckte mit den Achseln und meinte: «Kann sein. Aber ich möchte sie einmal ausprobieren.» Und während des nächsten Jahres tat er dies auch – in zahlreichen Fällen und mit offensichtlichem Erfolg.

Aber ich benutzte sie nicht, bis zu dem Tag, an dem ich einen 36jährigen Bauarbeiter als Patienten hatte, der an schweren Kreuzschmerzen litt, die bis in das rechte Bein hinab ausstrahlten. Ich hatte bereits alle nur denkbaren Methoden angewandt – alle ohne Erfolg. Schließlich, schon ganz verzweifelt, beschloß ich, das «Stück Schrott» auszuprobieren. Fünfzehn Minuten, nachdem ich den Patienten auf den Traktionstisch gelegt hatte, sagte er mir, daß er keine Schmerzen mehr habe. Die schwere Traktion war wirkungsvoller als die Manipulation, die ich zuvor angewandt hatte, da meine Manipulation die außergewöhnlich stark entwickelte Muskulatur dieses Mannes nicht genug entspannte, um das subluxierte Gelenk wieder in seine Position zu bringen.

Offensichtlich besteht ein beträchtlicher Unterschied zwischen der Anwendung einer solchen schweren Traktion und der Anwendung leichter Kräfte, die nicht groß genug sind, um die enormen Kräfte zu überwinden, die von den Rückenmuskeln ausgeübt werden können. Leichte Zugkräfte sind wirksam, wenn sie – über längere Zeit – zur Ermüdung und Dehnung von Muskeln an anderer Stelle, zum Beispiel im Nacken oder in den Extremitäten, angewandt werden; die außerordentlich kräftigen Muskeln des Rückens können jedoch von einem Gewicht von nur 10 oder 15 Pfund nicht gestreckt werden. Dies aber ist das Maximum, das im Bett angewandt werden kann, da durch größere Kräfte höchstens erreicht wird, daß der Patient zum Fußende des Bettes gezogen wird.

Für Zugkräfte bis zu 200 Pfund ist ein spezieller Traktionsapparat erforderlich. Dieses Gerät kann auch mit Hilfe einer Reihe von Gurten, die um den Brustkorb gelegt werden, stabilisierende Gegentraktion ausüben. Die schwere Traktion wird im allgemeinen mit Hilfe einer weiteren Reihe von Gurten um Beckenkamm oder Hüftknochen ausgeübt. Die Behandlung dauert im allgemeinen eine halbe Stunde, während der abwechselnd gezogen und entspannt wird.

Auch zu Hause kann Traktion ausprobiert werden, wenn andere Maßnahmen wie Ruhe, Wärme, Massage, Reizmittel und Analgetika nicht ausreichen. Sie erzwingt Ruhe, wenn sie auf den unteren Rücken ausgeübt wird. Auf die Nackenregion angewandt, zieht sie die Wirbel auseinander, nimmt Druck von Nervenwurzeln und wirkt krampflindernd. Vorrichtungen zur Becken- oder Nakkentraktion sind in Apotheken erhältlich. Eine extra Rükkentraktion kann ausgeübt werden, wenn man Blöcke von etwa 15 bis 20 cm Höhe unter das Fußende des Bettes stellt, so daß das Kopfende nach unten geneigt ist. Auf diese Weise sorgt das Körpergewicht für eine gewisse Gegentraktion. Aber auch dann ist gewöhnlich nur eine Zugkraft von 15 bis 20 Pfund möglich.

Cervikaltraktion ist ausgezeichnet bei Schmerzen im Nacken und oberen Rücken, vor allem, wenn der Schmerz auf degenerative Bandscheibenerkrankung in der Nackenregion zurückzuführen ist. Wie schon erwähnt ist Cervikaltraktion wesentlich sicherer als Manipulation. Am ICD wenden wir wegen der Möglichkeit nachteiliger Folgen niemals Cervikalmanipulation an; wir machen jedoch oft Gebrauch von der Cervikaltraktion.

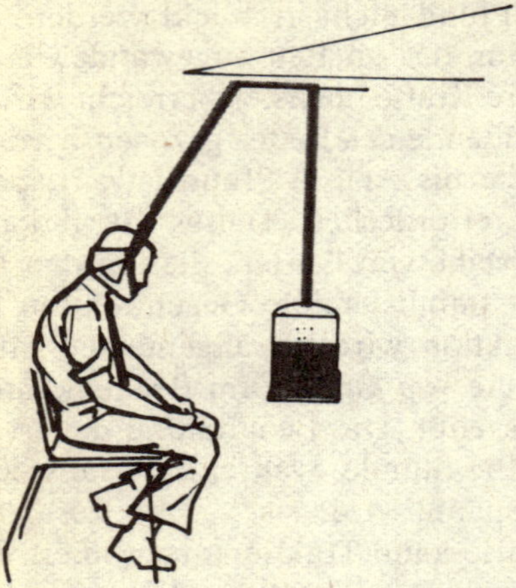

Die Cervikaltraktion wird entweder in liegender oder in sitzender Stellung durchgeführt. Im allgemeinen ziehen es die Patienten vor zu sitzen. Die Traktion kann intermittierend oder konstant sein. Die Behandlung zu Hause wird am besten mit einem System durchgeführt, bei dem zwei Flaschenzugrollen an einem Metallrahmen befestigt sind, der über einer Tür angebracht ist. Es wird eine Kopfschlinge benutzt. Äußerst wichtig ist, daß bei der Traktion der Nacken um 20 Grad oder mehr nach unten geneigt ist. Traktion bei emporgerecktem Hals kann den Schmerz verstärken. Das Gesicht sollte zur Brust gerich-

tet sein und die Augen sollten lieber einen Punkt auf dem Boden betrachten als geradeaus blicken.
Als Gewicht kann man Plastiktüten verwenden, die mit gewöhnlichem Leitungswasser gefüllt werden. Sie sind im Handel erhältlich und haben Markierungen, die anzeigen, wie viel sie wiegen, wenn sie bis zu bestimmten Höhen mit Wasser gefüllt sind.
Die Traktion sollte zweimal am Tag, jeweils 20 bis 30 Minuten durchgeführt werden. Man kann während dieser Zeit lesen.
Generell sollte die Traktion nur auf Anweisung eines Arztes ausgeübt werden – gewöhnlich wird vorher eine Röntgenaufnahme der Nackenregion gemacht, um sicherzugehen, daß keiner der seltenen Zustände vorliegt, die durch Cervikaltraktion verschlimmert werden könnten.
Wenn schwere Traktion für ein Problem im unteren Rücken erforderlich ist, gibt es die notwendigen Vorrichtungen in den Praxen der meisten Fachärzte für orthopädische und physikalische Medizin, sowie vieler Physiotherapeuten.

9. Kapitel

Andere physikalische Therapien und Maßnahmen

Elektrische Stimulierung

Obgleich viel Konzentration darauf verwandt worden ist, Wege zu finden, wie man den Muskelkrampf, dieses häufige Charakteristikum von Rückenschmerz, überwinden kann, wird eine ausgezeichnete krampflösende Maßnahme, die elektrische Stimulation, nicht so oft angewandt wie sie sollte.

Die elektrische Stimulation veranlaßt die verkrampften Muskeln, sich noch mehr zu kontrahieren, als sie dies schon im Krampf tun. Auf diese Weise ist sie manchmal in der Lage, Linderung zu verschaffen, auch wenn die Anwendung von Wärme oder Kälte, Massage und andere Maßnahmen versagt haben.

Das Prinzip ist einfach: Wenn ein Muskel im Krampf kontrahiert ist und keine Lockerung eintritt, kann es sein, daß er sich lockert und entspannt, wenn er bis zum Punkt der Ermüdung und Erschöpfung stimuliert wird. Die elektrische Stimulation kann kontinuierlich angewandt werden, so daß ein Tetanus, das heißt, eine konstante Muskelkontraktion erzeugt wird. Sie kann aber auch sinusförmig – in Wellen angewandt werden, wodurch der Muskel zu einer sich allmählich steigernden Kontraktion gezwungen wird.

Die Ansichten stimmen darin überein, daß die elektrische Stimulation nicht geeignet ist für den Hausgebrauch. Einmal ist die Ausrüstung für die Verwendung durch – unter normalen Umständen – nur eine Person zu teuer. Die

Vorrichtung ist so konstruiert, daß bei richtiger Wartung – wie es allgemein der Fall ist, wenn sie durch geschultes Personal benutzt wird – keine Schockgefahr besteht. Außerdem ist die elektrische Stimulation, wenn sie von einer erfahrenen Person – Arzt, Krankenschwester, Physiotherapeut – durchgeführt wird, wahrscheinlich effektiver.

Warum die elektrische Stimulation so wenig angewandt wird, ist ein Rätsel. Es wäre zu erwarten, daß jeder Arzt, der viele Rückenschmerzpatienten behandelt, sowie jedes größere Krankenhaus über eine derartige Ausrüstung verfügt. Dies ist jedoch nicht der Fall; dennoch sollten Sie, wenn Sie von Muskelkrämpfen gequält werden, denen mit anderen Maßnahmen nicht beizukommen ist in der Lage sein, irgendwo in der Nähe eine Möglichkeit zur Therapie durch Elektrostimulation zu finden.

In der Anwendung ist die elektrische Stimulation für viele Leute eine angenehme Überraschung. Allgemein wird erwartet, daß ein elektrischer Strom, der an den Körper angelegt wird, eine eher aufrüttelnde Wirkung haben muß, aber die Elektrostimulation ist in Wirklichkeit so angenehm und entspannend, daß die meisten Patienten während der Behandlung einschlafen.

Da die elektrische Stimulation neben ihrem direkten Effekt auf verkrampfte Muskeln offenbar noch eine sedative Wirkung auf das zentrale Nervensystem hat, gibt es Spekulationen darüber, daß sie etwas gemeinsam haben könnte mit der chinesischen Akupunktur-Narkose (bei der elektrische Impulse durch Akupunkturnadeln geleitet werden) und mit der russischen Elektroschlaf-Therapie (bei der elektrische Impulse durch Elektroden, die am Kopf angebracht sind, geschickt werden).

Die elektrische Stimulation wird über Kissen angelegt, die im allgemeinen 25 bis 100 Quadratzentimeter groß sind und mit reinem Wasser oder einer Lösung getränkt sind, um die Leitfähigkeit zu fördern. Man kann zwei oder vier der Kissen verwenden, die mit Gewichten fest auf den Rücken gehalten werden, so daß ständiger gleichmäßiger Kontakt gewährleistet ist. Der Strom – es kann Wechselstrom oder Gleichstrom verwendet werden – ist sehr schwach, gewöhnlich in einem Bereich bis zu höchstens 50 Ampère.

Eine Behandlung dauert im allgemeinen etwa zehn Minuten, und obgleich man zu Beginn vielleicht so etwas wie Nadelstiche spürt, verschwinden diese gewöhnlich rasch.

Ich muß zugeben, daß ich sehr begeistert von bestimmten sportlichen Tätigkeiten wie Reiten und Skifahren bin – leider sind dies auch Sportarten, die gelegentlich zu kleineren Verletzungen und nachfolgendem Muskelkrampf führen, gegen die ich immer noch nicht immun bin. Ich bin jedoch in der glücklichen Lage, daß ich in einem solchen Fall am nächsten Morgen sofort die Praxis erreichen kann, wo ich mich in die Abteilung für physikalische Therapie begebe und mich einer zehnminütigen Elektrostimulation unterziehe, um den Krampf zu lösen. Mit etwas zusätzlicher Massage kann ich dann den Rest des Tages ohne Schmerzen gehen.

Die elektrische Stimulation ist so wirksam, daß sie am ICD fast routinemäßig bei jedem Patienten mit schwerem Muskelkrampf angewandt wird. Sicher, es gibt dann und wann das überempfindliche, nervöse Individuum, das der elektrischen Stimulation keine Chance gibt; seine oder ihre Angst ist so groß, daß wir die Behandlung abbrechen müssen, aber dies kommt äußerst selten vor.

Abgesehen von der Angst vor elektrischem Strom gibt es bei der Elektrostimulation eine Kontraindikation. In den seltenen Fällen, in denen ein Mensch keine Hautempfindung besitzt, sollte die Behandlung nicht durchgeführt werden – ebensowenig wie Diathermie oder heiße Pakkungen –, da die Möglichkeit von Verbrennungen besteht.

Manche Kinder vertragen die elektrische Stimulation sehr gut. Andere wiederum haben Angst. Aber wenn die Sti-

mulation erst bei der Mutter oder dem Therapeuten durchgeführt wird und daraus ein Spiel gemacht wird, verlieren die meisten Kinder ihre Angst.
Am ICD kombinieren Therapeuten die beiden Arten der Elektrostimulation, indem sie zuerst die kontinuierliche tetanisierende Stimulation anwenden, dann die wellenförmige Sinusstimulation. Wir haben herausgefunden, daß gelegentlich die tiefliegenden Fasern in großen Muskeln durch Strom nicht ausreichend stimuliert werden, bis die oberflächlichen Fasern ermüdet sind. Die kontinuierliche Stimulation hat die Tendenz, die oberflächlichen Fasern wirksamer zu stimulieren, während der wellenförmige Typ einige der tieferen Fasern entspannt, wenn er nach der kontinuierlichen Stimulation angewandt wird.

Für einen ruhigeren Schlaf

Eine häufige Beschwerde von Rückenschmerzpatienten ist verstärkter Schmerz am Morgen. Beim Erwachen leiden sie unter Steifheit, und ihre ersten Bewegungen können qualvoll schmerzhaft sein, wobei nach einiger Zeit, wenn sie sich «auflockern», etwas Besserung eintritt.
Die Steifheit hängt mit dem Fehlen ausreichender Bewegung während der Nacht zusammen. Wenn die Bewegung während des Schlafs sehr stark eingeschränkt ist, kann es gewissermaßen zu einem «Gelieren» von Körperproteinen, zu einer Reduzierung des Blut- und Lymphkreislaufs und einer Verdickung von Gelenkflüssigkeit kommen.
Wir alle haben nach einer längeren Zeit des Stillsitzens das Bedürfnis, uns zu strecken. Das Strecken ist offensichtlich eine Reaktion auf einen Bedarf des Körpers, Muskeln und Gelenke wenigstens gelegentlich zur Verhinderung von Steifheit zu bewegen.

Wir wissen heute auch – dank der intensiven Forschung, die in bezug auf den gesamten Schlafvorgang getrieben wird –, daß wir normalerweise nicht ins Bett fallen und schlafen «wie ein Stein» und die ganze Nacht keine Bewegung machen. Im Gegenteil – es tut sich einiges, während wir schlafen. Wir durchlaufen verschiedene Schlafstadien und -tiefen; in einem Stadium, das mit dem Träumen verbunden ist, machen die Augen schnelle Bewegungen, so schnell wie im wachen Zustand. Und während der Nacht findet eine Menge Körperbewegung, Drehen und Wenden, statt – oder sollte stattfinden.
Für einen guten – reparativen und restaurativen – Schlaf scheinen bestimmte Bedingungen von wesentlicher Bedeutung zu sein. Die Unterlage, auf der wir uns ausstrecken, muß Bewegung ermöglichen und sie muß dem Körper und ganz besonders dem Rücken gestatten, in einer günstigen Stellung zu ruhen. Für den Rücken ist die beste Position eine, die möglichst wenig Dehnung verursacht; und dies ist die Position, in der das Rückgrat relativ gerade ist, so daß es weder zu übermäßiger Beugung noch zu übermäßiger Anspannung kommt.
Tatsächlich haben viele Rückenpatienten herausgefunden, daß Schlafen auf einem Teppich auf dem Fußboden für sie sehr viel bequemer sein kann als Schlafen im Bett. Eine feste Unterlage hilft gewährleisten, daß der Rücken keine angespannten Positionen einnimmt und erleichtert außerdem die Bewegung während der Nacht.
Eine billige 5 bis 10 cm dicke Roßhaarmatratze, wie wir sie bereits erwähnt haben, auf einem Bettbrett ohne Sprungfedern ist für Rückenschmerzpatienten ausgesprochen gut geeignet, da sie leichte Bewegung ermöglicht und an den entscheidenden Stellen stützt.
Diese Stellen sind, wenn man auf dem Rücken schläft, die Fersen, Oberschenkel, Gesäß und Rücken (in der Höhe des Brustkorbs); die normale Höhlung im unteren Rücken soll gewahrt bleiben. Wenn man zum Schlafen in

Rückenlage ein Kissen benutzt, sollte es ein sehr flaches Kissen sein. Wenn man gewohnt ist, auf der Seite zu schlafen, sollte ein dickeres Kissen genommen werden, das den Kopf stützt, so daß er nicht auf der Schulter zu liegen kommt.

Manche Leute finden es bequem, auf dem Bauch zu schlafen, andere nicht. Für jemand, der an Rückenschmerzen leidet, ist die Bauchlage nicht zu empfehlen, da sie leicht zur Anspannung und Dehnung des Rückens führt.

Es gibt – besonders unter Geschäftsleuten – Befürworter des «gleichmäßigen Drucks». Sie haben Wege entwickelt, eine solche gleichmäßige Druckverteilung für den Rücken zu schaffen; einer davon ist das Wasserbett.

Es gibt Rückenschmerzpatienten, die finden, daß das Wasserbett seinen Wert hat. Es ist aber nicht so einfach, sich in einem Wasserbett umzudrehen. Außer, daß sie viel kosten, sind Wasserbetten schwer, und nicht jedes alte Haus kann ihr Gewicht tragen. Der Punkt, mit dem für das Wasserbett am meisten Reklame gemacht wird, ist nicht, daß es besonders günstig bei Rückenschmerzen ist, sondern, daß es – vermutlich – vorteilhaft für sexuelle Aktivitäten ist. Für manche Rückenschmerzpatienten die Schwierigkeiten mit dem Geschlechtsverkehr haben, mag dies ein verlockender Aspekt sein.

Eine neuere Erfindung ist das Schlammbett. Es benutzt eine Kombination aus einer speziellen Art Erde und Wasser, ist nicht ganz so schwer wie das Wasserbett, und ist nach der Meinung der Autoren für einen Rückenschmerzpatienten besser als ein Wasserbett, da es das Umdrehen leichter und Steifheit am Morgen weniger wahrscheinlich macht.

Eine billige Alternative ist, eine Luftmatratze zu kaufen und diese teilweise mit Wasser zu füllen. Sie wiegt nur 250 Pfund, und viele Rückenschmerzpatienten finden sie vorteilhaft.

Für die meisten Patienten kehren wir jedoch zu dem zurück, was wir für eine bessere Investition halten – eine Roßhaarmatratze und ein einfaches Holzbrett. Zwischen Brett und Matratze sollten sich keine Sprungfedern befinden. Wenn keine Roßhaarmatratze zu bekommen ist, kann man eine 5 cm dicke Schaumgummimatte nehmen und diese auf einem Holzbrett auf eine schon vorhandene Matratze oder direkt auf die Sprungfedern des Bettes legen.

Als Unterlage kann jedes feste Brett dienen. Das einfachste und billigste ist aus Sperrholz und gewöhnlich 1 bis 2 cm dick. Man bekommt ein geeignetes Stück Sperrholz in jeder Schreinerei, wo es wahrscheinlich auch in den gewünschten Maßen zurechtgesägt werden kann. Das Brett sollte die Größe des Bettes haben, auf das es gelegt wird, so daß es rundherum eine feste Stütze hat.

Wenn Sie viel auf Reisen sind, werden Sie feststellen, daß viele der größeren Hotels auf Verlangen Bettbretter zur Verfügung stellen. Sie können auch ein leichtes, zusammenklappbares Bettbrett kaufen, das Sie mit sich tragen können.

Mehr als drei Viertel der Rückenpatienten die wir am ICD behandeln, benutzen auf unsere Empfehlung hin Bettbretter, und es ist interessant zu bemerken, daß Ehepartner der Patienten es nach einer kurzen Gewöhnungszeit auch vorziehen, auf den Brettern zu schlafen.

Bei einem akuten Anfall von Rückenschmerz kann es manchmal nützlich sein, eine mehr oder weniger sitzende Position im Bett einzunehmen. Dies kann dadurch erreicht werden, daß man einen Stuhl mit der Rückseite nach unten aufs Fußende des Bettes legt, wobei die Stuhlbeine zum Kopfende des Bettes zeigen. Wenn Sie sich jetzt auf den Rücken legen, Hüften und Knie um 90 Grad abgewinkelt, können Sie Ihre Beine auf ein Kissen legen, das von den Stuhlbeinen und den Querleisten des Stuhles gestützt wird. Diese Position, die den Rücken in Kyphose bringt und die Lordose reduziert, ist bequem, vor allem während eines akuten Anfalls von Rückenschmerz. Sie ähnelt der Position, die mit einem Klinikbett erzielt werden kann.

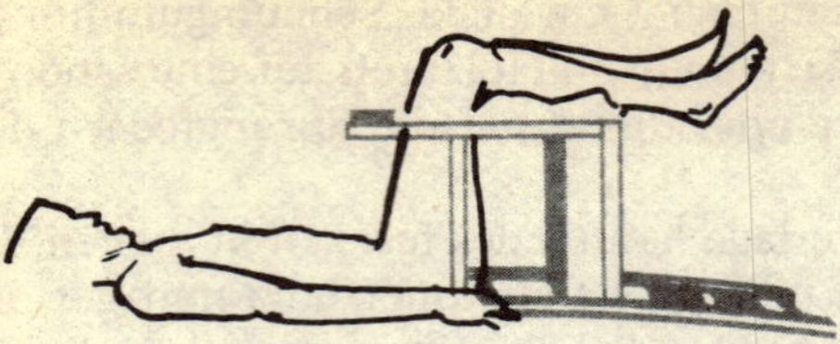

Unter gewöhnlichen Umständen sollte man in der Position schlafen, die am bequemsten ist. Und, vorausgesetzt man hat eine geeignete Schlafunterlage, die für die richtige Stütze sorgt und leichte Bewegung ermöglicht, wird jeder fast automatisch herausfinden, was für ihn die bequemste Grundposition ist, und wird auch automatisch die Positionen wechseln, um die Bequemlichkeit zu bewahren und Steifheit zu vermeiden.

Es gibt zusätzlich Maßnahmen, die helfen können, Steifheit und Schmerzen am Morgen zu vermeiden: Zwei Aspirin mit Langzeitwirkung beim Schlafengehen können für ein schmerzfreies Erwachen sorgen. Das gleiche kann die Anwendung eines Reizmittels (es sollte fettfrei und farblos sein) beim Zubettgehen bewirken.

Sorgen Sie dafür, daß Sie immer warm zugedeckt sind, auch im Sommer. Eine elektrische Heizdecke ist vorteilhaft; sie sollte auf niedrigste Wärmestufe eingestellt sein. Zugluft durch eine Klimaanlage oder einen Ventilator sollte vermieden werden. Einige Leute legen Wert auf direkte Luftzufuhr aus einer Klimaanlage, vor allem, wenn sie schlafen. Wenn auch der Mechanismus nicht bekannt ist, kann kalte Zugluft manchmal zu Muskelkrampf und zur Entstehung von Triggerpunkten führen.

Sitzen

Eine gute Sitzposition – sowohl bei der Arbeit als auch in Zeiten der Entspannung – ist von entscheidender Bedeutung. Die beste Grundposition ist die, bei der Hüften und Knie einen Winkel von 90 Grad bilden und die Füße flach auf dem Boden ruhen. Aufrechtes Sitzen ist wünschenswert, und dazu muß der Rücken entsprechend gestützt werden, so daß die lordotische Krümmung im unteren Rücken ohne Muskelanstrengung gewahrt werden kann. Ein guter Stuhl mit richtig geformter Rückenlehne kann dies gewährleisten. Wenn ein Bürostuhl verwendet wird, sollte er einen beweglichen Rückenteil haben, der Anpassung an individuelle Erfordernisse ermöglicht. Auch die Sitzhöhe sollte verstellbar sein.

Heben

Dr. Erwin Tischauer von der New York University führte umfassende Untersuchungen über Rückenschmerz in der Industrie und seine Beziehung zum Heben von Lasten durch. Er konnte zeigen, daß das Heben eines *kleinen,* leichten Pakets einfach ist, das Heben eines Pakets dagegen, das zwar nicht schwerer ist, jedoch von größeren Ausmaßen, schwierig sein kann, weil sich der Schwerpunkt des Pakets sehr weit vor dem Körper befindet – schwierig genug, um in vielen Fällen Rückenschmerzen zu verursachen.

Wenn Sie irgendeine Last heben und vor sich hertragen, sollten Sie sie so nahe wie möglich am Körper halten. Wenn die Last unregelmäßig geformt ist, sollte sie so getragen werden, daß ihre längste Dimension vor dem Körper von einer Seite auf die andere verläuft, die nächstlängste Dimension von oben nach unten, und die kürzeste sich dem Körper voraus erstreckt, so daß es möglich ist,

den Schwerpunkt der Last so nahe zum Körper wie möglich zu bringen.
Wenn Sie eine Last auf einer Seite mit einer Hand tragen, sollte ihre längste Dimension von vorne nach hinten und ihre kürzeste von Ihrer Seite aus nach außen verlaufen; so liegt der Schwerpunkt am nächsten beim Körper.
Jedes Gewicht sollte gegen den Körper abgestützt werden. Beim Hochheben sollten Sie sich nicht in der Taille beugen. Halten Sie statt dessen den Rücken gerade, und beugen Sie Knie und Hüften vor dem Heben. Beim Hebevorgang sollen in erster Linie Knie und Hüften gestreckt werden, ohne daß der Rücken gebraucht wird.

Korsetts und Stützkorsetts

Korsetts und Stützkorsetts können manchmal von großem Wert für Rückenschmerzpatienten sein.
Es gibt Fälle, in denen ein Stützkorsett von wesentlicher Bedeutung ist. Nach einer schweren Verletzung des Rückgrats kann ein Stützkorsett – wie zum Beispiel ein Jewett-Hyperextensionskorsett, eine beschwerliche Vorrichtung, die sich von der Höhe des Schambeins bis zur Nackenbasis erstreckt – unbedingt erforderlich sein. In Fällen, wo Rückenmuskeln gelähmt sind, kann ein solches Korsett zur Stützung der Wirbelsäule unvermeidlich sein. Patienten mit Skoliose brauchen oft ein spezielles Stützkorsett, das zur Korrektur der Rückgratverkrümmung dienen soll, und in der Tat ist dieses Stützkorsett ein wertvolles Mittel, das möglicherweise einen chirurgischen Eingriff zur Behandlung der Skoliose vermeidbar machen kann.
In den meisten Fällen von Rückenschmerz ist ein Stützkorsett jedoch nicht erforderlich. Wenn Stützung notwendig ist, sollte ein einfacheres, leichteres, weniger kostspieliges Korsett vorgezogen werden.

Ein Korsett kann als Ersatz für eine unzulängliche Bauchmuskulatur dienen. Bei manchen Patienten die wegen eines schweren Herzleidens, einer Hernie oder aus einem anderen Grund nicht in der Lage sind, die Bauchmuskeln durch Gymnastikübungen zu kräftigen, kann es sein, daß das Korsett ständig getragen werden muß. Weit öfter kann es eine vorübergehende Hilfe sein, und muß nur so lange getragen werden, bis eine Kräftigung der Bauchmuskulatur erreicht ist.

Das Korsett muß so beschaffen sein, daß der untere Abdominalteil straff gezogen werden kann, um die Bauchmuskeln heraufzuziehen, die inneren Organe zu stützen und die übermäßige Lordose des Rückens, die so oft mit schwacher Bauchmuskulatur einhergeht, zu überwinden. Korsetts, und vor allem solche mit starren Stützeinlagen, können kaum bequem sein, wenn sie dem Rücken richtig in seinen Konturen angepaßt sind. Die Stützeinlagen dienen dazu, Bewegungen des Rückens teilweise zu verhindern; sie schränken die Bewegung nicht gänzlich ein. Indem sie sich den Krümmungen des Rückens anpassen, verstärken sie die Steifheit des Korsettmaterials noch beträchtlich.

Ein Korsett kann leicht nach oben rutschen, wenn derjenige, der es trägt, sich hinsetzt. Aus diesem Grund sollte es unter dem Gesäß gewölbt sein. Wenn der Träger eine Frau ist, sollte das Korsett am besten mit Strumpfhaltern versehen sein, um ein Hochrutschen zu verhindern. Manchmal kann, besonders bei Männern, ein Gürtel in der Leistengegend erforderlich sein, um das Hochrutschen zu vermeiden.

Reisen

Für Rückenschmerzpatienten ist es wenn sie im Flugzeug reisen oft eine Hilfe, ein oder ein paar kleine Kissen (wie

sie im allgemeinen in Flugzeugen erhältlich sind) zwischen Kreuz und Rückenlehne zu plazieren.
Kleine Leute, die Rückenschmerzen bekommen, wenn sie im Flugzeug reisen, finden es vielleicht hilfreich, ein altes, billiges Gepäckstück mit sich zu tragen, das, auf den Boden gestellt, als Fußstütze dienen kann, falls eine passende Fußstütze nicht vorhanden ist.
Große Leute können bei Flugreisen Schwierigkeiten haben, weil für die Beine zu wenig Platz da ist. Wenn möglich sollten sie versuchen, einen Platz am Gang zu bekommen, so daß sie wenigstens gelegentlich die Beine ausstrecken können. Extra Platz für die Beine bietet oft auch der erste Sitz hinter der vorderen Trennwand eines Flugzeugs oder der erste Sitz hinter einem Notausgang. Patienten mit Rückenschmerzen sollten nicht zögern, um solche Sitze zu ersuchen, bevor sie an Bord gehen; das Flugpersonal hilft gewöhnlich gern in dieser Beziehung.
Während eines längeren Flugs ist es für jeden und vor allem für Rückenschmerzpatienten gut, so oft wie möglich aufzustehen und sich ein bißchen zu bewegen, den Gang auf und ab zu gehen.
Auch bei Reisen im Auto kann es hilfreich sein, jede halbe Stunde anzuhalten und kurz hin und her zu gehen. Autositze sind oft weich gefedert, und es kann das Reisen für Rückenschmerzpatienten erleichtern, wenn man den Sitz etwas härter macht. Ein mit Luftlöchern versehener Sitz von dem Typ, wie er für Reisen im Sommer verwendet wird, sorgt für ein gewisses Maß an erwünschter Härte. Außerdem sind noch verschiedene andere Sitzvorrichtungen erhältlich. Den Sitz, der meiner Meinung nach der beste ist, gibt es in bestimmten Spezialgeschäften zu kaufen. Er ist ziemlich teuer, für jemanden mit häufig wiederkehrenden Rückenschmerzen jedoch sein Geld wert. Er besteht aus einem netzüberzogenen Metallrahmen für die Sitzfläche und einem gewölbten Metallrahmen für den Rücken. Die Stärke der Wölbung kann mit

einer Schraube reguliert werden, und der ganze Rückenteil ist nach oben und unten verschiebbar, um eine individuell optimale Einstellung zu ermöglichen. Eine Feder gestattet zusätzlich ein Verstellen des Rückenteils vor und zurück.

Wenn die ersten Anzeichen von Rückenschmerz auftreten und eine spezielle Sitzvorrichtung nicht vorhanden ist, kann jede Art von Kissen oder sogar ein zusammengerolltes Kleidungsstück als Stütze der lordotischen Krümmung des Rückens verwendet werden. Für einen Autoreisenden mit Rückenschmerz ist oft der Vordersitz vorzuziehen, da das Rütteln dort gewöhnlich weniger stark ist und es mehr Platz gibt, die Beine auszustrecken. Der Rücksitz ist gelegentlich von Nutzen, wenn der Rückenschmerz so stark ist, daß Aufrechtsitzen unerträglich wird. In diesem Fall kann sich der Patient mit angezogenen Knien und Hüften zurücklehnen und versuchen, die Position zu finden, die am meisten Erleichterung bringt.

Auf Reisen sollte man sich jede Mühe machen, den Schmerz möglichst noch im Anfangsstadium zu bekämpfen. Wenn es möglich ist, Wärme oder ein Hautreizmittel anzuwenden – ausgezeichnet. Schmerzmittel können verwendet werden. Es kann nützlich sein, einfach den eigenen Rücken zu reiben, wenn er anfängt zu schmerzen. Aufstehen, um sich auszustrecken, ein paar Kniebeugen machen, das Körpergewicht von einer Seite auf die andere verlagern, den Rücken geschmeidig machen – all dies kann helfen.

Denken Sie daran, daß, wenn der Rückenschmerz beginnt, dies fast immer darauf zurückzuführen ist, daß sich ein Muskelkrampf entwickelt. Je eher Sie den Krampf zu fassen kriegen, desto weniger schwer wird er wahrscheinlich werden, und desto leichter wird er zu beseitigen sein.

10. Kapitel

Die seltenen Fälle, wo ein chirurgischer Eingriff erforderlich ist

Die Chirurgie hat einen – allerdings beschränkten – Stellenwert in der Behandlung von Rückenschmerzen. Es besteht zwar immer noch die weitverbreitete Meinung, daß früher oder später, falls es tatsächlich eine Hoffnung auf endgültige Heilung von Rückenschmerzen gibt, eine chirurgische Behandlung erforderlich ist, und daß alles andere nur zur oberflächlichen Linderung dient; aber diese Auffassung ist alles andere als zutreffend. Bei der überwältigenden Mehrheit der Rückenschmerzpatienten wäre ein chirurgischer Eingriff nicht nur unnötig; er wäre vollkommen nutzlos. Wir haben bereits die wohl größte und gründlichste Untersuchung erwähnt, die jemals angestellt wurde, um herauszufinden, wie oft eine Operation tatsächlich erforderlich ist. Sie wurde von Ärzten an zwei Universitäten durchgeführt und umfaßte 5000 nicht ausgewählte Rückenpatienten. Sie wurden einer nach dem anderen, wie sie mit ihren Rückenbeschwerden in die Behandlung kamen, in die Untersuchung mit einbezogen. Kein Fall wurde speziell ausgewählt. Diese große Anzahl nichtselektierter Patienten stellt, bei allen Unterschieden, einen repräsentativen Querschnitt der Gesamtzahl von Rückenschmerzopfern dar.

Von all diesen Patienten – Männer und Frauen, junge und alte – litten 81 Prozent an Rückenschmerz, bei dem, wenn etwas mehr als nur unmittelbare Linderung erreicht werden sollte, wenn Rückfälle verhindert werden sollten, keine chirurgische Behandlung erforderlich war, sondern gymnastische Übungen mit dem Zweck, entscheidende schwache Muskeln zu kräftigen, sowie Wege, um solche Übungen durchführbar zu machen.

Ein paar der restlichen 19 Prozent, und nur ein paar, brauchten chirurgische Behandlung – aber nicht unbedingt chirurgische Behandlung des Rückens. Und in vielen Fällen war der chirurgische Eingriff, auch wenn er die einzige mögliche Maßnahme war, nicht die einzige potentiell nützliche Maßnahme.

Zum Beispiel kann eine Frau mit Schmerzen im unteren Rücken, die oft zum Gesäß hin ausstrahlen, diese Schmerzen aufgrund einer Uterusretroversion haben. Wenn ein Uterus retrovertiert ist, dann ist sein Fundus oder oberer Abschnitt, statt in Richtung der Abdominalwand zu weisen, nach hinten gekippt. Dadurch wird ein Zug erzeugt, der Rückenschmerzen verursacht. Ein chirurgischer Eingriff kann erforderlich sein, manchmal genügt aber auch ein Pessar.

Ein chirurgischer Eingriff ist ebensowenig erforderlich bei Männern mit einer gutartigen Prostataerkrankung, die schwere Schmerzen im Kreuz und im Gesäß verursachen kann. Eine Prostata kann aufgrund einer Infektion oder sexueller Probleme entzündet und vergrößert sein. Die vergrößerte Drüse verursacht Schmerzen und ein Gefühl des Blutandrangs zusammen mit einem dumpfen Schmerz im Rücken. Massage entleert die Drüse und reduziert die Schwellung, wodurch der Rückenschmerz nachläßt. Wenn eine Infektion vorliegt, kann eine Behandlung mit Antibiotika durchgeführt werden.

Auch Tumoren der Wirbelsäule erfordern nicht in jedem Fall einen chirurgischen Eingriff. Wenn ein Patient einen gutartigen Knochentumor hat, kann dieser ebenso qualvolle Schmerzen verursachen wie ein bösartiger. In einigen Fällen ist eine Operation notwendig; in anderen ist vielleicht Strahlentherapie am besten; und sogar bei einigen bösartigen Tumoren kann eine Chemotherapie ratsam sein.

Auch die herniierte Bandscheibe, die so oft – häufig zu Unrecht – für Rückenschmerzen verantwortlich gemacht wird, erfordert nicht immer chirurgische Behandlung. Wenn eine herniierte Bandscheibe Rückenschmerzen verursacht, ist dies auf Druck auf eine Nervenwurzel zurückzuführen. Der Schmerz, der, solange er andauert, qualvoll sein kann, hält im allgemeinen nicht sehr lange an, da ein völlig zusammengedrückter Nerv gefühllos wird. Auch Patienten mit schwerer Bandscheibenhernie erfahren gelegentlich Besserung, weil das ausgestoßene Nucleus-Material von der Bandscheibe abbricht und nicht mehr auf den Nerv drückt, sondern sich statt dessen frei im Duralsack bewegt, der Rückenmark und Nerven einhüllt.

Der einzige Fall, wo eine chirurgische Behandlung des Rückens selbst wesentlich sein kann, ist, wenn Druck auf eine Nervenwurzel beseitigt werden muß, um unerträglichen Schmerz zu lindern, oder um einer progressiven Nervenschädigung und Lähmung Einhalt zu gebieten; oder wenn es in der Wirbelsäule eine schmerzhafte Bewegung gibt, die gestoppt werden muß, um eine Rückkehr des Schmerzes zu verhindern.

In den meisten Fällen ist Schmerz, der von einer zusammengedrückten Nervenwurzel herrührt, nicht schwer zu behandeln, vorausgesetzt, es werden Maßnahmen wie Traktion, Ruhe und krampflösende Mittel angewandt. Es gibt jedoch Fälle, in denen der Schmerz innerhalb einer vernünftigen Zeit nicht ohne operativen Eingriff beseitigt werden kann. In solchen Fällen wird ein Verfahren angewandt, das als Laminektomie bekannt ist.

Bei der Laminektomie wird ein Teil des Knochenrings um den Spinalsack entfernt, um an das herniierte Bandscheibenmaterial, das auf die Nervenwurzel drückt, zu gelangen und es zu entfernen. Gewöhnlich wird bei dieser Prozedur auch das intervertebrale Foramen – das Loch, durch das der Nerv verläuft – vergrößert, um die

Wahrscheinlichkeit eines erneuten Drucks auf die Nervenwurzel zu reduzieren.
Eine Laminektomieoperation dauert im allgemeinen etwa 1½ Stunden. Die Zeit, die der Patient im Operationssaal verbringt, ist natürlich etwas länger, da noch die Zeit hinzukommt, in der die Narkose durchgeführt wird. Danach verbringt der Patient einige Zeit in einem Erholungsraum, und es dauert mindestens vier Stunden, manchmal länger, bis die Familie ihn besuchen kann.
Der Klinikaufenthalt dauert im allgemeinen etwa zehn Tage, damit die Wunde heilen kann, und die Operationsfäden entfernt werden können, obwohl heute einige Neurochirurgen die Patienten mit den Fäden nach Hause schicken und sie später bei einem Praxisbesuch entfernen.
Nach der Operation muß die Betätigung lange genug eingeschränkt werden, um die vollständige Heilung der Gewebe zu ermöglichen. Gewöhnlich kann ein Patient nach einer Laminektomie nach drei Wochen wieder leichtere Tätigkeiten durchführen. Wie lange es braucht, bis er zu seiner vollen Tätigkeit zurückkehren kann, hängt von der Art der Arbeit ab. Ein Patient, der am Schreibtisch arbeitet und nur leichte Gegenstände heben muß, wird viel früher ohne Schwierigkeiten zu seiner Arbeit zurückkehren können als beispielsweise ein Hafenarbeiter, der Lasten von bis zu 100 Pfund heben muß. Auch bei schlechter Kondition wird jemand mit einer leichten Tätigkeit im allgemeinen ohne schmerzlindernde Maßnahmen zu seiner Arbeit zurückkehren können. Jemand, der schwer arbeitet, wird auch nach nur kurzer Bettruhe zusätzlich zu der Zeit, die für die Heilung der Operationswunde erforderlich ist, Zeit brauchen, um die schwächende Wirkung der Bettruhe rückgängig zu machen.
Manchmal ist eine operative Fusion erforderlich. Bei der Fusion werden zwei getrennte Knochen vereinigt, um die Bewegung im dazwischenliegenden Gelenk auszuschal-

ten. Eine Fusion kann notwendig sein, wenn anomale Bewegung Schmerzen an einem Gelenk verursacht. Eine solche Bewegung kann von Arthritis herrühren, die Flächen von Wirbelgelenken befallen hat. Manchmal kann die Degenerierung einer Bandscheibe – mit oder ohne Druck auf eine Nervenwurzel – verantwortlich sein. Durch die Degenerierung wird der Zwischenraum zwischen Wirbelkörpern verkleinert. Wenn sie sehr nahe zusammenkommen, können die kleinen Gelenke zwischen den Wirbeln gegeneinander reiben und Schmerzen verursachen. Wenn kein Anzeichen von Druck auf eine Nervenwurzel besteht, dann beseitigt die Fusion der beiden Wirbelkörper den Schmerz, indem sie die Bewegung zwischen ihnen ausschaltet.

Gelegentlich verursacht die Ausstoßung von Bandscheibenmaterial Druck auf Nerven und läßt außerdem so wenig von der Bandscheibe intakt, daß der polsternde Effekt verlorengeht und Schmerzen sowohl durch die Bewegung entstehen, als auch durch den Druck auf die Nervenwurzel. In solchen Fällen kann es sein, daß sowohl Laminektomie als auch Fusion erforderlich sind.

An den meisten medizinischen Zentren wird die Laminektomie gewöhnlich von einem Neurochirurgen durchgeführt und die Fusion von einem orthopädischen Chirurgen. An manchen Kliniken werden jedoch auch Laminektomien von orthopädischen Chirurgen durchgeführt, von denen viele über beträchtliche Erfahrung verfügen und bei einer solchen Tätigkeit eine große Geschicklichkeit erworben haben. Oft ist es so, daß die Laminektomie von einem Neurochirurgen besorgt wird und die Fusion von einem orthopädischen Chirurgen, die beide gleichzeitig im Operationssaal sind, wenn beide Verfahren erforderlich sind.

Bei einer Fusionsoperation werden zunächst die Knochenoberflächen freigelegt, und dann werden Knochenstückchen entweder von einem Teil des Wirbels selbst oder vom Hüftknochen entnommen. Diese Knochenstückchen werden auf die freigelegte Oberfläche der beiden gegenüberliegenden Wirbel gebracht. Sie sterben nach einiger Zeit ab; ihr Zweck ist es, als ein Gitter oder Gerüst zu wirken, über und durch das Knochenzellen aus den restlichen Teilen der beiden Wirbel wachsen können. Nach Beendigung dieses Knochenwachstums ist aus den beiden Knochen einer geworden.

Dieser Knochenwachstumsprozeß ähnelt in starkem Maße dem Vorgang bei der Heilung eines Bruches; und ebenso wie die Bruchheilung kann das Wachstum langsam verlaufen, es kann sein, daß drei bis sechs Monate erforderlich sind, bis eine solide Fusion zustandegekommen ist. Und es kann auch, wie bei manchen Brüchen, vorkommen, daß die Knochen nicht fusionieren. Gleichwohl ist seltsamerweise in manchen Fällen von Nichtvereinigung – die Nichtvereinigung kann auf dem Röntgenbild festgestellt werden – der Patient dennoch schmerzfrei.

Ein möglicher Grund dafür ist, daß die Operation zur Ablagerung von Narbengewebe geführt haben kann, das sich später kontrahiert und wie ein Haltedraht wirken kann, der die Bewegung fast ebenso effektiv verhindert wie eine Fusion. In vielen Fällen jedoch, in denen keine Vereinigung eintritt, kehrt der Schmerz zurück, und eine erneute Fusionsoperation muß versucht werden.

Wie Schmerz aufgrund von Druck auf eine Nervenwurzel, verschwindet Schmerz auch aufgrund anomaler Gelenkbewegungen manchmal spontan. Wenn nicht, kann er manchmal reduziert oder beseitigt werden, indem die Gelenkbewegung mit Hilfe eines orthopädischen Korsetts verhindert wird.

Während der drei- bis sechsmonatigen Heilungsperiode nach einer Fusionsoperation ist nicht nur das Heben schwerer Lasten, sondern jede übermäßige Bewegung des Rückens verboten. In manchen Fällen kann dazu die Anlegung eines Gipsverbandes erforderlich sein.

Im allgemeinen wird für die Fusion der eigene Knochen des Patienten verwendet. Dann besteht nicht die Möglichkeit, daß der Patient den Knochen abstößt, und das Ergebnis ist aus diesem Grund gewöhnlich besser. Gelegentlich ist jedoch die Verwendung fremden Knochens erforderlich – aus der Knochenbank der Klinik, oder auch von speziell präparierten Rinder- oder anderen Tierknochen.

Die Erfolgsquoten der Laminektomie und der Knochenfusion sind schwer vorauszusagen. Sie hängen nicht nur von der Qualität des Eingriffs ab, sondern auch von der Exaktheit der präoperativen Diagnose und der Heilungsfähigkeit des Patienten. Dies mag nach einer ausweichenden Antwort klingen und ist es vielleicht auch bis zu einem gewissen Grade. Aber es können Faktoren, die außerhalb der Kontrolle des Chirurgen und der Klinik liegen, eine entscheidende Rolle spielen.

Als Beispiel sei ein völlig anderes Verfahren, das unmittelbare Anpassen künstlicher Glieder nach einer Amputation, genannt. Diese Prodzedur wird vom selben Operationsteam von der New York University einmal am University Hospital, einer privaten, gemeinnützigen Klinik und dann am Bellevue Hospital, einer staatlichen Klinik, deren Personal von der New York University gestellt wird, durchgeführt. Die Technik ist am University Hospital ausgesprochen erfolgreich, während am Bellevue Hospital Fehlschläge nicht selten sind. Die Gründe dafür liegen auf der Hand. Erstens läßt die pflegliche Sorgfalt, wie sie am Bellevue Hospital geboten wird, sehr zu wünschen übrig, trotz der Versuche des überarbeiteten Personals, das bestmögliche zu tun. Zweitens sind die Patienten am Bellevue Hospital in der Regel bedürftig, viele sprechen kein Englisch und sind ungebildet. Bei ihnen ist der Grad an Kooperation daher geringer als bei den Englisch sprechenden Mittelklassepatienten am University Hospital. Der Ernährungszustand der Patienten, die ans

Bellevue kommen und von daher auch ihre Genesungsfähigkeit, ist schlecht, verglichen mit den Patienten am University Hospital.

Ähnlich kann die Erfolgsquote von Laminektomie und Fusion an einer Klinik deutlich höher liegen als an einer anderen, abhängig von der Qualität des chirurgischen Eingriffs und der Sorgfalt der Pflege sowie vom Patienten selbst. Es gibt so viele Variablen, daß zwar umfassende Zahlen genannt werden können, diese aber nur eine sehr allgemeine Vorstellung von dem geben, was erwartet werden kann. Außerdem nützen Statistiken für einen einzelnen Patienten ziemlich wenig. Für einen Patienten hat es wenig Bedeutung, wenn die Statistik besagt, daß zum Beispiel von 10 000 Leuten, die sich einer Narkose unterziehen, einer an der Narkose stirbt. Von großer Bedeutung ist es, wenn zufällig er derjenige ist. Ein Patient interessiert sich weniger für allgemeine Statistiken als für das, was ihm geschieht. Leider kann dies nicht genau vorhergesagt werden.

Es kann jedoch gesagt werden, daß, vorausgesetzt der Patient ist intelligent, gut ernährt und kooperationsbereit, die Operation wird von einem erfahrenen Chirurgen in einer gut ausgerüsteten, mit gutem Personal ausgestatteten Klinik durchgeführt, wo Notfälle behandelt werden können (am besten eine, wo im Hause wohnende Ärzte rund um die Uhr für dringende Fälle erreichbar sind), und eine erprobte Abteilung für physikalische Therapie steht zur Verfügung, daß in diesem Fall die Erfolgsquote sehr hoch ist – bis zu 90 Prozent.

Früher, als praktisch jeder Schmerz im Rücken für das Resultat einer herniierten Bandscheibe gehalten wurde, lag die Erfolgsquote für Laminektomien, mit oder ohne Fusion, bei etwa 30 Prozent. In vielen Fällen lag eine falsche Diagnose vor; da die Patienten in Wirklichkeit gar nicht an einer Bandscheibenhernie litten, konnte durch die Operation unmöglich ein günstiges Resultat erzielt

werden, und die große Zahl solcher Fälle brachte die Statistiken durcheinander.
Heute geht man eher konservativ an solche Fälle heran. Bei allen Patienten werden vor einer Laminektomie und Fusion zuerst therapeutische Maßnahmen versucht. Mindestens ein Monat vergeht, in dem festgestellt wird, ob solche Maßnahmen eine Operation überflüssig machen können. Auch diagnostische Tests sind heute hilfreicher, primär die Geschichte des Patienten, die physikalische Untersuchung und das Elektromyogramm. Die Myelographie wird nur noch angewandt, um genau zu bestimmen, wo die Operation durchgeführt werden soll und nicht mehr, um festzustellen, ob eine Bandscheibenhernie vorliegt, oder ob eine Operation erforderlich ist. Elektromyographie und Myelographie haben eine Treffsicherheit von 85 bis 90 Prozent.
Manchmal kann der Rückenschmerz nach der Operation erneut auftreten. Es kann sein, daß weiteres Bandscheibenmaterial ausgestoßen wurde, das bei der Operation nicht entfernt wurde. Nach einem erfolgreichen chirurgischen Eingriff kann es zu einer Hernie derselben Bandscheibe nach der anderen Seite kommen, oder es kann sein, daß eine Bandscheibe über oder unter der operierten degeneriert und Material ausstößt, und dadurch auf einer anderen Ebene Druck auf eine Nervenwurzel ausgeübt wird.
Eine andere Möglichkeit ist, daß sich Rückenschmerz – unter Vortäuschung des Schmerzes einer erfolglosen Operation – aufgrund einer Muskelschwäche entwickelt. Wir erinnern uns an einen Patienten, bei dem Laminektomie und Fusion und dann, wegen fortgesetzter Schmerzen, eine Wiederholungsoperation durchgeführt worden waren, letztere um sicherzugehen, daß die Fusion erfolgreich war. Der Patient konnte mehrere Jahre lang nicht arbeiten, und als er zu uns kam, hatte er ein vorstehendes Abdomen und eine übermäßige lumbale Lordose, verur-

sacht durch schwache Unterleibsmuskulatur. Er mußte zur Durchführung eines Gymnastikprogramms fast wie ein kleines Kind ermutigt werden, da er vor jeder Tätigkeit zurückschreckte. Nach fast einjährigem Übungsprogramm war er jedoch schmerzfrei und konnte wieder seiner Arbeit nachgehen. Es ist nur zu wahrscheinlich, daß auch nach einer erfolgreichen Operation wieder Rückenschmerzen, ähnlich denen vor der Operation, auftreten können, wenn eine schwache Unterleibsmuskulatur zu einer übermäßigen Beanspruchung von Rückenmuskeln führt und Verkrampfungen erzeugt.

Manchmal ist es möglich, durch Injektion von Cortison oder eines verwandten Medikaments in oder zwischen die Schichten des Duralsacks einen chirurgischen Eingriff zu umgehen und die Schmerzen, die mit einer herniierten Bandscheibe verbunden sind, zu lindern. Cortison und seine Derivate sind entzündungshemmende Wirkstoffe. Die Kompression einer Nervenwurzel führt zu Entzündung und nachfolgender Schwellung. Wenn es gelingt, die Entzündung zu reduzieren – zum Beispiel durch Cortison – kann dies ein Nachlassen des Schmerzes zur Folge haben. Die Frage ist, ob diese Besserung auf lange Sicht ausreicht, oder ob die Korrektur der Ursache vorzuziehen ist. Dies ist eine Frage, die vom Patienten und vom Arzt je nach den individuellen Umständen entschieden werden muß.

Manchmal kommt es vor, daß die Kompression einer Nervenwurzel das Resultat eines Heilungsprozesses ist – eines Prozesses, der bei fortgeschrittener Osteoarthritis oder Verschleißarthritis auftritt.

Bei diesem Spondylose genannten Prozeß wird als Reaktion auf Verschleiß in einem Gelenk neuer Knochen angelegt. Die neue Knochenmasse kann sich jedoch in einer Weise entwickeln, daß sie die Nervenwurzel zusammendrückt und dann möglicherweise operativ entfernt werden muß.

In diesem Fall kann, wie bei einer herniierten Bandscheibe, die Indikation für eine Operation schwerer Schmerz sein, der nicht auf eine adäquate konservative Behandlung reagiert, oder der vielleicht vorübergehend verschwindet und dann erneut auftritt und schließlich den Patienten außer Aktion setzen kann.

Der Grad dieser Invalidität ist natürlich etwas, das der Patient am besten selber bestimmt. Und er ist es auch, der letzten Endes abwägen muß zwischen der Menge an Schmerzen und Leiden, die er aufgrund der Krankheit zu ertragen gewillt ist und dem Preis – sowohl finanziell als auch hinsichtlich anderer unangenehmer Folgen – eines chirurgischen Eingriffs.

Seit kurzem gibt es vorläufige Berichte darüber, daß in einigen Fällen bei Patienten mit herniierten Bandscheiben durch Injektion eines Enzyms geholfen werden kann, eine Operation zu umgehen. Das Enzym, genannt Chymotrypsin, wird in den Raum vor der Bandscheibe injiziert, und es kann offensichtlich ausgestoßenes Nucleusmaterial verdauen. Dadurch kann es Druck auf eine Nervenwurzel zum Verschwinden bringen. Es sollen nun weitere Untersuchungen durchgeführt werden, mit dem Ziel, die Effektivität der Technik, wenn sie bei einer großen Anzahl von Patienten durchgeführt wird, zu bestimmen und festzustellen, welchen Wert sie auf Dauer gesehen hat.

Als Fußnote zu dieser Diskussion über chirurgische Behandlung im Zusammenhang mit dem Rücken können wir eine kleine, wahre Geschichte hinzufügen. Wir benützen sie sehr oft am ICD, um Patienten klarzumachen, daß bei einer herniierten oder sogar degenerierten Bandscheibe nicht unbedingt eine Operation erforderlich sein muß, und daß der Verzicht auf eine Operation nicht unausweichlich zu einer schweren Einschränkung der Aktivität führen muß.

Die Frau eines der Autoren leidet an einer vollständigen

Degenerierung einer Bandscheibe. Sie war immer eine athletische Frau mit ausgezeichneter Kondition. Ihre bemerkenswert gute muskuläre Verfassung ließ annehmen, daß sie gut ohne Operation auskommen könnte. Sie kam und kommt auch gut ohne aus. Nur dann und wann treten Schmerzen auf; sie sind flüchtig und reagieren gut auf die oben diskutierten Maßnahmen. Wegen der Bandscheibendegenerierung fand sie es ratsam, eine Leidenschaft aufzugeben, die modernen Tänze. Sie geht jedoch weiterhin mindestens einmal in der Woche zum Reiten und ist eine begeisterte Skifahrerin. Auch bedeutet die Degeneration, die sie nun schon seit über zehn Jahren hat, keine Beeinträchtigung ihrer Arbeit, zu der das Spielen mit Kindern und das Hochheben von Kindern gehört.

11. Kapitel

Sex und der Rücken

Er war ein erfolgreicher 56jähriger Geschäftsmann und klagte über schwere Rückenschmerzen, die auf keine der üblichen Maßnahmen reagierten. Eine Zeitlang war er ein rätselhafter Fall. Aber als wir den Mann gut kennengelernt hatten und an dem Punkt angekommen waren, an dem ein tiefergehendes Gespräch möglich war, kamen wir zu der Einsicht, daß sein Rückenschmerz eine Entschuldigung war, sexuelle Kontakte mit seiner Frau zu umgehen. Natürlich hatte er sich nicht bewußt für diese Entschuldigung entschieden; der Schmerz schien ihm real genug. Am Ende hatte er, als ihm klar wurde, was vorging, den Mut und die Kraft, die Notwendigkeit zu erkennen, seine ehelichen und psychischen Konflikte zu lösen, anstatt ihnen aus dem Weg zu gehen, und nicht viel später verschwanden auch seine Rückenschmerzen.

Es klingt fast zu einfach. Und dennoch ist es Tatsache, daß nicht selten ein körperliches Problem dazu verwendet wird, einer unangenehmen Situation zu entkommen. Man kennt dies von Leuten, die an Migräne, Herzbeschwerden oder zahlreichen anderen Problemen leiden. Rückenschmerz wird, wie wir aus langer Erfahrung wissen, sowohl von Männern als auch von Frauen häufig als Mittel benutzt, der Konfrontation mit einer lästigen Situation, und speziell einer sexuellen, zu entgehen.

Sich dessen bewußt zu werden ist wichtig für die Lösung vieler Rückenschmerzprobleme. Nur selten ist ein sexuelles und kein anderes seelisches Problem die alleinige Ursache von Rückenschmerz; häufig ist es aber ein beteiligter Faktor oder hat eine verschärfende Wirkung. Die Lösung dieses Problems, welche Mittel auch immer dazu erforderlich sind – offene Konfrontation mit der Situation durch das Individuum oder das Paar, Beratung, oder psychiatrische Therapie –, kann entscheidend zu der Lösung des Rückenschmerzproblems und natürlich zum allgemeinen Glück beitragen.

Es gibt noch einen anderen wichtigen Aspekt in bezug auf Sex und Rückenschmerz. Wenn der Rückenschmerz schwer genug ist, kann es sein, daß die beim sexuellen Kontakt üblichen Bewegungen praktisch unmöglich werden. Auch wenn der Schmerz nicht so stark ist, kann manchmal die Angst, die sexuelle Aktivität könnte ihn verschlimmern, dämpfend oder vollkommen hemmend wirken.

Leider ist die Sexualität, trotz der heute herrschenden scheinbaren Offenheit und Aufgeklärtheit in sexuellen Dingen, immer noch ein Gebiet voller falscher Vorstellungen, falscher Information und Scham. Es kommt ganz selten vor, daß ein Patient, der einen Arzt wegen Rückenschmerzen aufsucht, das Thema der Sexualität zur Sprache bringt, auch wenn er oder sie noch so sehr davon betroffen ist. Auch viele Ärzte zögern, dieses Thema anzuschneiden.

Dies ist bedauerlich, denn egal wie schwerwiegend das Rückenproblem ist, sexuelle Betätigung ist möglich – und sie ist auch wünschenswert. Sie ist aus vielen Gründen wünschenswert – natürlich für die Stabilität der Beziehung, aber auch für die Lösung von psychischen und physischen Spannungen. Eine solche Lösung trägt zur allgemeinen Gesundheit bei und leistet einen nicht geringen Beitrag zur Gesundheit des Rückens. Und auch die körperliche Betätigung, die zur Sexualität gehört, kann helfen, ein Rückenschmerzproblem zu lösen.

Um es ohne Umschweife zu sagen, im Zusammenhang mit Rückenschmerz gibt es keine Ursache und keine beteiligten Faktoren, die durch sexuelle Betätigung nachteilig beeinflußt würden. Ein Mensch mit Rückenschmerzen braucht nicht zu befürchten, daß Sexualität, wie auch immer, ihm einen bleibenden Schaden zufügen könnte. Das Problem liegt darin, einen Weg zu finden, wie sowohl der Patient als auch der Partner körperlich und seelisch befriedigt werden können. Jeder Weg ist gut, wenn er beide Partner befriedigt und nicht dem einen zuwider ist.

Wenn es der Mann ist, der an Rückenproblemen leidet und die Bewegung sehr schmerzhaft ist, kann es ratsam sein, die Mann-oben-Frau-unten-Position aufzugeben und der Frau mehr Aktivität zu überlassen. Der Mann kann auf dem Rücken liegen und die Frau auf ihm, oder beide Partner liegen Seite an Seite, und die Frau führt die aktiven Bewegungen aus.

Wenn die Frau das Rückenproblem hat, kann die Mann-oben-Position oft ohne Schwierigkeiten angewandt werden, wenn die Frau ein Kissen unters Gesäß legt. In vielen Fällen ist die Seite-an-Seite-Stellung die am meisten befriedigende und die am wenigsten schmerzhafte. Unter bestimmten Umständen kann für die Frau auch eine kniende Stellung am bequemsten sein, während sich der Mann hinter ihr befindet.

Auch wenn solche Techniken wirkungslos sind, ist der sexuelle Ausdruck der Zuneigung so wichtig und die Spannung, die sich bei mangelnder sexueller Befriedigung aufbaut, kann so störend sein, daß es auf jeden Fall das beste ist, gegenseitig masturbatorische Techniken anzuwenden. Sie sind um so wertvoller, wenn sie von Wärme und Zärtlichkeit begleitet werden.

Sexuelle Betätigung während eines akuten Anfalls von Rückenschmerz – und auch zu anderen Zeiten – kann angenehmer gemacht werden, wenn der Schmerz des Patienten vor dem Zubettgehen reduziert wird. Zu diesem Zweck ist ein heißes Bad oder die Anwendung von Wärme in anderer Form wertvoll. Es können auch Hautreizmittel verwendet werden. Und wenn es sich als hilfreich erwiesen hat, kann vor der sexuellen Betätigung ein Schmerzmittel genommen werden – mindestens 45 Minuten vorher, da es so lange braucht, bis die Wirkung des Schmerzmittels eintritt. Eine leichte Massage hat einen wohltuenden Effekt auf den Rücken und ist auch emotionell befriedigend. Sie ist ein ausgezeichnetes Vorspiel zum sexuellen Akt.

Wenn nach der sexuellen Betätigung ein Muskelkrampf vorliegen sollte, können Wärme, kurze Massage und die anderen im Buch beschriebenen Maßnahmen angewandt werden. Viel häufiger jedoch wird durch die Entspannung, die auf die sexuelle Aktivität folgt, ein Muskelkrampf gelöst, der vielleicht vorher noch sehr schmerzhaft war.

Tatsächlich kann sexuelle Betätigung zu Zeiten ohne akute Rückenschmerzen als eine Hilfe zur Überwindung der Ursachen des Rückenproblems und zur Reduzierung künftiger akuter Schmerzanfälle betrachtet werden.

Wie wir schon wiederholt erwähnt haben, ist bei der überwältigenden Mehrheit der Rückenschmerzpatienten das grundlegende Erfordernis die Kräftigung der Unterleibsmuskeln, so daß sie das leisten können, was sie sollen: das Becken aufrecht halten, es in einer Linie mit der Wirbelsäule zu halten. Wenn die Bauchmuskeln dazu in der Lage sind, wird die anomale Beanspruchung der Bänder und Muskeln im Rücken reduziert oder vollkommen eliminiert.

Denken Sie an die Grundbewegung beim Geschlechtsverkehr. Es ist der Stoß mit dem Becken. Zum Stoß werden untere Abdominalmuskeln und Muskeln im Gesäß beansprucht. Und diese Muskeln sind es, die als erste Maßnahme zur Bekämpfung chronischer Rückenschmerzen gekräftigt werden müssen.

Für den Rückenschmerzpatienten ist deshalb der sexuelle Akt – und seine möglichst ausgedehnte Verlängerung –

zusätzlich zu allem anderen auch ein ausgezeichnetes Training.
Da befriedigende sexuelle Betätigung für jeden, und ganz bestimmt auch für den Rückenschmerzpatienten und seinen Partner, von so großer Bedeutung ist, dürfte es nicht unangebracht sein, an dieser Stelle das Aufkommen sexueller Therapiezentren zu erwähnen, Zentren, die dazu bestimmt sind, Menschen mit sexuellen Problemen aller Art – Impotenz, Frigidität, vorzeitige Ejakulation, Vaginismus etc. – zu helfen.
Das Werk von Masters und Johnson ist heute zur Genüge bekannt und braucht hier nur kurz erwähnt zu werden. Das Buch «Human Sexual Response» (Deutsch: «Die sexuelle Reaktion»), das die beiden Forscher veröffentlichten, basiert auf einer Reihe von Laboruntersuchungen über sexuelles Verhalten. Fast 700 Männer und Frauen waren während des Geschlechtsverkehrs oder der Masturbation beobachtet worden, und die zahlreichen Phänomene, die vor, während und nach dem Orgasmus im Körper ablaufen, wurden in allen Einzelheiten aufgezeichnet. Heute haben die Kenntnisse über Sexualphysiologie, über die körperlichen Funktionen während der sexuellen Aktivität, verbreitete volkstümliche Vorstellungen und sogar einiges an medizinischer Mythologie ersetzt.
Wenig später gelang es Masters und Johnson zu zeigen, daß die Kenntnisse, die sie durch diese Untersuchungen gewonnen hatten, dazu verwendet werden konnten, Paaren bei der Überwindung so häufiger Probleme wie Impotenz und Frigidität zu helfen – und zwar innerhalb kurzer Zeit.
Leute mit sexuellen Problemen, so fanden Masters und Johnson, hatten oft eine Sache gemeinsam: Sie ließen sich von der natürlichen Ausübung ihrer Sexualität leicht durch Ängste im Zusammenhang mit dieser Sexualität ablenken. Ein impotenter Mann beispielsweise kann, anstatt unbefangen am Sexualakt teilzunehmen, «neben sich

selbst treten» und sich wie ein Beobachter verhalten, der über seine Erektionsfähigkeit nachgrübelt und darüber, was wohl die Reaktion seines Partners sein wird, wenn er versagt. Und der Partner macht etwa das selbe. «Keiner der beiden Partner», beobachteten Masters und Johnson, «erkennt, daß der andere im Geist in einer entgegengesetzten Ecke steht und die Bettszene aus der Rolle eines Zuschauers heraus beobachtet.»

Masters und Johnson gründeten ihre Behandlung auf zwei Neuerungen. Egal welcher Partner das Problem hat, es müssen beide an der Behandlung teilnehmen; der eigentliche Patient ist die Beziehung zwischen beiden. Und die Behandlung wird von zwei Therapeuten durchgeführt, einem Mann und einer Frau, von denen beide sozusagen als «bester Freund» bzw. «beste Freundin» für den Partner des selben Geschlechts handeln. Ein männlicher Therapeut kann die Probleme eines Mannes seiner Frau am besten erklären; eine Therapeutin kann dem Mann klarmachen, was seine Frau für eine Behandlung braucht.

In zwei Wochen intensiver Therapie wird Paaren beigebracht, wie sie die körperlichen Sinne, vor allem den Tastsinn, anwenden können, um Freude zu geben und zu empfangen; sie erhalten auch Instruktionen in bezug auf Techniken, die dann ungestört im Hotelzimmer ausprobiert werden können.

Meistens wird ein Paar angewiesen, sich während der ersten drei Tage der Analysen und Interviews aller körperlichen Intimkontakte zu enthalten. Dann werden sie aufgefordert, in der Abgeschiedenheit ihres Hotelzimmers durch Berühren, Streicheln und Massieren den ganzen Körper bis auf die Genitalien und die Brüste der Frau zu erforschen.

Dazu wird vorgeschlagen, daß sich jeweils ein Partner nackt auf ein Bett legt, während der andere durch Berühren, Streicheln und Massage versucht, ihm ein ruhiges, angenehmes Gefühl zu verschaffen. Für viele Paare – so stellte sich heraus – ist dies tatsächlich der erste Versuch, das Vergnügen des Berührens und des Berührtwerdens zu erfahren, ohne dabei an Probleme des Geschlechtsverkehrs denken zu müssen.

Einige Tage später wird das Paar aufgefordert, die Genitalien in das Berührungsspiel mit einzubeziehen – den Geschlechtsverkehr aber immer noch zu vermeiden. Sehr oft beginnen zu diesem Zeitpunkt die sexuellen Sorgen sich deutlich zu verringern. Es ist nicht ungewöhnlich für einen impotenten Ehemann, wenn er jetzt, wo er sich nicht wegen eines möglichen Versagens zu quälen braucht, Erektionen zustandebringt – und für eine frigide Frau, wenn sie, ebenfalls frei vor jeder Angst vor einer fehlenden Reaktion, tatsächlich Anzeichen einer sexuellen Erregung zu verspüren beginnt.

Danach wird das Paar ermutigt, zum Geschlechtsverkehr überzugehen, oft mit Vorschlägen in bezug auf Stellungen und Manipulationen zur Überwindung eines spezifischen Problems, wie Impotenz, vorzeitige Ejakulation oder fehlender Orgasmus.

Die Behandlung ist positiv, direkt, vermeidet vage Verallgemeinerungen. Das Ziel ist, unmittelbar den Kern der Sache zu treffen: Was ist das Problem jetzt, im Augenblick? Und was kann auf möglichst einfache Art und Weise, in möglichst kurzer Zeit getan werden, um das Problem zu lösen oder zu umgehen?

Kann ein so schwerwiegendes Problem wie langjährige Impotenz nach nur drei kurzen klinischen Sitzungen überwunden werden?

Wie schnell kann einem Paar mit einem schwierigen Problemkomplex geholfen werden, zum Beispiel: Sie, ein Opfer schmerzhaften Geschlechtsverkehrs; er, nach zwei Jahren nicht vollzogener Ehe impotent geworden und voller Schuld- und Unzulänglichkeitsgefühle. An einer neuen Klinik wurden zahlreiche solcher Paare behandelt,

und fast immer waren sie nach neun bis zwölf Sitzungen in der Lage, den Geschlechtsverkehr auszuüben.
Bei etwa 80 Prozent der Patienten werden positive Resultate erzielt, eine Erfolgsquote, die in keinem der früheren Versuche einer Sexualtherapie erreicht worden ist. Eine Teilanalyse zeigt, daß eine Behandlung 50 Prozent der Männer geholfen hat, die seit ihrer Jugend impotent waren, und 80 Prozent derjenigen, die später im Leben impotent geworden waren; 80 Prozent der Frauen, die nie zuvor in ihrem Leben einen Orgasmus gehabt hatten; fast 100 Prozent der Männer, die Probleme mit vorzeitigem Samenerguß hatten. Es kann zwar noch nicht vorausgesagt werden, ob diese Resultate von Dauer sein werden, sie scheinen aber vielversprechend.
Wir wollen hier nicht in allen Einzelheiten darauf eingehen, wie die Kliniken den Patienten helfen, ihre Probleme zu lösen; dazu wäre viel mehr Raum erforderlich als uns hier zur Verfügung steht. Wir wollen jedoch zeigen, daß es für Menschen, die an einem sexuellen Problem leiden, heute in zunehmendem Maße möglich ist, Hilfe zu bekommen, rasche, praktische Hilfe. Und solche Hilfe lohnt sich für jeden, der ein sexuelles Problem hat, einschließlich zahlreicher Rückenschmerzopfer.

12. Kapitel

Was tun bei einem akuten Schmerzanfall?

Gerade wurden Sie von quälendem Rückenschmerz befallen. Vielleicht wissen Sie warum, vielleicht auch nicht. Aber im Moment ist die eigentliche Ursache nicht wichtig. Im Augenblick heftigster Schmerzen wäre auch der geschickteste Arzt nicht imstande, die Ursache aufzuspüren, und höchstwahrscheinlich würde er es auch nicht versuchen. Das unmittelbare, dringende Problem ist, den Schmerz zu lindern. Wie gehen Sie dabei am besten vor? Am wichtigsten ist, sich daran zu erinnern, daß akuter Rückenschmerz in weitaus den meisten Fällen – gänzlich oder in erster Linie – auf Muskelkrampf zurückzuführen ist. Und so muß alle Anstrengung darauf gerichtet sein, den Krampf zu lösen.

Als erstes nehmen Sie am besten zwei Aspirin und gehen so schnell wie möglich ins Bett. Der schmerzhafte Muskelkrampf hat sich entwickelt, weil der Körper – durch plötzliche Bewegung, eine zufällige Verletzung, übermäßiges Heben oder Beugen oder sonst etwas – zu einer übermäßigen Reaktion herausgefordert wurde. Der Muskelkrampf ist eine schmerzhafte Warnung, daß etwas nicht stimmt; außerdem hat er eine schützende Funktion; er soll die betroffene Stelle schienen und erschwerende Bewegung verhindern. Indem Sie sich ins Bett begeben, reduzieren Sie eine solche Bewegung auf ein Minimum, Sie verringern die Anforderungen, die an den Körper gestellt werden, und die Muskeln haben Gelegenheit, sich zu entspannen. Auch die verkrampften Muskeln entspannen sich ein wenig.

Lassen Sie es nicht bei Bettruhe und Aspirin bewenden. Denken Sie daran, daß ein Krampf im Endeffekt von sich selber lebt. Er verursacht Schmerz. Der Schmerz kann zu noch mehr Krampf führen, der zusätzliche Krampf zu noch mehr Schmerz, und so weiter. Es ist ein Teufelskreis, den man unterbrechen muß. Und je eher die Unterbrechung erreicht werden kann, desto leichter ist sie zu erreichen.

Wenden Sie Wärme an. Beginnen Sie sofort damit. Benützen Sie ein Heizkissen, das in ein Handtuch eingewickelt ist. Lassen Sie es eine halbe Stunde wirken. Ändern Sie dann Ihre Position, um Steifwerden zu verhindern.

Bei den meisten Menschen ist die Anwendung von Wärme am wirkungsvollsten, bei manchen jedoch bewirkt die Behandlung mit Kälte eine rasche Linderung des Krampfes und des begleitenden Schmerzes. Diese Patienten sollten mit Äthylchlorid oder einem anderen Kältespray, sofern erhältlich, in großzügigen Bewegungen besprüht werden. Der Äthylchloridstrahl sollte ständig bewegt werden; die Flasche wird dabei umgekehrt gehalten. Kurz nach dem Augenblick, in dem man eine brennende Empfindung wahrnimmt, tritt ein Taubheitsgefühl ein, und bis zu diesem Punkt sollte das Sprühen fortgesetzt werden.

Falls Sie kein Äthylchlorid zur Verfügung haben, ist ein entsprechender Ersatz das sanfte Einreiben der schmerzenden Stelle mit zerstoßenem Eis oder Eiswürfeln in einer Kissenhülle. Während der anfängliche Kälteschock – ein paar Sekunden lang – störend ist, folgt darauf im allgemeinen eine angenehme Entspannung. Es ist erstaunlich, wie viele Patienten, nachdem sie einmal eine Eismassage gegen einen akuten Schmerzanfall bekommen haben, bei späteren Anfällen von dieser Methode wegen ihrer raschen Wirkung Gebrauch machen.

Ein Hinweis auf den Wert einer Kältebehandlung zur

Linderung von Muskelkrampf ist eine Bemerkung eines engen persönlichen Freundes des Autors, Dr. Hans Kraus, außerordentlicher Professor für physikalische Medizin und Rehabilitation an der New York University und ein weltweit bekannter Experte für Rückenleiden, der auch John F. Kennedy behandelte. Er sagte, daß er, wenn er auf eine einsame Insel ausgesetzt würde und nur ein physikalisches Mittel zur Behandlung von Rückenschmerzen mitnehmen könnte, einen Vorrat an Äthylchlorid bevorzugen würde.
Ob Sie nun Wärme- oder Kältebehandlung anwenden, lassen Sie sich auf jeden Fall mit einem Hautreizmittel einreiben. Jedes im Handel erhältliche Mittel kann seinen Zweck erfüllen. Es gibt anscheinend kein Mittel dieser Art, das anderen gegenüber zu bevorzugen wäre. Sollten Sie feststellen, daß Sie zufällig ein Mittel erwischt haben, das Sie übermäßig stark reizt, dann wechseln Sie zu einem anderen über.
Zögern Sie nicht, noch ein Aspirin zu nehmen, es sei denn, Sie haben eine besondere Allergie gegen dieses Medikament und wurden von einem Arzt vor seiner Einnahme gewarnt; in diesem Fall hat der Arzt Ihnen wahrscheinlich – bei Kopfschmerz oder anderen Schmerzen – zu einem anderen Schmerzmittel geraten. Benutzen Sie dann dieses Mittel.
Für die überwältigende Mehrheit der Patienten sind zwei Aspirintabletten, je nach Bedarf alle drei bis vier Stunden, nicht gefährlich und oft sehr wirksam. Zusätzlich zu seiner schmerzstillenden Wirkung ist der entzündungshemmende Effekt des Aspirin bei Rückenschmerzen oft von Nutzen.
Wenden Sie die Wärme- oder Kältebehandlung wiederholt an. Wenn Sie Wärme bevorzugen und eine Badewanne zur Verfügung haben, ist ein heißes Bad, viermal oder öfter täglich, jeweils eine halbe Stunde, ein ausgezeichnetes Mittel. Wenn Sie keine Badewanne haben, set-

zen Sie die Behandlung mit dem Heizkissen fort, abwechselnd mit vorsichtigen, auflockernden Bewegungen.
Bitten Sie Ihren Partner, die Massage mehrmals am Tag zu wiederholen. Es sollte eine sanfte Massage, ein leichtes Reiben sein.
Nach etwa einem Tag, vielleicht auch über Nacht, können Sie feststellen, daß der Schmerz nachläßt. Sie wachen vielleicht auf und fühlen sich etwas steif. Bewegung, sehr vorsichtige Bewegung – langsames und leichtes Bewegen der Arme und Beine, Strecken, Wölben und Krümmen des Rückens – wird dann helfen, die Steifheit zu reduzieren. Eine weitere Hilfe zur Reduzierung der morgendlichen Steifheit ist die Einnahme langwirkender Aspirintabletten beim Zubettgehen. Wenn Sie von einem früheren Schmerzanfall her noch ein muskelrelaxierendes Medikament zur Verfügung haben, können Sie auch dieses einnehmen.
Fahren Sie am nächsten Tag mit der Einnahme von Aspirin, der Wärme- oder Kältebehandlung und der Massage fort, und führen Sie mindestens jede halbe Stunde auflockernde Bewegungen aus.
Zu diesen Bewegungen gehört einfach die Änderung der Körperhaltung – wechseln von einer liegenden Position in eine sitzende, bei der die Beine vom Bettrand herabhängen, Strecken der Arme, vorsichtiges Bewegen von Rükken, Schultern, Armen und Beinen. Besonders bequem ist eine Sitzposition mit leicht angewinkelten Hüften und Knien und nach vorne gebeugtem Rücken.
Wenn der Schmerz etwas nachgelassen hat, können Sie zu ein paar anderen nützlichen Übungen übergehen. Ziehen Sie die Bauchmuskeln straff an, halten Sie sie kurz in dieser Position und entspannen Sie sie dann. Sie können dies im Liegen tun. Ebenfalls im Liegen können Sie die lumbale Lordose, die Krümmung des Rückens in der Kreuzgegend, reduzieren. Versuchen Sie einfach, die Krümmung zum Bett hin abzuflachen, indem Sie sich mit

den Schultern etwas nach vorne lehnen und die Bauchmuskeln anspannen. Bleiben Sie in dieser Position nur ein paar Sekunden. Wiederholen Sie die beiden Übungen jeweils drei- oder viermal und fahren Sie in Abständen von einer halben Stunde damit fort. Die Übungen sind einfacher, wenn sie mit angewinkelten Knien durchgeführt werden.

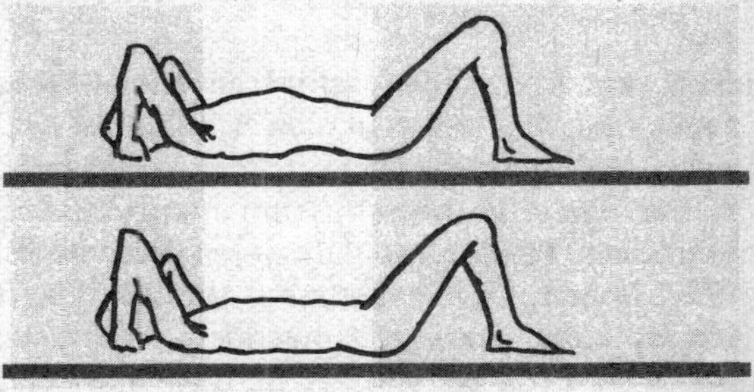

Sollte eine Bewegung oder Übung den Schmerz deutlich verstärken, brechen Sie sie ab. Eine leichte Verstärkung des Schmerzes sollte jedoch toleriert werden. Aber wenn Sie trotz schwerer Schmerzen «mit zusammengebissenen Zähnen» mit den Übungen fortfahren, werden Sie den Muskelkrampf und den Schmerz eher verstärken als reduzieren.

In schweren Fällen von Rückenzerrung ist es manchmal hilfreich, entweder auf dem Bett oder auf einer Matte auf dem Fußboden zu liegen, mit einem zusammengerollten Handtuch im Nacken, das Gesäß gegen die Beine eines Stuhles gelehnt und die Unterschenkel und Füße auf dem Sitz des Stuhles ruhend. Der Stuhl sollte hoch genug sein, um die Hüften leicht nach oben zu heben; wenn erforderlich können Sie etwas auf den Sitz legen, um eine Erhöhung zu erreichen. Sie können in dieser Position 5 bis 30 Minuten bleiben, bis zur maximalen Schmerzlinderung, die Prozedur mehrmals täglich wiederholen.

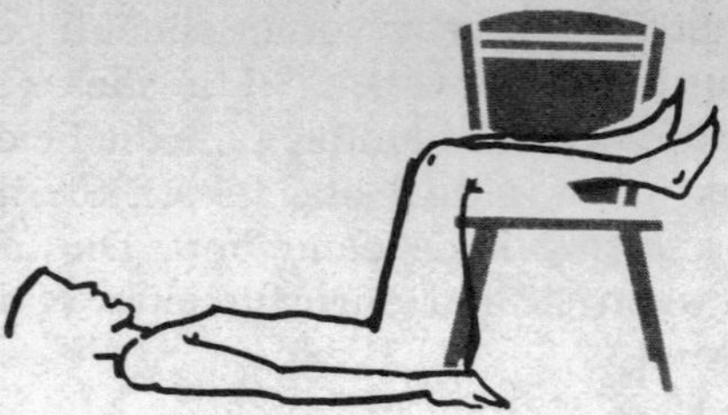

Wir haben nun über einen schweren Rückenschmerzanfall gesprochen. Bei vielen akuten Anfällen ist natürlich der Schmerz weit geringer und erfordert nicht unbedingt Bettruhe. Bei einem leichteren Schmerzanfall sollten Sie alle körperlichen Tätigkeiten reduzieren ohne ins Bett zu gehen; Sie können Aspirin nehmen, Wärme oder Kälte, Hautreizmittel und Massage anwenden. Mobilisierende Bewegungen sind nur bei völliger Bettruhe notwendig.

Wenn Sie einen schweren Anfall hatten, und der Schmerz nach etwa einem Tag unvermindert andauert, sollten Sie Ihren Arzt aufsuchen. Es kann sein, daß Sie ein noch wirksameres schmerzstillendes Medikament oder andere spezielle Maßnahmen brauchen, die der Arzt verschaffen kann; es ist nicht erforderlich, ständig schwere Schmerzen zu ertragen.

Während eines akuten Anfalls sollte Druck auf Triggerpunkte vermieden werden; dadurch könnte der Schmerz und der Krampf wesentlich verstärkt werden. Wenden Sie nur die Maßnahmen an, die wir erwähnt haben. Diagnostische Tests sollten nicht versucht werden.

Erst wenn der Schmerz auf ein relativ niedriges Niveau reduziert worden ist, ist es ratsam – oder überhaupt möglich –, nach der Ursache zu suchen. An diesem Punkt wollen Sie vielleicht selbst die möglichen Ursachen erforschen, indem Sie die in Kapitel 3 vorgeschlagenen Tests anwenden. Wenn es Ihnen gelungen ist, eine wahrscheinliche Ursache zu finden, wollen Sie vielleicht versuchen, einige der dafür geeigneten (an anderer Stelle beschriebenen) Maßnahmen anzuwenden.

Falls Sie irgendwelche Zweifel in bezug auf die Ursache haben, wenn einmal eine ausreichende Schmerzlinderung erzielt worden ist, kann eine fachmännische ärztliche Diagnose durchgeführt werden. (Die dafür verwendeten Verfahren sind in Kapitel 4 aufgeführt.)

Die Chancen sind sehr groß, daß das, was Ihre eigene oder eine ärztliche Diagnose zutage bringt, in erster Linie ein vorbeugendes Programm erfordert, wie wir es im folgenden Kapitel beschreiben werden.

13. Kapitel

Ein einfaches, wirksames, tägliches 30-Minuten-Programm zur Behandlung und Vorbeugung

Ich werde nie den Fall eines New Yorker Hafenarbeiters vergessen; er war fast einen Meter neunzig groß und hatte entsprechend breite Schultern. Er wog 250 Pfund und fast alles davon waren Muskeln. Er kam mit schweren Rükkenschmerzen, an denen er seit sieben Wochen litt, zur Behandlung. Er hatte bereits vier Schmerzanfälle hinter sich, und jeder hatte ihn arbeitsunfähig gemacht.

Als ich ihm nach gründlicher Untersuchung sagte, daß sein Rückenschmerz auf schwache Bauchmuskulatur zurückzuführen sei, lachte er. «Ich hebe mit jeder Hand zwei von euch», verkündete er, und er übertrieb nur wenig. Er war es gewohnt, viele Male am Tag Lasten von 100 Pfund und mehr zu heben.

Dennoch hatte er trotz seiner außerordentlich kräftigen Rücken-, Schulter-, Bein- und Armmuskeln sehr schwache Bauchmuskeln. Wenn er auf dem Rücken auf dem Untersuchungstisch lag, konnte er die Beine keine vier Sekunden lang hochhalten. Er war nicht imstande, sich mit angewinkelten oder gestreckten Knien aus dem Liegen aufzusetzen. Als ich ihn auf dieses Versagen – ein offensichtliches Zeichen für schwache Bauchmuskeln – hinwies, blieb er skeptisch.

Er war in Begleitung seiner Frau gekommen, einer zerbrechlichen, kleinen Person, die nur etwas über einen Meter fünfzig groß und weniger als 100 Pfund schwer war. «Ich habe Ihre Frau zwar nicht untersucht», sagte ich zu ihm, «da sie keine Beschwerden hat. Aber ich möchte wetten, daß ihre Bauchmuskeln stärker sind.»

Der Patient lachte und willigte in eine kleine Wette ein. Seine Frau war einverstanden, begab sich auf den Untersuchungstisch, und ohne jede Schwierigkeit konnte sie sich wiederholt aus dem Liegen aufsetzen, mit angewinkelten und mit gestreckten Knien. Als er das sah, wurde der Hafenarbeiter etwas blaß, zahlte seine Wette – und, was wichtiger war, ließ sich gerne ein Übungsprogramm verschreiben. Wenig später konnte er zu seiner Arbeit zurückkehren. Ich habe ihn in den letzten drei Jahren nicht mehr als Patient hier gesehen, aber gelegentlich ruft er mich an, um seine Dankbarkeit auszudrücken.

Ohne Frage ist die wichtigste therapeutische Einzelmaßnahme für die überwältigende Mehrheit aller Fälle von Rückenschmerz therapeutische Gymnastik. Es ist jedoch mit vielen Schwierigkeiten verbunden, Rückenschmerzpatienten soweit zu bringen, daß sie diese Tatsache anerkennen und ein Übungsprogramm durchziehen. Vor allem sind Gymnastikübungen und körperliche Betätigung nicht das gleiche, wenn sie auch oft durcheinandergebracht werden. Häufig ist die Antwort des Patienten, wenn Gymnastik empfohlen wird: «Aber ich bin doch aktiv. Ziemlich aktiv sogar.» Und dann folgt ein Vortrag über die Aktivitäten – Sport, Hausarbeit, Gartenarbeit usw.

Es stimmt, daß viele Arten von Betätigung zahlreiche Muskeln beanspruchen und sie kräftigen (manchmal soweit, daß sie sichtlich hervortreten), aber es geht hier nicht um Muskeln allgemein, sondern um ganz bestimmte Muskeln – Muskeln, die gekräftigt werden müssen, um bestimmten Anforderungen nachzukommen. Und bei Rückenschmerzpatienten, einschließlich vieler, die sonst starke Muskeln haben, sind bestimmte Muskeln – sehr oft die Unterleibsmuskeln – schwach genug, um zu Rückenschmerz zu führen.

Da ist noch ein anderes Hindernis. Es gibt Leute, denen die Gymnastik um ihrer selbst willen Spaß macht – oder vielleicht genauer, des Gefühls wegen, in bester körperlicher Verfassung zu sein, wie das durch die Übungen erreicht wird –, aber die sind in der Minderheit. Die meisten Leute sind mit anderen Dingen beschäftigt. Viele sind einfach faul. Vor Jahren fanden wir am ICD heraus, daß Patienten oft den Willen hätten, genug Gymnastik zu treiben, um ihren Schmerz loszuwerden, daß sie aber das Programm nicht lange genug durchhalten. Nachdem sie sich fest vorgenommen hatten, die schwachen Muskeln zu kräftigen, waren sie erfreut, daß ihre Leistung sie frei von Rückenschmerzen machte – aber nicht sehr viel später ließ ihr Wille nach, die gekräftigten Muskeln wurden wieder schwach, und es traten Schmerzrückfälle auf.

In all den Jahren wurden zahlreiche Übungsprogramme vorgeschlagen. Die meisten davon sind für viele Leute wirksam. Bei allen liegt die Betonung auf Übungen zur Kräftigung des Unterleibs, da die meisten Menschen mit Rückenschmerzen schwache Abdominalmuskeln haben. Einige der Programme sind auch für diejenigen gedacht, deren Bauchmuskeln stärker sind als die Rückenmuskeln; sie bieten Übungen an, die auf den speziellen Bedarf dieser Patienten zugeschnitten sind.

Aber oft waren diese Übungsprogramme ziemlich kompliziert und ritualistisch, erforderten täglich mindestens eine Stunde, oft wesentlich mehr. Es ist schwierig, Leute, die um sieben Uhr oder früher morgens aufstehen müssen, um zur Arbeit zu gehen, davon zu überzeugen, daß es ein Vergnügen ist, noch mindestens eine Stunde früher aufzustehen und die Zeit mit Gymnastik zu verbringen, und darüber hinaus noch Übungen abends vor dem Schlafengehen zu machen.

Am ICD haben wir in vieljähriger Erfahrung herausgefunden, daß die meisten Leute gewillt wären, das Übungsprogramm durchzuhalten, vorausgesetzt es ist ebenso kurz wie wirksam. Und wir haben schließlich ein Programm entwickelt, das sowohl von Patienten akzeptiert wurde als auch erfreuliche Resultate zeigt. Wir empfehlen, daß jeder Patient seine Hauptmuskelschwäche bestimmen soll, und sich dann mit ein paar Übungen daranmachen soll, die Schwäche zu überwinden. Wenn sich die Muskelkraft zu verbessern beginnt, werden statt dessen – nicht zusätzlich – andere Übungen mit größerem Kräftigungseffekt durchgeführt. Wir haben herausgefunden, daß Ersetzen eher als Hinzufügen Zeit spart und fast ebenso schnell zur Verbesserung führt wie wesentlich längere Übungsprogramme.

Ein weiteres Mittel um Zeit einzusparen ist die großzügige Kürzung der langen Aufwärm- und Abkühlperioden, die so oft in Übungsprogrammen gefordert werden. Lange Zeit glaubte man fest, daß eine relativ ausgedehnte Aufwärmperiode – in der leichtere Übungen langsam durchgeführt werden – wesentlich für die Verhütung von Verletzungen sei. Man glaubte, daß Aufwärmübungen buchstäblich die Muskeln aufwärmen und die Stoffwechselrate in den Geweben erhöhen. Sicher findet während des Aufwärmens eine gewisse Steigerung der Durchblutung statt; diese ist jedoch gering im Vergleich zu der Steigerung, die mit kräftigeren Übungen einhergeht.

Heute glauben viele Physiologen, daß ein Aufwärmen vor allem dazu dient, das Impulsfeuer der Nerven, die die Muskeln kontrollieren, in Gang zu setzen, möglicherweise durch eine geringfügige Reduzierung des Widerstandes an den Synapsen oder Verbindungsstellen zwischen einzelnen Nervenfasern und zwischen Nervenfasern und Muskeln. Dies hilft bei der Koordinierung der Muskelbewegungen, dient also im Endeffekt zur Vorbereitung des Nervensystems, und die Vorbereitung kann von großem Wert bei relativ komplizierten Muskeltätigkeiten sein, die einen hohen Koordinationsgrad erfordern, wie beispielsweise bei vielen Sportarten.

Wir haben jedoch herausgefunden, daß es zur Vorbereitung auf Übungen, die Rückenschmerzpatienten helfen sollen, nicht unbedingt notwendig ist, lange Zeit mit Aufwärmen zu verbringen. Eine bis zwei Minuten reichen aus.

Und das Aufwärmen braucht nur aus den vorsichtigsten und leichtesten Übungen zu bestehen – den Kopf von einer Seite auf die andere bewegen, den Nacken und die Schultern ausschütteln, Arme und Beine langsam anheben und lockern, Arm-, Bein- und Gesäßmuskeln straffen.

Das Abkühlen ist ein Vorgang, den Sie ohne Zweifel schon oft mitangesehen haben – zum Beispiel wenn Pferde nach einem Rennen herumgeführt werden, oder sich Sportler nach einem Lauf oder einem anderen Ereignis noch eine Zeitlang weiter bewegen. Abkühlen nach extrem heftigen Tätigkeiten hilft bei vielen, Muskelkrämpfe zu vermeiden. Offenbar brauchen es jedoch nicht alle Sportler.

Jedenfalls sind die Übungen, die Sie bei Ihrem Rückenproblem benötigen, nicht so heftig, daß sie ein längeres Abkühlen erfordern würden. Eine Minute, in der Sie wieder auf Normaltouren kommen, die gleichen Übungen wie zum Aufwärmen durchführen, genügt im allgemeinen. Nach dem Übungsprogramm hilft oft, auch wenn Sie nicht ins Schwitzen gekommen sind, ein Bad oder eine Dusche. Das warme Wasser hilft die Muskeln zu entspannen. Sie werden feststellen, daß es möglich ist, Aufwärmen, Übungen und Abkühlen innerhalb von 15 Minuten abzuwickeln – dabei gehören jeweils eine bis zwei Minuten dem Aufwärmen bzw. Abkühlen, der Rest bleibt für die eigentlichen Übungen.

Der Zeitaufwand von 15 Minuten am Morgen – und am besten das gleiche noch einmal später am Tag, entweder vor dem Schlafengehen oder wenn man dies vorzieht, vor dem Essen – ist vernünftig. Der Rückenschmerzpatient muß noch gefunden werden, der diese Zeit nicht aufbringen kann.

Gymnastische Übungen für den Rücken, die eine horizontale Position erfordern, werden im allgemeinen am besten auf einer relativ harten Unterlage durchgeführt. Man kann eine feste Matratze verwenden; noch besser ist der Fußboden mit einem Teppich darauf.
Legen Sie die Kleider bis auf die Unterwäsche ab, ziehen Sie die Schuhe, und wenn Sie wollen, die Strümpfe aus.
Führen Sie alle Übungen langsam, rhythmisch, gut koordiniert aus, machen Sie Pausen dazwischen. Vermeiden Sie ruckartige Bewegungen.
Wenn eine Übung Schmerzen verursacht, kann das daran liegen, daß Sie sie nicht richtig ausführen, oder daß sie zu schwierig ist und erst dann versucht werden sollte, wenn weniger anstrengende Übungen leicht durchgeführt werden können.
Es ist falsch, etwas vorwegzunehmen – schwierigere Übungen durchzuführen, ohne die vorherige schrittweise Steigerung durch weniger anstrengende Übungen. Es kann zum Krampf kommen, wenn Muskeln Aufgaben abverlangt werden, für die sie noch nicht kräftig genug sind. Ihr Ziel ist es, die Tendenz zum Krampf und Schmerz durch allmähliche Kräftigung der Muskeln zu überwinden.
Es ist wichtig, alle Übungen mit geöffnetem Mund und gleichmäßigem Atem durchzuführen. Halten Sie *nie* bei einer anstrengenden Übung den Atem an. Beim Atemanhalten wird die Stimmritze der Luftröhre geschlossen, wodurch die Brusthöhle zu einem geschlossenen Zylinder wird. Bei der Kontraktion der Bauchmuskeln wird auch die Bauchhöhle zu einem geschlossenen Zylinder. Dadurch kommt es in beiden Höhlen zu einer Druckerhöhung, die zu einer gefährlichen Erhöhung des Drucks im Wirbelkanal und im Gehirn führen kann.
Generell ist es ratsam, vor Beginn einer Übung einzuat-

men und dann während der Durchführung des anstrengendsten Teils der Übung auszuatmen. Das Ausatmen sollte für einen anderen, der sich im Raum befindet, deutlich hörbar sein. Eine gute Idee ist, sich auf lautes Ausatmen zu konzentrieren.

Die Übungen

Es folgen nun die Übungen, aus denen Sie *auswählen* sollen. Wir betonen *auswählen;* lassen Sie sich also nicht durch die bloße Anzahl einschüchtern. Sie werden kaum je alle auf einmal durchführen – in der Tat brauchen es auch gar nicht viele auf einmal zu sein.

Wir werden Ihnen Hinweise geben, wie Sie es anstellen können, die Übungen auszuwählen, die für Sie am geeignetsten sind – kurz, wie Sie sich Ihr eigenes Übungsprogramm zusammenstellen können.

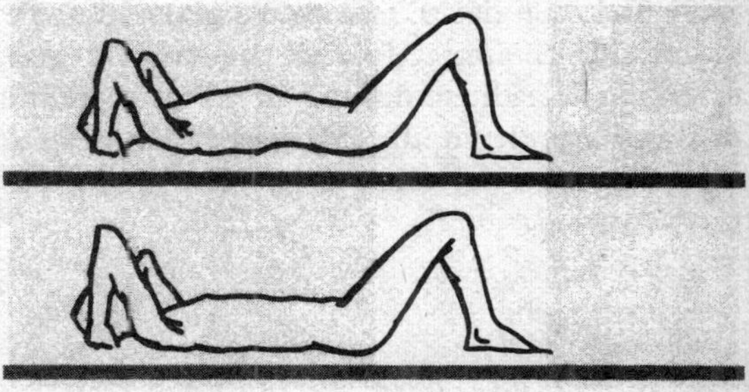

Übung 1. Schräglage des Beckens. Dies ist eine einfache aber grundlegende Übung für die Bauchmuskulatur. Legen Sie sich auf den Rücken. Pressen Sie die Gesäßmuskeln zusammen und straffen Sie die Bauchmuskeln, indem Sie den Bauch sowohl zum Rückgrat als auch zur Brust hin einziehen, während Sie den Rücken flach auf

den Boden pressen. Bleiben Sie in dieser Position ein paar Sekunden und entspannen Sie sich dann ein paar Sekunden. Einfacher ist es mit angewinkelten Knien.
Die Übung kann auch in stehender Position an einer Wand durchgeführt werden – der Rücken wird dann gegen die Wand gepreßt.
Diese Übung ist tatsächlich ein Schritt von vielen der folgenden Übungen zur Kräftigung der Unterleibsmuskulatur, und es ist wichtig, das «Gefühl» dafür zu bekommen. Dies können Sie auf einfache Weise dadurch erreichen, daß Sie sich auf den Rücken legen und eine andere Person bitten, eine Hand in die Höhlung Ihres Rückens, in den Zwischenraum zwischen Ihrem Rücken und dem Boden, zu legen. Pressen Sie die Gesäßmuskeln zusammen, straffen Sie die Bauchmuskeln und versuchen Sie, Ihr Kreuz gegen die Hand zu drücken. Wenn Sie die Bauchmuskeln anziehen kann es sein, daß sie etwas zittern, aber das ist normal bei schwachen Unterleibsmuskeln und sollte nicht beachtet werden.
Versuchen Sie, bei der Beckenschräglage die Zeit von Muskelkontraktion und Muskelentspannung möglichst gleichzuhalten. Die Entspannung ist wichtig, da während der Entspannungsphase die Muskeln von Blut durchströmt werden können, das Nährstoffe herbeiführt und Abfallprodukte wegschafft.

Übung 2. Schräglage und Kopfheben. Legen Sie sich auf den Rücken; die Knie sind dabei angewinkelt. Pressen Sie, während Sie ausatmen, die Gesäßmuskeln zusammen und straffen Sie die Bauchmuskeln, um zur Becken-

schräglage zu gelangen, und heben Sie gleichzeitig den Kopf in die Richtung der Knie. Das Heben des Kopfes sollte langsam und vorsichtig geschehen, und der Kopf sollte unter nur leichter Anstrengung so weit wie möglich hochgehoben werden.

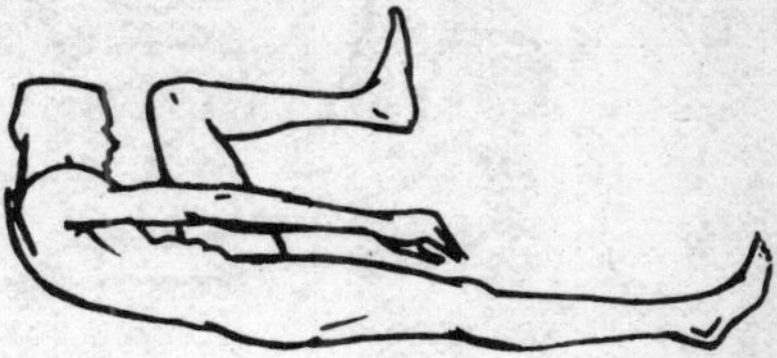

Übung 3. Der einfach Kniekuß. Wenn Sie die eben beschriebene Übung ohne Schwierigkeiten schaffen – und dabei eine gewisse Kräftigung der Unterleibsmuskeln erreicht haben –, können Sie zu dieser Übung übergehen. Auch diesmal liegen Sie mit angewinkelten Knien auf dem Rücken und führen die Beckenschräglage durch. Heben Sie dann gleichzeitig den Kopf und ein Knie, und versuchen Sie, beide so nahe wie möglich zusammenzubringen. Kehren Sie in die Ausgangsposition zurück und wiederholen Sie die Übung mit dem anderen Knie.

Übung 4. Der doppelte Kniekuß. Wenn Sie beim einfachen Kniekuß keine Schwierigkeiten mehr haben, machen Sie diese Übung. Beginnen Sie wie oben – auf dem Rücken, die Knie angewinkelt – mit der Beckenschräg-

lage, und ziehen Sie dann beide Knie an die Brust, ohne den Kopf zu heben. Halten Sie die Knie kurz so nahe wie möglich an die Brust und senken Sie sie dann langsam wieder.

Übung 5. Der doppelte Kniekuß mit angehobenem Nakken. Wiederholen Sie die Bewegungen von Übung 4, beugen Sie aber jetzt, wenn Sie die beiden angewinkelten Knie langsam so weit wie möglich an die Brust ziehen, auch den Nacken und heben Kopf und Schultern. Versuchen Sie, Kopf und Knie so nahe wie möglich zusammenzubringen.

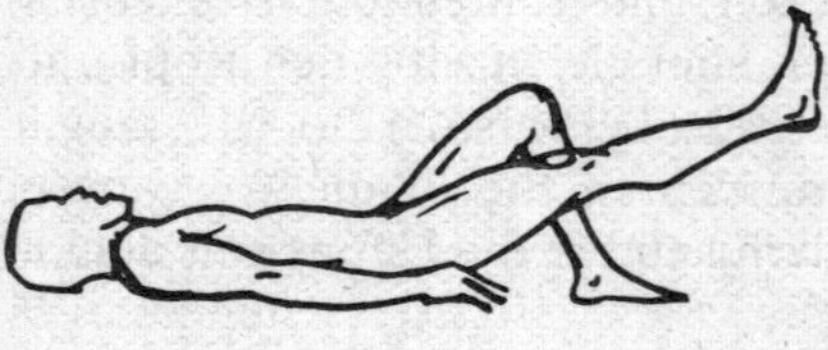

Übung 6. Anheben eines gestreckten Beines. Dies ist eine wichtige Übung zur Kräftigung des hüftbeugenden (Iliopsoas-)Muskels. Beginnen Sie, wie bei den vorausgegangenen Übungen, in Rückenlage, mit der Beckenschräglage. Heben Sie dann, während ein Bein in Hüfte und Knie angewinkelt ist, langsam das andere Bein mit gestrecktem Knie um etwa 30 Grad an. Die Bauchmuskeln, die sich für die Beckenschräglage kontrahiert haben, sollten kontrahiert bleiben, wenn der Iliopsoasmuskel das Bein anhebt.

Heben Sie das Bein um *nicht* mehr als 30 Grad an. Bei diesem Winkel übt die Schwerkraft den größten Zug auf das Bein aus. Das Anheben des Beines in die vertikale Position, also um 90 Grad, schaltet die Wirkung der Schwerkraft völlig aus und macht die Übung sehr viel weniger wertvoll zur Kräftigung des Iliopsoas.
Halten Sie das Bein etwa drei bis fünf Sekunden im 30-Grad-Winkel, und lassen Sie es dann sehr langsam wieder auf den Boden herabsinken. Wiederholen Sie die Übung mit dem anderen Bein.
Wir weisen noch einmal darauf hin, daß diese Übung – wie alle anderen – langsam und bedächtig ausgeführt werden muß. Je langsamer eine Übung durchgeführt wird, desto schwieriger ist sie und desto wirksamer. Darüber hinaus führt eine langsame Ausführung außer zu einer Verbesserung der Kraft auch zu einer Verbesserung von Ausdauer und Kondition.
Übung 6a. Anheben eines Beines mit Gewichten. Sobald Ihnen Übung 6 keine Schwierigkeiten mehr bereitet, das heißt, eine gewisse Kräftigung der Hüftbeugemuskeln eingetreten ist, kann sie – als Mittel zur Erzielung weiterer Kräftigung – schwieriger gemacht werden, indem die Füße mit Gewichten beschwert werden.
Dies kann mit Hilfe eines Übungsstiefels erreicht werden, der in Sportwarengeschäften erhältlich ist, und zu dem eine Reihe von Gewichten gehört, die daran angebracht werden können. Sie können auch normale Schuhe verwenden und einfach eine oder mehrere volle Konservendosen (mit deutlich vermerkter Gewichtsangabe auf dem Etikett) oder andere Gewichte daran befestigen.
Beginnen Sie mit einem Gewicht von einem Pfund, und steigern Sie allmählich auf fünf Pfund.

Übung 7. Aufsitzen, fortschreitend (A). Aufsitzübungen können auf verschiedene Art und Weise durchgeführt werden, so daß die Übung für den Anfang leicht gemacht

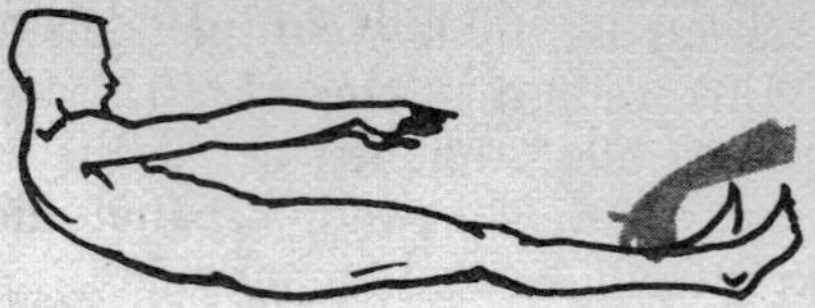

werden kann, und dann zunehmend schwieriger und effektiver. Bei allen diesen Übungen ist die Beckenschräglage der erste Schritt.
Bei der ersten und einfachsten liegen Sie auf dem Rücken; Füße und Knie sind gestreckt. Bitten Sie jemanden, Ihre Füße zu halten, oder stecken Sie sie unter ein schweres Möbelstück, wie Bett, Sofa oder Kommode. (Es gibt auch Übungsbretter und -tische mit Riemen zum Festhalten der Füße zu kaufen.) Die Arme sind parallel zum Boden ausgestreckt. Setzen Sie sich langsam auf. Vermeiden Sie ein hastiges, ruckartiges Hochschnellen, denn dies erzeugt nicht die gewünschte Wirkung. Winden Sie sich statt dessen allmählich hoch – heben Sie zuerst den Kopf, dann die Schultern, dann den Oberkörper.
Nachdem Sie die sitzende Position erreicht und sie kurz gehalten haben, lassen Sie sich langsam wieder in die Ausgangsposition zurücksinken.

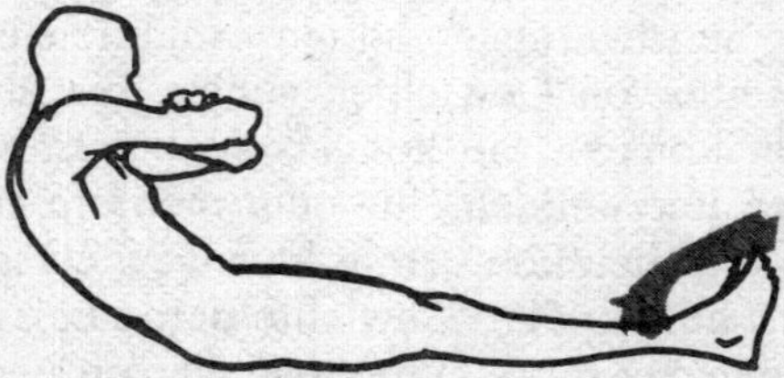

Übung 8. Aufsitzen, fortschreitend (B). Wiederholen Sie alle Bewegungen von Übung 7 – mit einem einzigen Unterschied. Sie liegen in der Ausgangsposition, die Arme sind vor dem Gesicht verschränkt, wobei jede Hand den

gegenüberliegenden Ellbogen greift. Dies erhöht die Anforderungen noch etwas, die an die Bauchmuskeln beim Erreichen der Sitzposition und beim langsamen Zurücksinken in die Ausgangsposition gestellt werden.

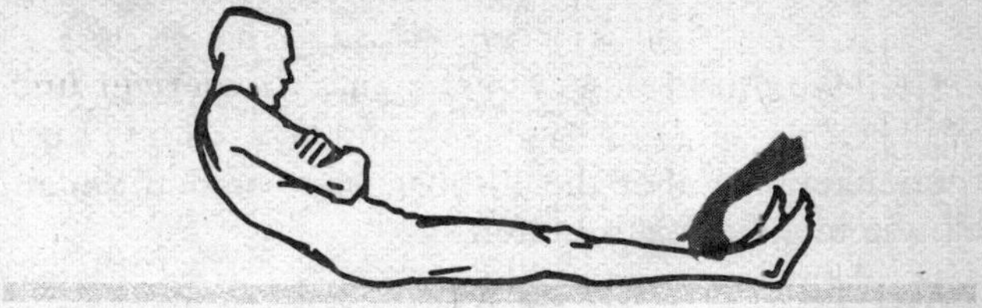

Übung 9. Aufsitzen, fortschreitend (C). Nun eine weitere Erhöhung von Schwierigkeit und Wirksamkeit der Aufsitzübungen. Verfahren Sie wie in Übung 8 – mit einem Unterschied. Die Arme sind in den Ellbogen angewinkelt, und jeder Ellbogen wird von der gegenüberliegenden Hand gefaßt, jetzt aber sollten die Unterarme die Taille berühren.

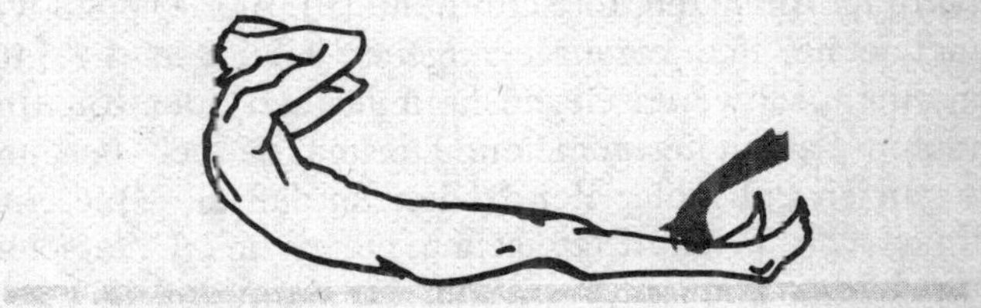

Übung 10. Aufsitzen, fortschreitend (D). Dies ist wieder ein Schritt vorwärts, erreicht durch eine Veränderung der Armposition. Halten Sie jetzt die Arme so, daß die Hände hinter dem Kopf gefaltet sind, die Unterarme an den Ohren anliegen und die Ellbogen nach vorn zeigen.

Übung 11. Aufsitzen, fortschreitend (E). Wenn Ihnen Übung 10 leichtfällt, ändern Sie die Position noch ein wenig ab. Wieder werden die Hände hinter dem Kopf gefal-

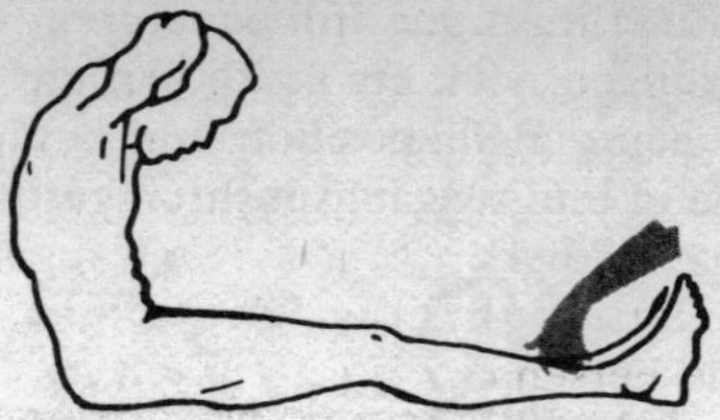

tet; strecken Sie aber die Ellbogen auf beiden Seiten so weit wie möglich nach hinten.

Übung 12. Aufsitzen, fortschreitend (F). Immer noch werden wie bei den vorausgegangenen Übungen die Füße von einem schweren Gegenstand gestützt oder von einer anderen Person festgehalten. Diesmal jedoch berühren die ganzen Fußsohlen den Boden, so daß die Knie einen Winkel von 45 Grad (zwischen Ober- und Unterschenkeln) bilden können. Verfahren Sie dann wie in Übung 11.

Übung 13. Aufsitzen, fortschreitend (G). Wie Übung 12; die Knie sind aber um 90 Grad angewinkelt.

Übung 14. Aufsitzen, fortschreitend (H). Wiederholen Sie Übung 12; diesmal mit so weit angezogenen Knien, daß die Unterschenkel den Oberschenkeln direkt anliegen, und die Fersen das Gesäß berühren.

An dieser Stelle ist eine erklärende Anmerkung fällig: Wenn Sie sich mit gestreckten Knien aufsetzen, benutzen Sie die Unterleibsmuskeln, aber mit etwas Unterstützung durch die Hüftbeugemuskeln. Beim Aufsitzen mit angewinkelten Knien (dadurch werden automatisch auch die Hüften angewinkelt) wird diese Unterstützung verringert, so daß die Abdominalmuskeln stärker beansprucht und folglich mehr gekräftigt werden. Je mehr Sie die Hüften angewinkelt halten, desto weniger Hilfe kommt von den Hüftbeugemuskeln, bis schließlich, wie in Übung 14, die Hüften vollständig angewinkelt werden und die Unterleibsmuskeln die ganze Arbeit leisten.
Und wenn Ihnen Übung 14 keine Schwierigkeiten mehr bereitet, sind Sie in der Lage, noch anspruchsvollere Übungen für die Unterleibsmuskeln durchzuführen.

Übung 15. Aufsitzen, fortschreitend (I). Beginnen Sie mit der gleichen Ausgangsposition wie in Übung 11. Die Hände sind hinter dem Kopf gefaltet, die Ellbogen auf

beiden Seiten so weit wie möglich nach hinten gedrückt. Die Füße werden festgehalten und sind geradeaus gerichtet, die Knie gestreckt.
Drehen Sie jetzt Ihren Oberkörper, so daß Arme und Schultern nach rechts gewandt sind. Setzen Sie sich auf, und halten Sie dabei ständig den Oberkörper in gedrehter Position; kehren Sie dann in die Ausgangsposition zurück. Wiederholen Sie die Übung, diesmal den Oberkörper nach links gedreht.
Mit dieser Übung kräftigen Sie die Querfasern der Unterleibsmuskeln.

Übung 16. Aufsitzen, fortschreitend (J). Kehren Sie wieder zur Ausgangsposition von Übung 11 zurück – Hände hinter dem Kopf gefaltet, Ellbogen auf beiden Seiten nach hinten gedrückt, Füße festgehalten, Knie gestreckt. Halten Sie jetzt jedoch ein 1-Pfund-Gewicht – zum Beispiel eine Konservendose – zwischen den gefalteten Händen.
Wenn Sie diese Übung mit einem 1-Pfund-Gewicht ohne Schwierigkeiten schaffen, erhöhen Sie das Gewicht auf 2 Pfund und dann schrittweise auf 5 Pfund.

Übung 17. Aufsitzen, fortschreitend (K). Übung 12 mit Gewichten – zuerst 1 Pfund, dann schrittweise erhöhen auf 5 Pfund.

Übung 18. Aufsitzen, fortschreitend (L). Übung 13 mit Gewichten – zuerst 1 Pfund, dann schrittweise erhöhen auf 5 Pfund.

Übung 19. Aufsitzen, fortschreitend (M). Übung 14 mit Gewichten – zuerst 1 Pfund, dann schrittweise erhöhen auf 5 Pfund.

Übung 20. Aufsitzen, fortschreitend (N). Übung 15 mit Gewichten – zuerst 1 Pfund, dann schrittweise erhöhen auf 5 Pfund.

Übung 21. Aufsitzen, fortschreitend (O). Führen Sie Übung 7 durch, mit dem Unterschied, daß jetzt die Füße nicht festgehalten werden. Sie sollten dazu in der Lage sein, wenn Sie alle vorausgegangenen Aufsitzübungen ohne Schwierigkeiten schaffen. Wenn es Ihnen an diesem Punkt nicht gelingt, Übung 7 ohne Unterstützung der Füße durchzuführen, kehren Sie zu Übung 20 zurück und fahren Sie eine Zeitlang mit dieser Übung fort; dann versuchen Sie es noch einmal.

Übung 22. Aufsitzen, fortschreitend (P). Wenn Sie bei Übung 21 keine Schwierigkeiten mehr haben, können Sie dazu übergehen, die anderen Aufsitzübungen – 8 bis 20 – ohne Unterstützung der Füße durchzuführen.

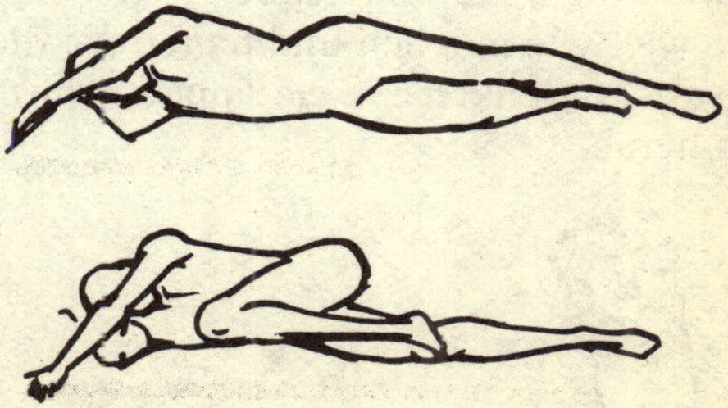

Übung 23. Knie an die Brust, seitlich. Legen Sie sich auf die Seite, das dem Boden zugewandte Bein etwas angewinkelt, das obere Bein gestreckt. Bringen Sie das obere

Bein zum Kopf, den Kopf zum Bein. Versuchen Sie, beide so nahe wie möglich zusammenzubringen. Wiederholen Sie die Übung auf der anderen Seite liegend, mit dem anderen Bein.

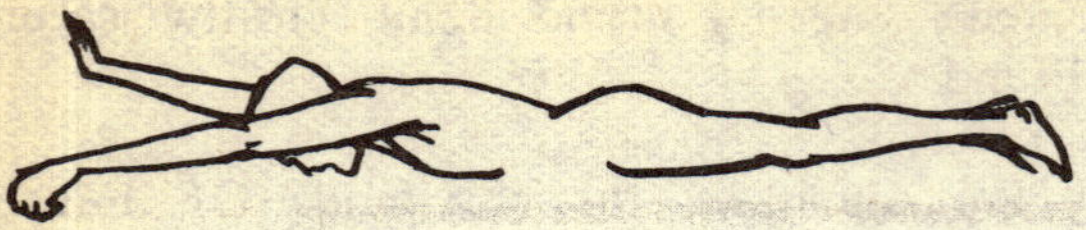

Übung 24. Anheben eines Armes. Legen Sie sich auf den Bauch, ein Kissen unter den Hüften. Heben Sie einen Arm so weit wie möglich gestreckt über den Kopf, der Ellbogen ist dabei gestreckt. Entspannen Sie sich. Wiederholen Sie die Übung mit dem anderen Arm.

Übung 25. Anheben beider Arme. Nehmen Sie die gleiche Ausgangsposition wie für Übung 24 ein, auf dem Bauch, ein Kissen unter den Hüften. Heben Sie beide Arme gleichzeitig so weit wie möglich und halten Sie die Ellbogen dabei gestreckt. Senken Sie sie langsam in die Ausgangsposition herab.

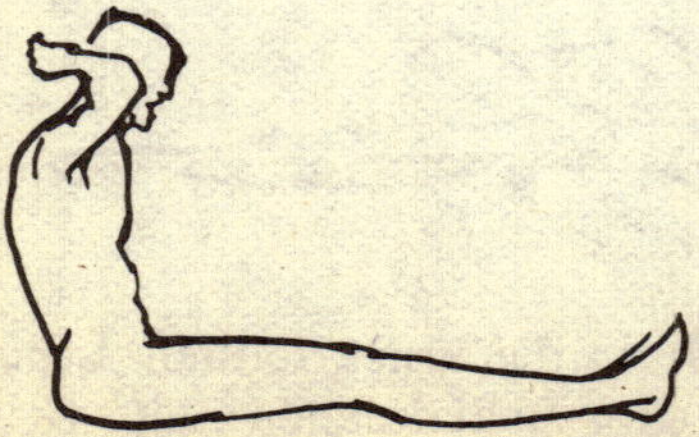

Übung 26. Anheben von Kinn und Brust. Legen Sie sich auf den Bauch, beide Hände hinter dem Kopf. Heben Sie langsam Kinn und Brust so weit wie möglich. Kehren Sie langsam in die Ausgangsposition zurück. Wenn Sie dies leicht schaffen, wiederholen Sie die Übung mit einem 1-Pfund-Gewicht zwischen den Händen und steigern Sie das Gewicht schrittweise auf 5 Pfund.

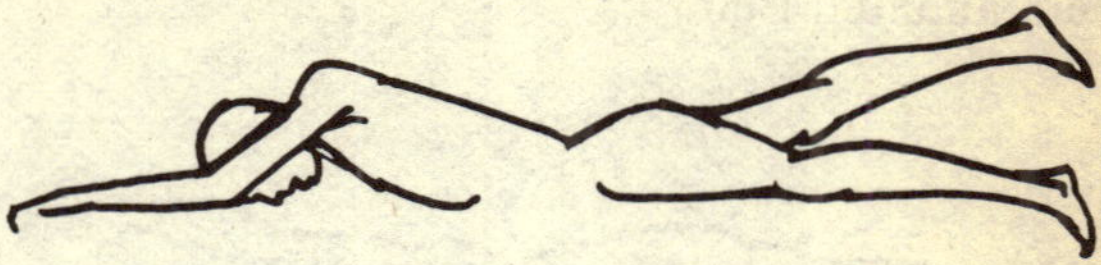

Übung 27. Anheben eines Beines in Bauchlage. Liegen Sie auf dem Bauch, ein Kissen unter den Hüften, heben Sie ein Bein so weit wie möglich hoch, und halten Sie dabei das Knie gestreckt. Wiederholen Sie das ganze mit dem anderen Bein. Wenn Sie diese Übung auf einem Bett oder auf einer auf den Boden gelegten Matratze durchführen, können Sie die Matratze dabei mit beiden Händen greifen.

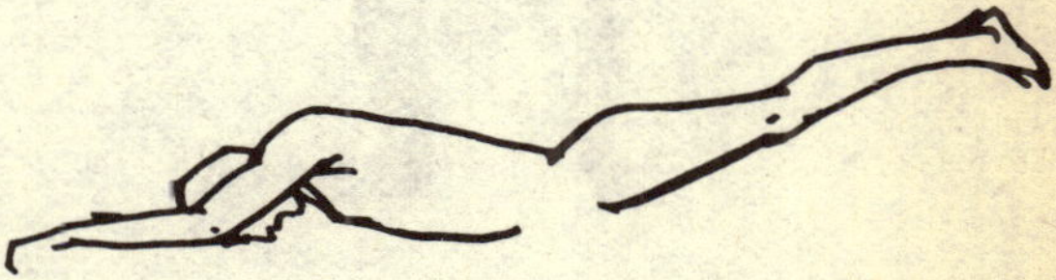

Übung 28. Anheben beider Beine in Bauchlage. Wiederholen Sie Übung 27, aber heben Sie jetzt beide Beine gleichzeitig so weit wie möglich.

Übung 29. Anheben eines Armes und eines Beines in Bauchlage. Liegen Sie auf dem Bauch, ein Kissen unter den Hüften. Heben Sie einen Arm gestreckt über den

Kopf und das gegenüberliegende Bein so weit wie möglich. Wiederholen Sie die Übung mit dem anderen Arm und dem anderen Bein.

Übung 30. Anheben beider Arme und beider Beine in Bauchlage. Liegen Sie wieder auf dem Bauch, ein Kissen unter den Hüften, heben Sie beide Arme und beide Beine gleichzeitig so weit wie möglich an.

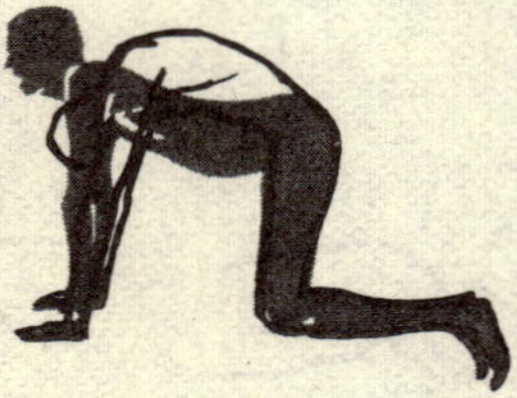

Übung 31. Katzenbuckel. Knien Sie auf dem Boden, mit den Händen nach vorne abgestützt. Krümmen Sie den Rücken wie eine Katze, ziehen Sie dabei den Bauch so stark ein, daß er zittert, und senken Sie gleichzeitig den Kopf, so daß Sie Ihre Leistengegend sehen können. Halten Sie dann den Kopf nach oben und blicken zur Decke, so weit wie möglich; Sie sollten dabei ein Ziehen in den Rückenmuskeln verspüren.

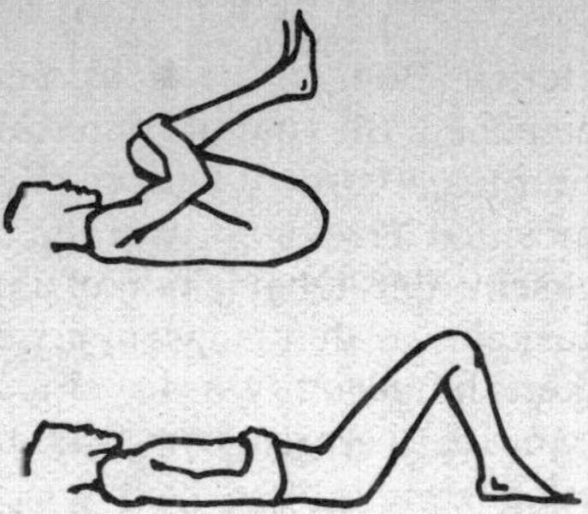

Übung 32. Dehnen des Rückens. Legen Sie sich auf den Rücken, bringen Sie mit beiden Händen die Knie nahe an die Brust, und drücken Sie dann kurz die Knie an die Brust. Senken Sie dann, immer noch mit angewinkelten Knien und Hüften, die Fußsohlen auf den Boden.

Übung 33. Dehnen der Kniesehnen. Stehen Sie aufrecht, halten Sie die Hände hinter dem Gesäß, strecken Sie den Nacken und blicken Sie geradeaus. Beugen Sie sich langsam in der Taille nach vorne, wobei die Augen immer nach vorne blicken und der Kopf so weit wie möglich nach oben gerichtet ist. Beugen Sie sich vor, so weit Sie können, aber versuchen Sie nicht, sich durch Hinabdrücken noch weiter nach vorn zu beugen. Wenn Sie Ihre maximale Beugeposition erreichen, werden Sie ein Ziehen auf der Rückseite der Oberschenkel und der Knie verspüren. Die Muskeln werden langsam gedehnt. Ein gewaltsames Drücken hingegen würde eine schützende Kontraktion der Muskeln verursachen, was die dehnende Wirkung der Übung zum großen Teil wieder zunichte machen würde. Diese Übung, die oft am Tag wiederholt werden kann, führt schnell und wirksam zur Dehnung der Kniesehnen.

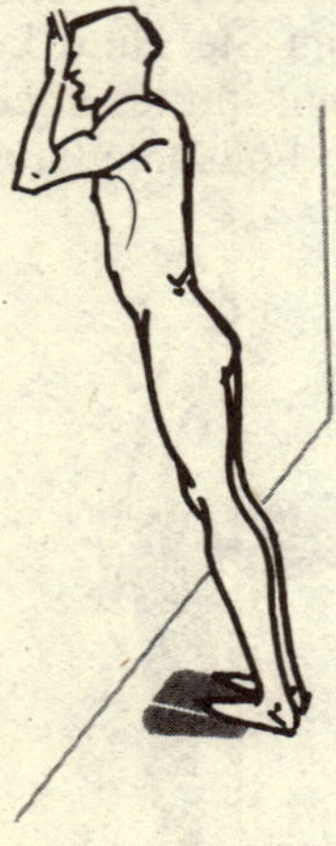

Übung 34. Dehnung der Fersenbänder. Zu straffe Fersenbänder oder Achillessehnen können manchmal am Rükkenschmerz beteiligte Faktoren sein, vor allem bei Frauen, die längere Zeit Schuhe mit hohen Absätzen getragen haben. In solchen Fällen hilft das Dehnen der Fersenbänder.

Legen Sie nahe bei einer Wand Bücher auf den Boden, so daß sie eine etwa 5 cm hohe Plattform bilden. Stellen Sie sich so, daß die Fersen den Boden berühren und die Zehenballen sich auf der Plattform befinden. Halten Sie Knie, Hüften und Rücken gestreckt und beugen Sie sich in den Knöcheln nach vorn, bis das Gesicht die Wand berührt.

Das Vorbeugen der Knöchel sollte langsam und vorsichtig geschehen, so daß eine gleichmäßige Dehnung der Sehnen ermöglicht wird.

Übung 35. Bodenberühren. Nehmen Sie die gleiche Ausgangsposition ein wie für Übung 33, aufrecht stehend, die Hände hinter dem Gesäß, den Nacken emporgereckt, den Blick geradeaus gerichtet. Lassen Sie nun Kopf und Nakken nach unten sinken, und beugen Sie sich nach vorne, dem Fußboden zu. Sie fühlen dabei ein Ziehen in den Kniesehnen. Drücken Sie nicht; strecken Sie sich nur aus. Manche Leute können den Boden mit den Handflächen berühren; jeder sollte in der Lage sein, ihn mit den Fingerspitzen zu erreichen.

Übung 36. Beugen über den Tisch, in Bauchlage. Beugen Sie den oberen Teil des Körpers über den Rand eines festen Tisches, so daß sich die Tischkante in der Leistengegend befindet. Greifen Sie den Tisch mit den Händen und heben Sie, die Knie bleiben dabei gestreckt, langsam den unteren Teil des Körpers an, bis die Beine parallel

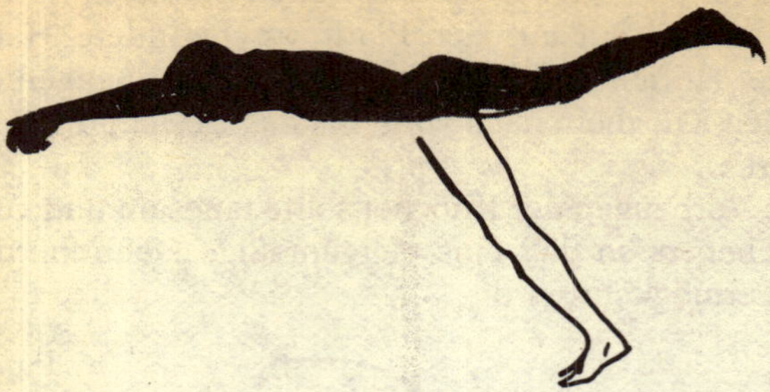

zur Tischfläche nach hinten von Ihnen weg zeigen. Bleiben Sie in dieser Position fünf Sekunden, und senken Sie dann die Beine langsam in die Ausgangsposition zurück.

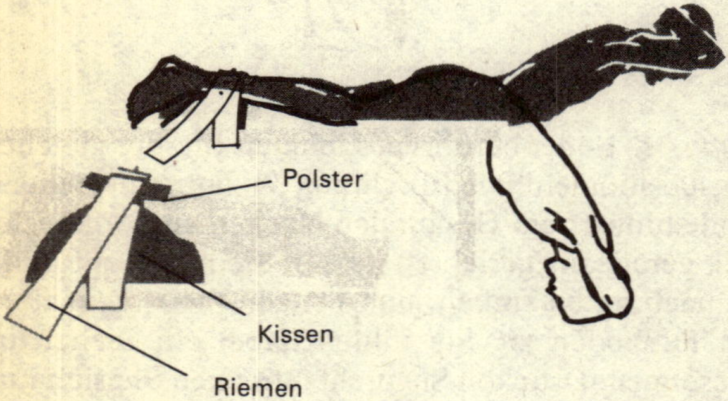

Übung 37. Beugen über den Tisch mit festgehaltenen Füßen. Legen Sie sich mit der unteren Körperhälfte bäuchlings auf einen Tisch, die Tischkante in der Leistengegend; Oberkörper und Arme sind zum Boden hinabgebeugt. Lassen Sie jemanden Ihre Füße festhalten, und heben Sie Rücken und Arme, bis sich Ihr Oberkörper parallel zur Tischfläche oder höher befindet.

Wenn Sie den Kraus-Weber-Test Nr. 1 (siehe Seite 86) nicht schaffen, haben Sie schwache Hüftflexoren. Die Übungen 1 bis 6a dienen zur Kräftigung der Flexoren und sollten in Ihr Programm mit einbezogen werden.
Wenn Ihnen der Kraus-Weber-Test Nr. 2 (siehe Seite 86) Schwierigkeiten bereitet, haben Sie schwache Hüftbeugemuskeln und schwache Unterleibsmuskeln. Zu Ihrem Programm sollten dann die Übungen 1 bis 22 gehören.
Wenn Sie den Kraus-Weber-Test Nr. 3 (siehe Seite 87) nicht schaffen, haben Sie schwache Unterleibsmuskeln. Unsere Erfahrung hat gezeigt, daß Sie sie am besten kräftigen können, wenn Ihr Programm die Übungen 4 bis 22 enthält.
Wenn Sie den Kraus-Weber-Test Nr. 4 (siehe Seite 87) nicht bestehen, sind die Muskeln Ihres oberen Rückens schwach. Ihr Programm sollte die Übungen 23, 24, 25, 26, 29, 30, 31 und 37 enthalten.
Wenn Sie beim Kraus-Weber-Test Nr. 5 (siehe Seite 88) Schwierigkeiten haben, sind die Muskeln Ihres unteren Rückens schwach. Zu Ihrem Programm sollten die Übungen 23, 27, 28, 29, 30, 31 und 36 gehören.
Wenn Sie den Kraus-Weber-Test Nr. 6 (siehe Seite 88) nicht schaffen, mangelt es Ihnen an Flexibilität der Kniesehnen und der Rückenmuskeln, und Sie sollten die Übungen 3, 4, 5, 23, 32, 34 und 35 in Ihr Programm mit einbeziehen
Wenn Sie bei mehr als einem Kraus-Weber-Test Schwierigkeiten haben, sollte Ihr Programm die entsprechenden Übungen für Ihre speziellen Schwächen enthalten. Wenn Sie zum Beispiel die Tests 1, 2 und 3 nicht bestehen, sollten Sie mit den Übungen beginnen, die für den Fall des Versagens in Test 1 empfohlen werden, dann zu den Übungen übergehen, die für den Fall empfohlen werden, daß Sie in Test 2 versagen und schließlich zu denen für

Test 3. Wenn Sie irgendeinen der Tests 1, 2 oder 3 und außerdem Test 4 oder 5 nicht schaffen, sollten Sie zuerst die Übungen für 1, 2 oder 3 zu Ende führen, bevor Sie sich an die für 4 oder 5 machen. Mit anderen Worten, wenn Sie irgendeine Kombination von Kraus-Weber-Tests nicht schaffen, führen Sie zunächst die Übungen durch, die für das Nichtbestehen der Tests mit den niedrigsten Nummern empfohlen werden und gehen dann zu denen mit den höheren Nummern über.

Wie geht man vor?

Ihr Übungsprogramm sollte nicht mehr als 15 Minuten zweimal täglich in Anspruch nehmen – einmal morgens und einmal später am Tag, zu dem Zeitpunkt, den Sie am passendsten finden.

Am Anfang, am ersten Tag oder vielleicht während der ersten paar Tage, sollten Sie experimentieren. Beginnen Sie mit der ersten Übung Ihres Programms. Wenn Sie sie fünfmal ohne Schwierigkeiten schaffen, gehen Sie zur nächsten über. Wenn Sie auch diese fünfmal ohne Schwierigkeiten schaffen, haben Sie am ersten Tag, immer noch innerhalb der 15 Minuten, genug Zeit, weitere Übungen auszuprobieren. Wiederholen Sie exakt die gleiche Prozedur in der zweiten Übungssitzung später am Tag. Sie wollen Ihr optimales Niveau erreichen, aber das hat Zeit.

Am nächsten Tag beginnen Sie mit jeweils fünf Wiederholungen der beiden letzten Übungen, die Sie tags zuvor durchgeführt haben, dann gehen Sie zu der nächst schwierigeren über. Wenn Sie dann – an diesem Tag oder am darauffolgenden oder wann auch immer – zu einer Übung kommen, die Sie nicht oder nur unter Schwierigkeiten fünfmal hintereinander schaffen, dann sind Sie an Ihrem Ausgangspunkt angekommen.

Von diesem Punkt an verfahren Sie folgendermaßen: Beginnen Sie Ihre Übungssitzung mit je fünf Wiederholungen der beiden Übungen, die der schwierigen Übung unmittelbar vorausgehen (die letztere können wir jetzt als die «Schlüsselübung» bezeichnen). Wiederholen Sie die Schlüsselübung so oft Sie können, und beenden Sie dann Ihre Übungssitzung mit je drei Wiederholungen der beiden vorhergehenden Übungen in umgekehrter Reihenfolge. Machen Sie genau das gleiche in der zweiten Übungssitzung später am Tag.

Am nächsten Tag beginnen Sie wieder mit je fünf Wiederholungen der beiden Übungen, die der Schlüsselübung unmittelbar vorausgehen, dann wiederholen Sie die Schlüsselübung so oft Sie können, und schließlich wiederholen Sie je dreimal die beiden vorhergehenden Übungen in umgekehrter Reihenfolge.

Wenn Sie die Schlüsselübung fünfmal nacheinander ohne Schwierigkeit schaffen, können Sie zu der nächst schwierigeren übergehen. Und Sie können jetzt Ihre Sitzung mit fünf Wiederholungen der Übung beginnen, die der früheren Schlüsselübung unmittelbar vorausging, gefolgt von fünf Wiederholungen der nächst schwierigeren.

Führen Sie eine Übung *immer*, egal mit wie vielen Wiederholungen, langsam und bedächtig aus. Halten Sie die Position fünf Sekunden und entspannen Sie sich dann langsam. Gönnen Sie sich zwischen den einzelnen Wiederholungen Ruhe, wobei eine Ruhepause so viel Zeit in Anspruch nehmen sollte wie die Übung selbst.

Auf diese Weise können Sie in progressiver Reihenfolge alle Übungen durchmachen, die zur Korrektur einer Schwäche, wie sie in einem der Kraus-Weber-Tests zutage tritt, erforderlich sind. Wenn Sie mehr als einen der Tests nicht bestanden haben, können Sie jetzt damit beginnen, eine zweite Schwäche zu korrigieren, und verfahren dabei in der gleichen Weise. Sie werden jetzt jedoch bestrebt sein, die Muskelkraft, die Sie aufgebaut haben,

auch zu bewahren. Eröffnen Sie deshalb jede Sitzung mit je fünf Wiederholungen der letzten drei – am meisten beanspruchenden – Übungen, die Sie zur Erreichung dieser Kraft angewandt haben. Fahren Sie dann mit den Übungen zur Korrektur der zweiten Schwäche fort.
Wenn Sie alle Schwächen korrigiert haben, die ursprünglich durch die Kraus-Weber-Tests aufgezeigt wurden, können Sie die erreichte Kraft aufrechterhalten, indem Sie in jeder Übungssitzung die letzten drei – anspruchsvollsten – Übungen jeder Kategorie je fünfmal wiederholen. Und wenn Sie aufgrund der Anforderungen Ihrer Arbeit und anderer Tätigkeiten Ihre Kraft darüber hinaus erhöhen müssen, können Sie dies erreichen, indem Sie die Anzahl der Wiederholungen jeder Übung steigern – auf acht, zehn, fünfzehn oder noch mehr. Wenn nötig, können Sie innerhalb der angewiesenen 15-Minuten-Periode bleiben, indem Sie die leichteste Übung jeder Gruppe weglassen und dafür die Zahl der Wiederholungen der beiden anspruchsvollsten erhöhen.

Wenn Sie alle Tests schaffen

Die Kraus-Weber-Tests sind – wir haben bereits darauf hingewiesen – Tests der *minimalen* Muskelkraft. Umfassende Erfahrung hat gezeigt, daß die meisten Menschen, die wenigstens das in den Tests geforderte Niveau an Muskelkraft und -flexibilität besitzen, wenig oder keine Rückenschmerzen haben, während diejenigen, die einen oder mehrere der Tests nicht bestehen, häufig zu Rückenschmerzen neigen.
Aber Tatsache ist auch, daß Leute, die einen oder mehrere oder sogar alle Tests nicht bestehen, nicht unbedingt an Rückenschmerzen leiden, und andere wiederum, die sie alle mit Leichtigkeit schaffen, Rückenprobleme haben. An all dem ist, wie wir ebenfalls betont haben, über-

haupt nichts Geheimnisvolles. Wenn das Leben, das ein Mensch führt, so beschaffen ist, daß an die Muskeln sehr wenig Anforderungen gestellt werden, kann es sein, daß auch recht schwache Muskeln ausreichen. Wenn andererseits die Lebensweise bedingt, daß beträchtliche Anforderungen an die Muskeln gestellt werden, – sei es durch die Arbeit, durch bestimmte Freizeitbeschäftigungen oder andere Tätigkeiten, egal ob diese Tätigkeiten häufig oder nur sporadisch durchgeführt werden – dann kann es sein, daß mehr Kraft und Flexibilität erforderlich ist, als zum Bestehen der Tests benötigt wird.

Wenn Sie an Rückenschmerz leiden und die Tests schaffen, und wenn Sie noch keine gründliche ärztliche Untersuchung hinter sich haben, ist es ratsam, eine solche Untersuchung durchführen zu lassen. Mit ziemlicher Wahrscheinlichkeit wird sie zeigen, daß Übungen erforderlich sind, die die Muskelkraft und -flexibilität über das Niveau hinaus erhöhen, das zum Bestehen der Tests nötig ist.

Vielleicht haben Sie einen solchen Bedarf schon vermutet – aufgrund der Kenntnisse, die Sie bereits über Ihre Lebensweise und die Anforderungen hatten, die sie, sei es tagtäglich oder nur gelegentlich, an die Muskelkraft und -flexibilität stellt, oder aufgrund einer erneuten, genaueren Betrachtung dieser Lebensweise.

Wenn der Bedarf vorhanden ist, können Sie Gebrauch von den Übungen machen, die in diesem Kapitel angegeben sind. Wahrscheinlich ist es das beste, mit den Übungen zur Kräftigung der Unterleibsmuskulatur zu beginnen, diese in progressiver Reihenfolge durchzunehmen. Dabei können Sie bei den früheren, leichteren Übungen entsprechend rasch verfahren. Sie können bei den fortgeschritteneren Übungen zum weiteren Ausbau der Kraft die Zahl der Wiederholungen erhöhen. Und Sie können auf die gleiche Weise mit den Übungen für andere Muskeln fortfahren.

Übungen mit einem Gürtel (freiwillig)

Manche Rückenschmerzpatienten verwenden zusätzlich zum Übungsprogramm gerne einen beschwerten Gürtel, um so den ganzen Tag lang zu «unwillkürlichen» Übungen zu kommen.

Durch einen beschwerten Gürtel wird der Schwerpunkt des Körpers verlagert. Um das Gleichgewicht zu erhalten, muß der Körper dann reflexartig bestimmte Muskeln mit ins Spiel bringen. Wenn das Gewicht am Gürtel sich im Rücken befindet, müssen die Bauchmuskeln Arbeit leisten, um das Gleichgewicht zu halten; befindet sich das Gewicht vorne, so müssen die Rückenmuskeln arbeiten.

Die Gürtel haben im allgemeinen Abteile, in denen kleine Päckchen, die zum Beispiel mit Sand gefüllt sind und Gewichtsmarkierungen haben, getragen werden können. Ein solcher Gürtel kann unter der Kleidung getragen werden. Und viele Benutzer tragen ihn den ganzen Tag, sowohl bei der Arbeit als auch am Wochenende zu Hause.

Ein häufiger Fehler ist, den Gürtel mit zu viel Gewicht zu beladen. Ein Gewicht, das früh am Morgen sehr leicht, viel zu leicht, scheint, kann im Verlauf des Nachmittags unerträglich schwer erscheinen – denn durch das Tragen eines Gürtels werden an die Muskeln konstante Anforderungen gestellt, bei wenig oder überhaupt keiner Entspannung. Manche Patienten geben tatsächlich dem Gewicht nach, anstatt ihre Muskelkraft dagegen zu stellen, und dies kann zu verstärktem Schmerz führen.

Wenn Sie einen solchen Gürtel tragen wollen, sollten Sie mit dem minimalen Gewicht anfangen – nicht mehr als ein halbes Pfund – und es schrittweise erhöhen. Es ist ratsam, den Gürtel zunächst an einem Wochenende zu tragen, so daß er, wenn erforderlich, sofort abgenommen werden kann.

14. Kapitel

Sport und andere Tätigkeiten, die gut für den Rücken und die allgemeine Gesundheit sind

Wenn es Ihnen allmählich gelingt, mit Hilfe der aus der Liste in Kapitel 13 ausgewählten Übungen die für den Rückenschmerz verantwortlichen Muskeln zu kräftigen, haben Sie vielleicht das Bedürfnis, zur Teilnahme an einer Ihrer Lieblingssportarten zurückzukehren. Falls Sie noch keine solche haben, wäre es eine ausgezeichnete Idee, sich nach einer umzusehen.

Richtig angewandt und ausgeübt, brauchen Sport und andere körperliche Tätigkeiten nicht nur nicht zu einem Wiederauftreten der Rückenschmerzen zu führen; sie können durch weitere Kräftigung der kritischen Muskeln und durch die Erlösung und Befreiung von seelischer und körperlicher Anspannung, für die sie sorgen, viel dazu beitragen, die Wahrscheinlichkeit eines erneuten Auftretens der Schmerzen noch mehr zu reduzieren.

Und – auf das Risiko hin, eine Botschaft zu wiederholen, die die meisten von uns schon oft gehört haben, und dennoch wenig in dieser Richtung tun – wir müssen um der allgemeinen Gesundheit willen dringend mehr Sport treiben.

Wir haben eine Gesellschaft von fast unglaublich «sitzender» Lebensweise, und wir bezahlen für diese Lebensweise einen hohen Preis, sowohl in bezug auf den Rükkenschmerz, der so häufig durch unzulängliche Muskulatur verursacht wird, als auch in bezug auf die allgemeine Gesundheit.

Der Mangel an körperlicher Betätigung scheint ein wesentlicher Faktor bei der hohen Anzahl von Herzinfarkten sowie bei der Tödlichkeit solcher Herzinfarkte zu sein. Mangelnde körperliche Bewegung trägt auch zu anderen Problemen bei: Übergewicht und das erhöhte Risiko von Bluthochdruck, Diabetes und anderen schweren Störungen, die oft mit Übergewicht einhergehen; Schlaganfälle, die auf die Verstopfung von Gehirnarterien zurückzuführen sind.

Zahlreiche Untersuchungen haben gezeigt, daß körperlich aktive Menschen weit weniger zu Herzinfarkten neigen. In England wurde nachgewiesen, daß Busschaffner, die sich in doppelstöckigen Bussen hin und her und auf und ab bewegen müssen, um das Fahrgeld zu kassieren, seltener an Herzattacken leiden als Busfahrer, die immer auf einem Platz sitzen müssen. Eine Studie bei Beschäftigten der amerikanischen Eisenbahn hat ergeben, daß die sitzenden Büroangestellten doppelt so häufig Herzattacken erleiden wie die Arbeiter auf dem Rangierbahnhof. Dutzende weiterer vergleichender Untersuchungen über aktive und nichtaktive Leute kamen zum gleichen Resultat.

Man hört viel über Cholesterin als ein Faktor bei Herzinfarkten, und es gibt alle Gründe, sich beim Essen cholesterinreicher Nahrungsmittel zurückzuhalten und nicht zu viel fetthaltige Speisen zu sich zu nehmen. Dennoch ist eine spezielle Untersuchung erwähnenswert: Forscher der Harvard University untersuchten 700 Bostoner irischer Abstammung und verglichen sie mit ihren Brüdern, die in Irland geblieben waren. Die Sterblichkeitsrate aufgrund von Erkrankungen der Herzkranzgefäße war bei den Bostonern doppelt so hoch wie bei ihren Brüdern in Irland – obwohl diese mehr Eier, mehr Butter und mehr andere Fette aßen. Trotz dieses höheren Verbrauchs hatten sie jedoch niedrigere Blutcholesterinspiegel. Und obwohl sie durchschnittlich 400 kcal täglich mehr zu sich nahmen als ihre Bostoner Gegenspieler, wogen die Männer in Irland im Durchschnitt 10 Prozent weniger. Sie hatten mehr körperliche Betätigung, und ihre niedrigeren Cholesterinspiegel und ihr geringeres Gewicht deuteten darauf hin, daß physische Aktivität sowohl Kalorien verbraucht als auch einen günstigen Einfluß auf den Cholesterinspiegel des Blutes hat.

Die Schuld an Übergewicht wird im allgemeinen einer übermäßigen Nahrungsaufnahme zugeschrieben. Dennoch ist sehr oft die Aufnahme nur in bezug auf den Verbrauch übermäßig. Wenn man 3500 kcal mehr zu sich nimmt als verbraucht, nimmt man ein Pfund an Körpergewicht zu. Wenn die körperliche Betätigung praktisch gleich Null ist, bedarf es fast einer Hungerdiät, um die überflüssigen Pfunde loszuwerden, und im Anschluß daran einer sehr eingeschränkten Nahrungsaufnahme, um das richtige Gewicht zu halten. Sehr viel angenehmer ist es, die Nahrungsaufnahme zu mäßigen und dennoch Freude am Essen zu haben, während die körperliche Betätigung gesteigert wird – und die gesteigerte Aktivität hilft nicht nur, schlank zu werden, sondern führt auch dazu, daß man sich körperlich fit und gesund fühlt.

Vor kurzem warf der President's Council of Physical Fitness and Sports in seinem *Physical Fitness Research Digest* einen Blick auf das Ergebnis einiger hundert Untersuchungen über den Zusammenhang zwischen körperlicher Betätigung und der Erkrankung der Herzkranzgefäße und über die Mechanismen, über die körperliche Betätigung möglicherweise das Auftreten und die Intensität der Krankheit reduzieren kann.

Er kam zu folgendem Ergebnis: An positiven Effekten kann körperliche Aktivität auf der einen Seite die Anzahl der zusätzlichen Blutgefäße *erhöhen,* die den Herzmuskel versorgen (außer im Fall der Erkrankung eines der Hauptblutgefäße); sie kann außerdem die Größe der Gefäße und folglich die Menge der Nährstoffe, die zum Herzmuskel transportiert werden können, *erhöhen;* und sie kann die Effizienz des Herzmuskels *erhöhen* sowie die

Fähigkeit, mehr Arbeit bei weniger Anstrengung zu leisten. Sie kann auch die Effizienz des Rückflusses von Blut aus den Extremitäten zum Herzen *erhöhen,* den Sauerstoffgehalt des arteriellen Blutes und die Fähigkeit der Blutbestandteile zur Reduzierung oder Auflösung von Gerinnseln, die sonst vielleicht ein Gefäß blockieren könnten, das den Herzmuskel versorgt. Und schließlich kann sie auch die Widerstandskraft gegenüber Streß, die Besonnenheit der Lebensweise und die Freude am Leben *erhöhen.*

Auf der anderen Seite – ebenfalls durchwegs positive Effekte – *senkt* körperliche Betätigung den Cholesterin- und Triglyzeridspiegel im Blut, die Herzschlagfrequenz, den Blutdruck, die Verklumpungstendenz der Blutbestandteile, die Anfälligkeit des Herzens gegenüber abnormen Rhythmen, Übergewicht und die Belastung, die mit psychischem Streß einhergeht.

Der Rücken und die Sache mit der Ausdauer

Eine wünschenswerte Eigenschaft der Muskeln ist Kraft, eine andere ist Ausdauer – die Fähigkeit, nicht nur Leistung zu vollbringen, sondern diese über längere Zeit zu vollbringen. Obgleich sich mit der Steigerung der Kraft oft auch die Ausdauer bis zu einem gewissen Grad steigert, hängt ihre Entwicklung in erster Linie von Tätigkeiten ab, die, statt einfach einiger Wiederholungen, kontinuierliche Anstrengung erfordern. Während das Übungsprogramm, das Sie aus der in Kapitel 13 beschriebenen Reihe auswählen, Ihre Muskelkraft steigert, können und sollten Sie daher durch Sport und/oder andere Tätigkeiten Ihre Ausdauer verbessern.

Diese Tätigkeiten brauchen nicht unbedingt kontinuierliche maximale Anstrengung zu umfassen. Zu Beginn sollte die Anstrengung minimal sein; sie sollte aber mehr als

nur ein paar Sekunden oder auch nur eine oder zwei Minuten dauern. Das beste ist, die Zeit am Anfang auf fünf bis zehn Minuten zu beschränken. Später kann die Zeit dann auf 20 Minuten oder sogar mehr ausgedehnt werden, und auch die Anstrengung kann allmählich gesteigert werden.
Tatsächlich ist es die kontinuierliche, ausdauernde Anstrengung, die zählt, wenn es darum geht, eine effektive Lungen- und Herzfunktion und einen gesunden Kreislauf zu fördern.
Typisch für wirksame, die Ausdauer fördernde Tätigkeiten sind: rasches Gehen, Laufen, Rennen, Schwimmen, Volleyball, Tennis, Badminton, Tischtennis, Skilaufen, Reiten. Golf ist zwar ein schönes Spiel und ohne Zweifel ein Vergnügen, ist aber gewöhnlich von geringerem Wert, da die meiste Zeit damit verbracht wird, zu stehen oder langsam zu gehen (wenn man überhaupt geht und nicht einen Wagen benutzt).
Eine Tätigkeit, vor der man sich in acht nehmen muß, ist Gartenarbeit. Leider gehört zur Gartenarbeit im allgemeinen Knien und Hocken, und diese Positionen werden oft längere Zeit nicht gewechselt. Das Resultat kann eine Verstärkung von Schmerz und Steifheit sein.
Bei Leuten, die begeisterte Sportler sind, besteht eine gewisse Neigung, sich nach einem gerade überstandenen akuten Rückenschmerzanfall sofort wieder voll mitten ins Spiel zu stürzen. Das Resultat ist oft ein erneuter Anfall. Da der Schmerz eines akuten Anfalls zu einer Reduzierung der körperlichen Betätigung führt, tritt fast immer ein allgemeiner Konditionsverlust der Muskeln ein, und dies muß unbedingt berücksichtigt werden.
Jedenfalls, kehren Sie zu Ihrem Lieblingssport zurück, sobald Sie sich dazu imstande fühlen – beginnen Sie jedoch sehr langsam und arbeiten Sie sich nur ganz allmählich wieder zu Ihrem früheren Leistungsniveau empor. Wenn längere Bettruhe erforderlich gewesen ist, kann es Wo-

chen, manchmal sogar Monate dauern, bis Sie Ihre frühere physische Kondition wieder erreicht haben. Leistungssportler wissen dies genau und nehmen sich viel Zeit, um die optimale Kraft wiederzuerlangen, auch wenn sie vor der erzwungenen Bettruhe eine ausgezeichnete Kondition gehabt hatten. Kurz nach einem Rückenschmerzanfall sollten Sie sich nicht zu einer Mannschaftstätigkeit verpflichten, die es Ihnen schwierig oder unangenehm machen würde, sich wieder zurückzuziehen, wenn Sie sich überanstrengt fühlen.

Sportliche Tätigkeiten wie Wandern, Laufen und Schwimmen bieten beträchtliche Vorteile für Menschen, die an Rückenschmerz gelitten haben und, in der Tat, für viele andere, die einen Weg finden müssen, wie sie allmählich Kraft und Ausdauer entwickeln können. Solche Tätigkeiten ermöglichen es Ihnen, leicht zu beginnen, sich schrittweise zu steigern und so weit zu gehen, wie Sie wollen und wie es für Sie am besten ist.

Das Spazierengehen wird sehr stark unterschätzt. Jede Tätigkeit, die es Ihnen ermöglicht, zu einem Punkt zu gelangen, an dem Sie anfangen, atemlos zu werden, oder sogar anfangen zu schwitzen, ist eine Ausdauerübung. Und auf das Gehen kann dies sehr wohl zutreffen. Sie können leicht beginnen – und Sie können sich bis zu einem raschen Schritt steigern, der Sie ordentlich zum Schnaufen und auch ein bißchen ins Schwitzen bringt. Und Spazierengehen kann man – außer beim allerschlechtesten Wetter – praktisch zu jeder Zeit, an jedem Ort und ohne eine besondere Ausrüstung.

Etwa das gleiche gilt fürs Laufen und Rennen. An beides können Sie sich langsam annähern, indem Sie mit Gehen beginnen, bis Sie in der Lage sind, recht rasch zu gehen. Dann können Sie anfangen, ein paar kurze Laufperioden einzulegen und allmählich immer mehr laufen und immer weniger gehen. Es ist nicht nötig, sich weiter zu steigern bis zum Rennen. Laufen ist eine gute Ausdauerübung, auch das Laufen auf der Stelle zu Hause, wenn das Wetter schlecht ist.

Sport ist eine sehr nützliche Sache; suchen Sie sich auf jeden Fall irgendeine Sportart aus, die Sie mögen und beteiligen Sie sich daran. Bei vielen Sportarten besteht allerdings die Schwierigkeit, daß man nur gelegentlich an sie herankommt, vielleicht ein- oder zweimal in der Woche. Dies ist soweit nicht schlecht, es reicht aber nicht aus. Ausdauerübungen, welcher Art auch immer, sollte man, wenn möglich, fast täglich durchführen. Und Spazierengehen oder Laufen kann als Ergänzung zu anderen Sportarten betrieben werden.

In der Tat ist es fast jede Gelegenheit zu sportlicher Betätigung wert, ergriffen zu werden. Manche Leute haben die Möglichkeit, Treppen zu steigen, anstatt den Lift zu nehmen. Die meisten Leute können sich nicht vorstellen, daß es einen Nutzen hat, Treppen hinabzusteigen; sie halten das Hinaufsteigen für anstrengend, da sie außer Atem kommen. Und Treppenhinaufsteigen ist, selbstverständlich, positive Arbeit, da Arbeit als das Bewegen eines Gegenstandes über eine bestimmte Distanz gegen die Schwerkraft definiert ist. Treppenhinabsteigen ist negative Arbeit. Dennoch ist es sogar schwieriger für Nerven und Muskeln, da das Körpergewicht kontrolliert werden muß, wenn es von einer Stufe auf die nächste hinabbefördert wird. Das Bein auf der oberen Stufe muß das Gewicht langsam senken, bis das untere Bein die Stufe darunter berührt.

Wenn Sie Treppenhinauf- und hinabsteigen als Übung anwenden, beginnen Sie langsam. Bewahren Sie eine möglichst aufrechte Körperhaltung, ohne Beugung in der Taille. Lassen Sie auf alle Fälle die Finger am Geländer entlang gleiten, so daß Sie sich festhalten können, wenn erforderlich – aber benutzen Sie das Geländer nicht als Stütze.

Diejenigen, die sich im Sport auszeichnen, erkennen den

Wert regelmäßiger körperlicher Betätigung. Der Leiter der Abteilung für physikalische Therapie am ICD, Theodore Corbitt, ist mit seinen fünfzig Jahren ein sehr junger Mann, der mehr Marathonrennen als jeder andere Mann in Amerika gelaufen ist. Er läuft mindestens einmal in der Woche einen Marathon und nahm vor kurzem an einem internationalen 100-Meilen-Lauf (ca. 160 km!) in Großbritannien teil.

Mr. Corbitt lebt in der Nähe des Van Cortlandt-Parks und läuft fast täglich zu seiner Arbeit in der 24th Street und der First Avenue, eine Strecke von etwa 16 Kilometern. Den ganzen Tag über arbeitet er schwer, läuft in der Mittagspause eine Weile und läuft im allgemeinen auch nach Hause. Außerdem läuft er jedes Wochenende mindestens eine Marathonstrecke von ca. 40 Kilometern. Oft trägt er dabei noch Gewichte. Und zusätzlich treibt er jeden Tag Gymnastik, um seine Muskeln zu kräftigen.

Menschen jeden Alters können oft überraschende körperliche Leistungsfähigkeit entwickeln, vorausgesetzt, sie beginnen langsam und steigern sich allmählich. Probleme gibt es nur dann, wenn jemand, dessen Kondition zu wünschen übrig läßt, versucht, zu viel in zu kurzer Zeit zu leisten.

Manchmal bedarf es schon einiger heimlicher Rippenstöße und einer gewissen Überwindung vorgefaßter Meinungen, eine Sportart zu finden, mit der man glücklich werden kann. Ich gebe zu, daß ich selbst große Schwierigkeiten hatte, eine Sportart zu finden, die mir Spaß macht und auf die ich auch bei der Erhaltung meiner physischen Kondition zählen konnte. Zum Glück hielt es meine Braut damals für notwendig, mich – nur halb im Scherz – vor die Alternative zu stellen: Entweder ich solle Skifahren lernen, oder sie würde mich nicht heiraten.

Ich hatte schon als Student das Skifahren versucht, es aber sehr schnell wieder aufgegeben. Pflichtbewußt begleitete ich dann meine Braut Woche für Woche zu den

Skigebieten und fand heraus, daß ich das Skilaufen einfach nicht lernen konnte. Ich versuchte wiederholt, den Schneepflug zu beherrschen, aber aufgrund einer deutlichen Auswärtsdrehung der Füße (die mich fast wie Charlie Chaplin gehen ließ), erforderte es bereits eine gewisse Anstrengung, die Skier nur parallel zueinander zu halten, und völlig unmöglich war es, sie in die Schneepflugposition zu bekommen.
Nach etwa sieben Wochenenden der Frustration – trotz der hilfreichen Bemühungen verschiedener Skilehrer – ging ich zum Besitzer eines Skigeschäfts und sagte zu ihm: «Ich habe vor kurzem ein Paar Ski und Bindungen gekauft. Aber meine Füße zeigen auswärts, und deshalb schaffe ich die Schneepflugposition nicht. Ich kann nicht Skifahren lernen. Wären Sie bitte so freundlich, die Bindungen so einzustellen, daß ich wenigstens mit parallel gehaltenen Füßen die Skier in Schneepflugposition bekommen kann?»
Der Ladeninhaber blickte ungläubig. «Ich bin in diesem Geschäft seit 35 Jahren und habe noch nie so etwas Dummes gehört», sagte er. Er überlegte einen Augenblick und fuhr fort: «Ich habe eine Idee. Wir könnten mit Stein Erikson reden, dem Leiter unserer Skischule.»
Er nahm mich mit zu Erikson, einem ehemaligen olympischen Meister, der eine der hervorragendsten Skischulen hatte, die es damals gab. Als er meine Geschichte hörte, konnte sich Erikson vor Lachen kaum noch halten. Ich kochte vor Wut; nicht Skifahren zu lernen, war schlimm genug; das Gefühl, zum Gespött zu werden, machte die Sache noch schlimmer.
Aber schließlich bekam Erikson sich wieder unter Kontrolle, hörte auf zu lachen und zeigte auf seine Füße. «Schauen Sie sie an», sagte er zu mir. Seine Füße wiesen noch mehr auswärts als meine. «Ich kann den Schneepflug auch nicht», erzählte mir Erikson, «ich mußte von Anfang an lernen, mit parallelen Skiern zu laufen.»

Damals war dies eine revolutionäre Auffassung, und während ich nicht genug über das Skifahren wußte, um zu erkennen, *wie* revolutionär, erkannte er es offensichtlich, hatte es aber noch nie einem anderen gegenüber erwähnt. Seither lehren viele Skilehrer die parallele Position und haben den Schneepflug aufgegeben.

Danach dauerte es nicht mehr lange, bis ich das Skilaufen lernte. Und mit dem Skilaufen fand ich mich von November bis Mai in guter körperlicher Kondition, nicht jedoch für den Rest des Jahres. Ich probierte verschiedene Sportarten aus, aber erst als ich zum Reiten kam, hatte ich eine gefunden, die mir richtig Spaß machte. Es gibt zwar Leute, die fälschlicherweise glauben, daß Reiten nur das Pferd trainiert, aber die Reiter wissen es besser.

Ein spezielles Wort sei noch zum Schwimmen gesagt, da viele Rückenschmerzpatienten fragen, ob es gut für sie ist. Schwimmen kann entspannend sein – sowohl für die Muskeln als auch für die psychische Anspannung. Es hilft, die Rückenmuskeln zu kräftigen, trägt aber wenig zur Kräftigung der Bauchmuskeln bei, die sehr oft der Entwicklung bedürfen, wenn ein erneutes Auftreten der Rückenschmerzen vermieden werden soll. Schwimmen in einem beheizten Schwimmbad kann helfen, leichte Muskelverkrampfungen zu lösen. Viele Schwimmbäder und natürlich das Meer sind für diesen Zweck nicht warm genug, und Schwimmen in kaltem Wasser sollte vermieden werden, wenn Muskeln verkrampft sind.

Wenn nach dem Schwimmen in kaltem Wasser kein Schmerz auftritt, ist gegen dieses Schwimmen nichts einzuwenden. Wenn Sie frei von Krämpfen sind, können Sie versuchen, im kalten Wasser zu schwimmen, und wenn dann kein erneuter Krampf auftritt, ist es gut. Leider kann dies nicht vorausgesagt werden; man muß es ausprobieren.

Bei manchen Leuten, die Sport treiben, besteht das Problem, daß sie den gleichen Konkurrenzgeist mit ins Spiel bringen, den sie auch im Geschäft und bei anderen Tätigkeiten an den Tag legen. Das Resultat ist, daß Sport für sie überhaupt keinen oder nur wenig Erholungswert hat und sogar schädlich sein kann, wenn das Konkurrenzdenken übermäßig ist.

Einer meiner Patienten, ein Geschäftsmann in den Vierzigern, hat auf seinem Gebiet eine führende Position inne und ist bei der Arbeit entspannt, ruhig und leistungsfähig. Er liebt Handball, aber jedesmal, wenn er ein Spielfeld betritt, wird er sofort angespannt, gereizt und fühlt sich unter Konkurrenzdruck. Trotz kräftiger Muskeln und hervorragender Ausdauer erleidet er häufig Rückenschmerzanfälle. Ich habe ihn auf den Zusammenhang zwischen den Rückfällen und dem Wettkampfstreß auf dem Handballplatz hingewiesen, und er versteht es auch. Ich habe ihm immer wieder empfohlen, er solle versuchen, sein Konkurrenzdenken auf dem Handballplatz zurückzustecken, mit Leuten zu spielen, die sich nicht unter Konkurrenzzwang fühlen und Handball als Training, als Entspannung und Vergnügen aufzufassen. Er hält dies auch für wichtig – und leidet weiterhin unter Rückenschmerzanfällen.

Ich habe einen anderen Patienten, einen jungen Börsenmakler, der bei der Arbeit oft unter großem Druck steht. Als er das erstemal zu uns kam und sagte, daß er wegen seines Rückens Qualen erleide, fragte ich ihn, ob er irgendeine Erklärung für den Anfall geben könne. «Ich weiß nicht», sagte er, «aber der Markt ist hektisch, meine Kunden machen mich verrückt, und außerdem habe ich gerade ein Spiel Squash verloren.»

Er ist 32 und in ausgezeichneter körperlicher Verfassung. Nachdem ich ihn untersucht hatte, löste ich seinen Muskelkrampf mit Äthylchloridspray, fand zahlreiche Triggerpunkte, gab in einige davon Injektionen und injizierte einige Tage später die übrigen. Jedesmal unterhielten wir uns über seine Arbeit und seine Freizeitaktivitäten. Bei seinen beruflichen Problemen konnte ich ihm nicht helfen; sein Job war ohne Zweifel äußerst belastend und spannungserzeugend. Aber es wurde deutlich, daß er seine Spannungen und sein Konkurrenzdenken mit auf den Squashplatz brachte, und statt daß der Sport ihn in gleichem Maße entspannte, wie er ihn in guter körperlicher Verfassung hielt, machte er ihn noch angespannter. Ein verlorenes Spiel war für ihn eine Katastrophe. Er war sich dessen bewußt, obwohl er sich seiner Angespanntheit nicht völlig bewußt war. Ich erklärte ihm die mögliche Auswirkung von Anspannung auf den Rücken und legte ihm eindringlich nahe, auf dem Sportplatz weniger Konkurrenzverhalten zur Schau zu stellen, sich zu entspannen und das Spiel zu genießen. Er hörte zu, murmelte etwas und ging dann weg.

Kaum einen Monat später erschien er wieder mit einem erneuten Rückenschmerzanfall. Diesmal bestand ich darauf, daß er das Squashspielen für mindestens einen Monat aufgeben solle. Er protestierte, gab es aber auf. Später kehrte er mit meiner Einwilligung zum Squash zurück; er hat aber immer noch gelegentlich Rückenschmerzanfälle, wenn das Konkurrenzdenken wieder überhand nimmt.

Keiner von uns wird jemals allen Spannungen und Belastungen entkommen. Aber auch schwerer Streß braucht sich nicht sehr nachteilig auszuwirken, wenn wir Ventile für die Energie finden, die sich im Körper angestaut hat, so daß dem Streß entgegengewirkt werden kann. Ohne solche Ventile findet die Energie keinen Ausweg; sie wühlt im Körper umher und erzeugt Anspannung und Schmerz. Wenn wir es nur ermöglichen, können Sport und andere lebhafte körperliche Tätigkeiten auf vielerlei Art wertvoll sein, nicht zuletzt dadurch, daß sie für Auflockerung und Befreiung von Anspannungen sorgen.

15. Kapitel

Andere Vorschläge

Wenn Sie sich auf ein gutausgewähltes Gymnastikprogramm eingelassen haben und zusätzlich Sport und andere körperliche Tätigkeiten ausüben können, sind Sie, aller Wahrscheinlichkeit nach, auf dem Weg zur Bekämpfung Ihres Rückenschmerzproblems einen entscheidenden Schritt vorangekommen. Es gibt andere, oft recht einfache Maßnahmen, und je nach den individuellen Umständen können einige oder viele davon sich als wertvoll erweisen.

Kleidung

Vor allem bei Frauen kann die Kleidung zum Rückenschmerzproblem beitragen.
Frauen mit großen Brüsten leiden oft wegen der Verwendung von Büstenhaltern mit engen Trägern an schweren Schmerzen im oberen Rücken und den Schultern, die auch in den Nacken ausstrahlen können. Die Träger schneiden in Haut und Muskeln. Durch Tragen eines gutsitzenden Büstenhalters mit mindestens 2 cm breiten Trägern kann dies vermieden werden. Wenn nur schmale Träger erhältlich sind, kann man auf jeden ein Stück steifen Stoff nähen und sie so bequemer machen.
Damenschuhe können oft Probleme verursachen. Schuhe mit hohen Absätzen können dazu führen, daß sich die Achillessehne verkürzt, und dadurch kann es zu Schmerzen in den Waden, im Rücken und manchmal sogar im

Nacken kommen. Sehr dünne Absätze verursachen aufgrund der Notwendigkeit, auf einer kleinen Fläche das Gleichgewicht zu halten, oft ein leichtes Schwanken bei jedem Schritt – und dies kann übermäßige Beanspruchung der Muskeln beim Gehen verursachen. Es kann auch kleine, tänzelnde Schritte fördern, die, wenn sie auch schick sein mögen, dennoch Bein- und Rückenmuskeln belasten.

Bei einem gutsitzenden Schuh sollte der starre Fersenteil den Fersenknochen fest umfassen (aber nicht zu fest), so daß es nicht bei jedem Schritt zu einem Auf- und Abrutschen kommt, das kann zur Reizung der Ferse führen.

Korsetts und Hüftgürtel können, wie bereits erwähnt, bei der Linderung akuter Rückenschmerzen nützlich sein, da sie eine Stütze der schwachen Bauchmuskeln bilden. Idealerweise sollten Korsetts und Gürtel nur während des akuten Schmerzstadiums getragen werden, und dann nur in Verbindung mit einem umfassenden Behandlungsprogramm, das auch die geeigneten gymnastischen Übungen enthält. Korsetts und Hüftgürtel sollten jedoch nicht aus Gründen der Eitelkeit getragen werden, denn solange sie benutzt werden und die Bauchmuskeln stützen, werden diese Muskeln nicht gebraucht und neigen zu Atrophie und Erschlaffung, was die Wahrscheinlichkeit von Rückenschmerzen noch erhöht.

Schlafposition

Wenn Sie gewohnt sind, auf dem Bauch zu schlafen, können Sie Schmerzen lindern oder vermeiden, indem Sie ein Kissen unter die Hüften legen, um die Lordose zu reduzieren, die sonst in dieser Schlafposition auftritt.

Die seitliche Lage mit angewinkelten Knien flacht den Rücken ab und ist eine gute Position, wenn man ein Kissen als Halsstütze verwendet. Auch die Rückenlage kann eine geeignete Ruheposition und gut für den Rücken sein, vorausgesetzt, die Knie sind richtig gestützt, und eine solche Stütze kann dadurch erreicht werden, daß ein Kissen unter die Knie gelegt wird.

Stehen

Eine richtige Position beim Stehen kann übermäßige Beanspruchung von Muskeln verhindern. Es gibt eine Methode, ein Gefühl dafür zu bekommen, was eine gute Standhaltung ist: Stehen Sie mit dem Rücken etwa 25 cm von einer Wand entfernt. Setzen Sie sich langsam gegen die Wand, indem Sie die Knie leicht anwinkeln, bis zu einem Winkel von etwa 45 Grad. Spannen Sie jetzt die Bauch- und Gesäßmuskeln an. Auf diese Weise neigen Sie das Becken zurück und flachen die untere Wirbelsäule ab. Schieben Sie sich jetzt allmählich an der Wand entlang nach oben, bis Sie wieder eine stehende Position erreicht haben, und halten Sie dabei immer noch die Muskeln angespannt. Gehen Sie nun in dieser Haltung kurz hin und her. Halten Sie dann den Rücken wieder gegen die Wand, um zu sehen, ob Sie die Position tatsächlich eingehalten haben.
Bei Hausarbeiten, die im Stehen durchgeführt werden müssen, wie zum Beispiel Bügeln, besteht die Tendenz, eine Hohlkreuzposition einzunehmen. Dies kann verhindert werden, wenn Sie eine Fußstütze unter den Bügeltisch stellen und einen Fuß eine Zeitlang darauf ruhen lassen, dann den anderen Fuß. In einer Situation, die längeres Stehen erfordert, können Sie eine übermäßige Belastung des Rückens reduzieren oder vermeiden, indem Sie ein Knie und eine Hüfte anwinkeln und einen Fuß auf einen Schemel oder etwas anderes stellen, das zufällig gerade bei der Hand ist. Nicht umsonst gibt es Fußstangen an Bartheken.

Häufig beginnt der Rückenschmerz mitten in einer einfachen Tätigkeit, wie Zähneputzen, Rasieren oder Geschirrabwaschen in einem niedrigen Becken. In diesem Fall ist eine nützliche schmerzlindernde Maßnahme – vor allem im Badezimmer, aber auch anderswo anwendbar –, ein Bein anzuheben und es auf der Toilettenschüssel, dem Badewannenrand oder einem niedrigen Hocker ruhen zu lassen. Dies beugt das Becken und es kommt zu einer Art Beckenschräglage, durch die der Rückenschmerz gelindert wird. Sehr viel helfen kann es auch, wenn Sie das Becken ganz neigen, indem Sie die Abdominalmuskeln anspannen.

Wenn Sie sich über ein niedriges Becken beugen, müssen die Rückenmuskeln praktisch das ganze Gewicht Ihres Oberkörpers – etwa die Hälfte des gesamten Körpergewichts – stützen, und zwar in gebeugter Position, bei einem Winkel, der vielleicht nahezu 90 Grad beträgt. Dadurch werden die Muskeln stark beansprucht. Wenn Sie die Bauchmuskeln anspannen und das Becken neigen, erleichtern Sie die Rückenmuskeln um fast 30 Prozent ihrer Last, durch Erhöhung des intraabdominalen Drucks, der als anhebende Kraft wirkt.

Wenn sich Schmerz entwickelt, sollten Sie in der Lage sein, während der Zeit, in der Sie sich rasieren, die Zähne putzen oder Geschirr abwaschen, die Beckenschräglage aufrechtzuerhalten. Sie sollten auch daran denken, diese Haltung im Tagesverlauf so oft wie möglich einzunehmen – während Sie am Schreibtisch sitzen, beim Gehen, beim Essen, und bei anderen Gelegenheiten. Am Abend können Sie dann Ihr reguläres Übungsprogramm durchziehen. Oft werden diese Maßnahmen ausreichen. Wenn jedoch der Schmerz nicht nachläßt, sollten Sie die in Kapitel 12 beschriebenen Maßnahmen anwenden.

Unauffällige Übungen, die zu verschiedenen Tageszeiten ausgeführt werden können, helfen nicht nur, kritische Muskeln zu kräftigen, sondern auch, sie aufzulockern, wenn sie sich aufgrund von Anspannung in einem verkrampften Zustand befinden.
Wenn ein Muskel auch nur ganz leicht bewegt wird, kann er sich hinterher im allgemeinen vollständiger entspannen.
Zu den nützlichsten der unauffälligen Übungen gehören folgende: Rollen Sie die Schultern leicht nach vorne und nach hinten. Heben Sie sie an, bis sie fast die Ohren berühren, und lassen Sie sie wieder herabsinken. Bewegen Sie den Kopf, so daß Sie mit dem Ohr die linke Schulter berühren, dann mit dem rechten Ohr die rechte Schulter. Drehen Sie den Kopf langsam und vorsichtig von einer Seite auf die andere.
Immer wenn sich im Verlauf des Tages die Gelegenheit bietet – während Sie vor dem Fahrkartenschalter Schlange stehen, während Sie vor einer Verkehrsampel warten, während Sie warten, bis das Essen serviert wird – spannen Sie die Bauchmuskeln an und halten Sie sie so etwa sechs bis acht Sekunden ohne zu atmen, und entspannen Sie sie dann langsam. Gelegentlich können Sie es sich auch zur Aufgabe machen, mit angespannten Bauchmuskeln zu atmen und dann die Muskeln zu entspannen.
Hilfreich kann es auch sein, mehrmals am Tag ganz tief durchzuatmen. Atmen Sie tief ein, ziehen Sie den Bauch ein, halten Sie den Atem an, während Sie die Schultern nach hinten abstützen; dann atmen Sie aus – und zwar so vollständig wie möglich; versuchen Sie alle Luft aus den Lungen hinauszupressen, indem Sie die Schultern nach vorne bringen und zusammendrücken und so helfen, das Ausatmen vollständig zu machen.

Erwähnenswert sind jüngste Forschungsergebnisse, die darauf hindeuten, daß ein Grund für die Gewohnheit des Zigarettenrauchens ein unbewußtes Bedürfnis, tief zu atmen, sein kann. Beim Inhalieren des Zigarettenrauchs nehmen manche Leute tiefere Atemzüge als beim normalen Atmen, und Ärzte an Raucherentzugskliniken verschreiben heute tiefes Atmen als eine Hilfe, sich das Rauchen abzugewöhnen.
Tiefes Durchatmen weitet nicht nur die Lungen und läßt die Atemmuskulatur sich vollständiger kontrahieren und dann entspannen, sondern kann auch andere Muskeln des Oberkörpers stimulieren, die sich daraufhin vollständiger entspannen.

Yoga

Yogaübungen können manchmal hilfreich für Rückenschmerzpatienten sein, die sich dafür interessieren.
Yoga ist ein Weg, über Meditation zur seelischen und körperlichen Ausgeglichenheit zu gelangen. Ziel der Meditation ist es, zu den Dingen hinabzusteigen, die im Leben von wirklicher Bedeutung sind, Irritationen und Frustrationen, die im täglichen Leben vorkommen, loszuwerden, und so leistungsfähiger und glücklicher zu werden. Dies kann nur durch vollständige Kontrolle des Körpers und völlige Konzentration auf sein innerstes Ich erreicht werden.
Yoga verwendet eine Reihe von Haltungen und Techniken, die helfen sollen, zur völligen körperlichen und geistigen Entspannung zu gelangen. Diese Haltungen werden durch die Kontraktion bestimmter Muskeln und die Entspannung wieder anderer Muskeln erzielt. Beim Wechsel von einer Yogahaltung in eine andere werden zuvor kontrahierte Muskeln entspannt und zuvor entspannte Muskeln kontrahiert. Dadurch werden Muskel-

kraft und Ausdauer erhöht und die Muskelentspannung verbessert. All dies trägt zur Vermeidung von Rückenschmerzen bei. Außerdem hat Meditation eine vorteilhafte beruhigende Wirkung und trägt mit zur Muskelentspannung bei.

Yoga ist in zunehmendem Maße Gegenstand wissenschaftlicher Forschung geworden, und einige der Untersuchungen deuten darauf hin, daß meditative Techniken tatsächlich bei einem weitgespannten Bereich von Problemen einen praktischen therapeutischen Wert haben – darunter die Kontrolle von Bluthochdruck, die Einschränkung von Medikamentenmißbrauch und die Befreiung von seelischer und körperlicher Anspannung. Yoga ist bei weitem kein Wundermittel, scheint aber in vielen Fällen nützlich zu sein.

16. Kapitel

Schwangerschaft und Rückenschmerzen nach der Schwangerschaft

Es gibt schwangere Frauen die tanzen gehen, die überhaupt keine Beschwerden haben. Aber viele Frauen werden wahrscheinlich an irgendeinem Punkt ihrer Schwangerschaft Bekanntschaft mit Rückenschmerzen machen.
Rückenschmerz während der Schwangerschaft ist in der Tat so häufig, daß die meisten Frauen damit rechnen müssen, bis zu einem gewissen Grade daran zu leiden. Er ist so häufig, daß manche Ärzte sogar versucht sind, ihn praktisch als normales Symptom der Schwangerschaft anzusehen. Aber, wie ein Geburtshelfer bemerkte, «die schwangere Frau, die versucht, leichte Haushaltsarbeiten zu verrichten, während sie eine Hand in den Rücken preßt und sich von einer Seite auf die andere lehnt, in einem vergeblichen Versuch, diesen Schmerz zu lindern, wird keineswegs dazu neigen, ihn als normal zu betrachten.»
Aber wenn auch Rückenschmerz in der Schwangerschaft – und ebenso Rückenschmerz nach der Entbindung – in der Vergangenheit ertragen werden mußte, braucht dies deshalb heute nicht der Fall zu sein.
Wodurch wird Rückenschmerz verursacht? Wenn der Uterus während der Schwangerschaft wächst, werden die Muskeln der Abdominalwand gedehnt. Das zusätzliche Gewicht und die Ausdehnung nach vorne verstärken die Lordose des Rückgrats, und dies wiederum führt zu einer weiteren Dehnung der Abdominalmuskeln. Das Becken hat dann die Tendenz, nach vorne zu kippen, was noch mehr Dehnung der Abdominalmuskeln verursacht. Mit

der Dehnung vorne kontrahieren sich die Muskeln des unteren Rückens und werden abnorm angespannt.

Im weiteren Verlauf der Schwangerschaft treten Veränderungen der Hormonspiegel ein, die zu einer Entspannung der Bänder des Beckenbindegewebes führen. Dadurch wird eine Streckung des Beckens ermöglicht, so daß der Kopf des Kindes, der umfangreichste Teil seines Körpers, durch den Geburtskanal gelangen kann. Wenn sich diese Bänder entspannen, können sich die Knochen des Beckens gegeneinander bewegen. Ihre rauhen Oberflächen können eine Reibung erzeugen, und Muskeln reagieren darauf, indem sie sich anspannen, um Bewegung zu verhindern. Dies kommt häufig an den Kreuzbeingelenken vor, die normalerweise nicht beweglich sind.

Während der Schwangerschaft haben die Muskeln, vor allem die des Rückens, beträchtliche Extraarbeit zu leisten. Und die Belastung der Rückenmuskeln und die Wahrscheinlichkeit von Schmerzen werden stark erhöht, wenn die Bauchmuskeln von Anfang an schwach sind.

Außerdem kommt es während der Schwangerschaft zu einem Blutandrang in der Beckenregion und vor allem im Uterus. Dieser Blutandrang kann eine Blutüberfüllung im Rücken erzeugen, die verantwortlich für Schmerzen ist. Darüber hinaus tendiert das Gewicht des Uterus dazu, Venen zusammenzudrücken, wodurch der Blutrückfluß aus den Beinen gestört werden kann, dies kann ein Anschwellen der Beine und ein Gefühl der Blutüberfüllung in den Beinen und manchmal im unteren Abdomen verursachen.

Nach der Geburt des Kindes ist der Uterus leer, aber immer noch vergrößert. Wenn er zu schrumpfen beginnt, fängt der Blutandrang in den Gefäßen an zu verschwinden, aber dieser Vorgang braucht seine Zeit, während der die Schmerzen andauern können.

Auch jetzt ist es so, daß, wenn nichts dagegen unternommen wird, die Bauchmuskeln, schwach von Anfang an und weiter geschwächt durch die anhaltende Dehnung während der Schwangerschaft und die zusätzliche Dehnung bei der Entbindung, den Rückenmuskeln eine übermäßige Last überlassen. Und jetzt ist die frischgebackene Mutter im allgemeinen ausgesprochen aktiv – sie wickelt und wäscht das Baby, beugt sich vornüber, um es hochzuheben. Solche ungewohnten Tätigkeiten können zum Rückenschmerz beitragen.

Es gibt also offensichtlich einen Komplex von Gründen, warum während und nach der Schwangerschaft Rückenschmerzen auftreten. Dennoch ist das grundlegende Problem sehr oft einfach eine Unterentwicklung der Abdominalmuskeln.

Am ICD werden wir wiederholt mit einer solchen Unterentwicklung konfrontiert. Vor kurzem wurde eine Untersuchung an 35 Müttern zwischen 18 und 23 Jahren durchgeführt, die ständig an Rückenschmerzen litten. In keinem Fall war eine organische Ursache für den Schmerz zu finden.

Man stellte fest, daß die meisten der Frauen trotz ihres jugendlichen Alters ein vorstehendes Abdomen und eine unbeholfene Körperhaltung hatten. Keine hatte während der Schulzeit Sport getrieben oder sich nach Abschluß der Schule regelmäßig körperlich betätigt. Keine übte eine körperlich aktive Freizeitbeschäftigung aus. Und obwohl ihnen ein Gymnastikprogramm für die Zeit nach der Schwangerschaft verschrieben worden war, hatten sie es als «zu anstrengend» schnell wieder aufgegeben. Schließlich nahmen alle Frauen, überzeugt von der Notwendigkeit, ein Programm zur allmählichen Verbesserung der körperlichen Kondition auf, das ihre Rückenschmerzen linderte.

Viele Frauen könnten sehr große Vorteile daraus ziehen, könnten die Wahrscheinlichkeit von Rückenschmerzen während und nach der Schwangerschaft fast gänzlich reduzieren, wenn sie sich vor und während der Schwanger-

schaft die Mühe machten, mit Hilfe der dafür geeigneten Übungen (siehe Kapitel 13) ihre schwachen Unterleibsmuskeln zu kräftigen.
Was kann zur Linderung von Rückenschmerzen getan werden, wenn sie während der Schwangerschaft auftreten?
Sehr nützlich ist eine Übung, die dafür gedacht ist, das Becken wieder auszurichten, es wieder in eine nahezu gerade Position zu bringen. Wenn dies erreicht werden kann, verlagert sich der Schwerpunkt des Uterus mehr nach hinten, das Gewicht des Uterus wird dann unmittelbar von den Beckenknochen getragen, es drückt nicht mehr so stark gegen die Abdominalwand, und die Folge ist eine Abflachung der abnormen Einwärtskrümmung oder Lordose der Wirbelsäule.

Die Übung ist einfach. Stellen Sie sich dazu etwa einen halben Meter vor das Waschbecken in der Küche. Beugen Sie sich in den Hüftgelenken nach vorne und legen Sie die Hände auf den Rand des Beckens. Die Arme bleiben dabei gestreckt. Heben Sie, während Sie einatmen, die Hüften, um die Lordose oder Einwärtskrümmung der Wirbelsäule zu verstärken. Wölben Sie dann, während Sie ausatmen und die Knie etwas abgewinkelt halten, den Rücken nach oben und ziehen Sie das Gesäß ein.
Diese Bewegungen werden dreimal wiederholt. Lassen Sie dann die Hände zu beiden Seiten hinabfallen, und

nehmen Sie eine aufrechte Position ein: die Schultern entspannt, die Knie leicht abgewinkelt, das Gesäß eingezogen und das Körpergewicht gleichmäßig auf beide Beine verteilt – eine Position, in der das Becken gerade ist. Die Übung wird ein dutzendmal am Tag durchgeführt – oder wann immer Sie am Becken vorbeikommen. Und Sie sollten sich bemühen, die neue Haltung gewohnheitsmäßig einzunehmen.

Es gibt Berichte über ausgezeichnete Resultate bei Frauen, die die Übung anwandten – Nachlassen der Rückenschmerzen und der Muskelermüdung, und bei vielen Frauen ein psychologischer Auftrieb, da ihre Figur durch die Schwangerschaft offenbar weniger in Mitleidenschaft gezogen wurde.

Einer der geschilderten Fälle, ein besonders dramatischer, war der einer 28jährigen Frau, die seit ihrer Kindheit an Rückenschmerzen gelitten hatte und deren Rückgrat eine abnorme Seitwärtskrümmung oder Skoliose sowie Lordose aufwies. Schwangerschaft hatte ihren Rückenschmerz immer erheblich verschlimmert. Sie war in ihrer fünften Schwangerschaft, als sie die Übung ausprobierte. Innerhalb von sechs Wochen war ihr Rückenschmerz verschwunden.

Einige Berichte lassen vermuten, daß die Übung auch bei Kreislaufproblemen nützlich sein kann. Eine Frau hatte während ihrer ersten zwei Schwangerschaften an einer schmerzhaften Schwellung der Beinvenen gelitten. Bei der dritten trat das Beinproblem erneut auf, begleitet von schweren Kreuzschmerzen. Nachdem sie die Übung einige Wochen lang regelmäßig durchgeführt hatte, ließ der Rückenschmerz nach, und gleichzeitig verschwand ihr Beinproblem, so daß sie auf die elastische Beinbandage verzichten konnte.

Es gibt noch andere Maßnahmen, die dazu beitragen können, Rückenschmerzen während der Schwangerschaft zu verhindern oder zu bekämpfen.

Eine davon ist die Vermeidung einer übermäßigen Gewichtszunahme; denn je größer das Gewicht, desto größer die Belastung der Muskeln.
Wenn erforderlich, kann, vor allem gegen Ende der Schwangerschaft, ein Unterleibsstützkorsett getragen werden.
Oft hilft es, beim Sitzen den Rücken nach hinten zu neigen, so daß der Uterus mehr vom hinteren als vom vorderen Teil des Beckens gestützt wird.
Tragen Sie Schuhe mit flachen Absätzen. Es kann sein, daß Sie einige Zeit brauchen, um sich daran zu gewöhnen, und es ist eine gute Idee, sie von dem Moment an zu tragen, in dem Sie wissen, daß Sie schwanger sind.
Wenn Sie lange Zeit hohe Absätze getragen haben, können Sie auf diese Weise auch noch ein anderes Problem korrigieren, das als Resultat ihrer Verwendung in mehr oder weniger starkem Maße vorliegen kann. Sie werden sich erinnern, daß es bei längerem Tragen hoher Absätze zu einer Verkürzung der Achillessehnen auf der Rückseite der Fersen kommen kann. Die Verkürzung kann es schwierig machen, den Fuß nach oben oder zurück zu beugen. Dies kann zu Schmerzen auf der Rückseite der Knie und der Oberschenkel führen, und dann kann es zu einer Tendenz kommen, dieses Problem durch Beugen von Knien und Hüften zu kompensieren. Dadurch kann die Körperhaltung verändert werden, und es können Schmerzen im unteren Rückenbereich auftreten.
Wir haben bereits darauf hingewiesen, daß es Übungen gibt, die die Achillessehnen strecken und helfen, das Problem zu überwinden. Bei einer der Übungen wird ein etwa 5 cm dickes Buch im Abstand von etwa 25 cm von einer Wand entfernt als Plattform auf den Boden gelegt. Stellen Sie sich mit dem Gesicht zur Wand so auf das Buch, daß sich die Zehenballen auf dem Buch und die Fersen auf dem Boden befinden, und lassen Sie dabei Knie und Hüften gestreckt. Lehnen Sie sich nach vorne,

so daß das Gesicht die Wand berührt. Sie werden ein Ziehen an den Achillessehnen verspüren. Wiederholen Sie die Übung so oft Sie können. Nach einiger Zeit, wenn Sie sehr viel weniger oder überhaupt kein Ziehen mehr verspüren, wiederholen Sie die Übung, jetzt in einem Abstand von etwa 40 cm zur Wand.

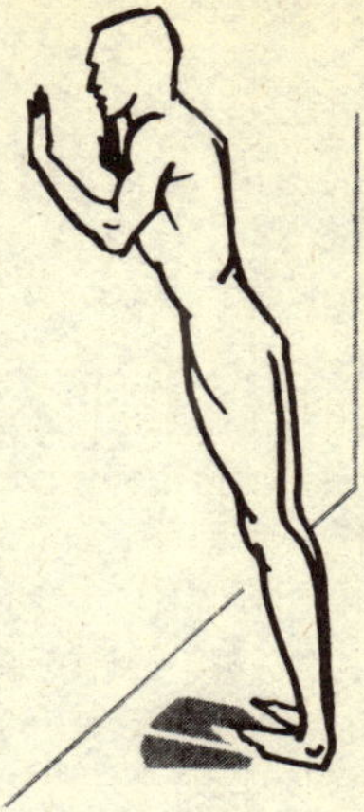

Bei einer anderen Übung stehen Sie 40 bis 50 cm von einer Wand entfernt, das Gesicht zur Wand, die Zehen auf einem Buch oder einem anderen Gegenstand, der als Plattform von etwa 5 cm Höhe dienen kann. Legen Sie die Handflächen an die Wand, lehnen Sie sich, indem Sie die Ellbogen abwinkeln, nach vorne, und lassen Sie das Gesicht dicht an die Wand kommen. Sie sollten ein gewisses Ziehen verspüren, wenn die Sehnen gedehnt werden. Bleiben Sie in dieser Position ein paar Sekunden, und entspannen Sie sich dann. Wiederholen Sie die Übung im Verlauf des Tages so oft wie möglich.

17. Kapitel

Ein Wort zu Rückenschmerzen bei älteren Menschen

Ältere Menschen leiden aus den gleichen Gründen an Rückenschmerzen wie jüngere; und besonders dann, wenn sie mehr sitzen und an Muskelkraft verlieren, wird es um so wahrscheinlicher, daß sie Probleme mit dem Rücken bekommen.

Dazu kommt natürlich, daß sie länger gelebt haben und es für die Bandscheiben mehr Zeit gab, zu degenerieren und für die Verschleiß-Arthritis (Osteoarthritis), Langzeitwirkungen auszuüben.

Mit fortschreitender Osteoarthritis können die gleitenden Gelenkflächen rauh werden und gegeneinander reiben. Manchmal kann man das Reiben spüren und hören. Das Rauhwerden und Reiben ist auf einen Verschleiß des Knorpels zurückzuführen. Um den Verlust von Knorpel zu kompensieren, kann neuer Knochen produziert werden; und wenn dann Knochen an Knochen reibt, kann die Bewegung sehr schmerzhaft werden. Als Reaktion können sich Muskeln anspannen, um die schmerzhafte Bewegung zu verhindern; aber diese Muskelanspannung, die als Muskelkrampf fortdauert, kann selbst äußerst schmerzhaft werden.

Man kann zwar gegen den Verschleiß und die reparativen Prozesse nichts tun, aber es ist oft möglich, sie durch Gymnastik auszugleichen, vorausgesetzt der Patient hat keine besonderen Beschwerden, die die Gymnastik verbieten würden. Tatsächlich gibt es kaum jemanden, der solche Beschwerden hat; sogar für Patienten, die Herzinfarkte erlitten haben und für viele mit schweren Lungenfunktionsstörungen, haben sich sorgfältig überwachte Übungsprogramme als nützlich erwiesen. Sie tragen entscheidend dazu bei, die Herz- und Lungenfunktion, die allgemeine Gesundheit und das Wohlbefinden sowie die Gesundheit des Rückens zu verbessern.

Osteoporose

Eine häufige Ursache für Rückenschmerz bei älteren Menschen, vor allem bei Frauen, ist Osteoporose, das Brüchigwerden der Knochensubstanz.

Knochen ist, auch wenn es so scheint, keineswegs eine dichte, träge Substanz. Die meisten von uns denken natürlich an Steakknochen und Hühnerknochen, die leblos aussehen und sehr hart scheinen. Wir hören von orthopädischen Chirurgen, die Knochen sägen und gebrochene Knochen nageln, wobei sie Schrauben und Platten verwenden, um Knochen miteinander zu verbinden.

Knochen ist jedoch eine lebende Substanz, die sich rascher verändert als sich die meisten Leute vorstellen können. Spezielle Zellen, die Osteoblasten, legen zusätzlichen Knochen an, wenn er erforderlich ist, um Belastungen entgegenzutreten. Gleichzeitig bauen andere Zellen, die Osteoklasten, nicht gebrauchten Knochen ab, Knochen der nicht durch Muskelzug belastet ist. Der Auf- und Abbau von Knochen findet während des ganzen Lebens statt.

Wenn ein Mensch älter wird, und nicht mehr so aktiv ist, nimmt die Beanspruchung der Knochenstruktur durch Muskeln ab. Aus diesem Grund überwiegt die Abbautätigkeit der Osteoklasten den Aufbau durch die Osteoblasten. Außerdem besteht bei Frauen nach der Menopause im Zusammenhang mit der nachlassenden Wirkung der Sexualhormone die Tendenz, daß die Kalziumsalze, die dem Knochen seine Starrheit verleihen, an

Menge abnehmen. Dies führt zu einer Ausdünnung des Knochens, genannt Osteoporose.

Die Ausdünnung selbst ist schmerzlos. Wenn jedoch der Knochen sehr schwach wird, kann er als Resultat von Ereignissen, die sonst nur zu minimalen Verletzungen führen würden, feinste Risse – winzige Frakturen – bekommen, zum Beispiel kann eine Autofahrt auf einer holprigen Straße ausreichen, um einen kleinen Haarriß in einem Wirbel im Rückgrat zu erzeugen. Wenn der Riß an der Knochenhülle, dem Periosteum, zieht, kann es zu schweren Rückenschmerzen kommen. Der Riß kann so winzig sein, daß er auf dem Röntgenbild nicht zu sehen ist, obgleich manchmal, nach etwa sechs oder acht Wochen, eine Verdickung des Knochens an der Bruchstelle erkennbar sein kann.

Die Osteoporose ist heute in zunehmendem Maße Gegenstand intensiver Forschung. Man ist bemüht, mehr Einzelheiten über die Natur des Phänomens zu erfahren, in der Hoffnung, einmal Wege zu finden, wie es verhindert werden kann. Ein weiteres Ziel ist, neue und effektivere Behandlungsmethoden zu finden.

Das Problem, bessere Behandlungsmethoden zu finden, wird dadurch kompliziert, daß es schwierig ist, festzustellen, wann eine Remineralisierung – die Neuablagerung von Mineralien – tatsächlich stattfindet. Der umgekehrte Prozeß – die Demineralisierung –, die zur Osteoporose führt, schreitet offensichtlich über einen Zeitraum von vielen Jahren fort, bevor die Resultate bei der Röntgenuntersuchung der Wirbelsäule sichtbar werden. Die Remineralisierung erfordert möglicherweise eine ebenso lange Zeit, bevor sich Ergebnisse auf dem Röntgenbild zeigen. Dies verzögert die Erprobung und Auswertung vielversprechender neuer Behandlungsmethoden.

Eine Hauptstütze der gegenwärtigen Behandlung von Osteoporose ist Diät. Dem Patienten wird im allgemeinen nahegelegt, mindestens einen halben bis einen Liter

Milch täglich zu trinken, vorzugsweise fettarme oder fettfreie Milch. Sie sollen außerdem entsprechende Mengen Obst, Gemüse und Körnerfrüchte zu sich nehmen. Leute, die Milch nicht gut vertragen, können Kalziumsalze nehmen.

Manchmal wird Vitamin D empfohlen. Das Vitamin ist ein Faktor bei der Steigerung der Kalziumabsorption aus der Nahrung. Vitamin D kann vor allem bei Menschen in nördlichen Regionen erforderlich sein, die relativ wenig Sonne haben. Es sollte unter ärztlicher Kontrolle und nicht wahllos genommen werden, da übermäßige Mengen Vitamin D nicht ungefährlich sind.

Eine weitere mögliche Ergänzung der Diät ist anorganisches Phosphat. Dies ist eine neuere Methode und beruht auf der Feststellung, daß Phosphat helfen kann, die Geschwindigkeit, mit der Kalzium aus dem Knochen verlorengeht, zu verringern.

Eine weitere neue Methode ist die Verabreichung von Natriumfluorid. Dies ist das gleiche Fluorid, das in manchen öffentlichen Wasserreservoirs natürlich vorkommt und in anderen hinzugefügt wird, um das Vorkommen von Zahnverfall zu reduzieren. Fluorid erzeugt chemische Veränderungen im Zahnschmelz, die dazu beitragen, daß der Schmelz resistenter gegenüber den Angriffen durch Säuren im Mund wird.

Vor einigen Jahren entdeckten Forscher an der Harvard University bei Untersuchungen in North Dakota, daß Frauen, die in Gegenden wohnen, wo das Trinkwasser von Natur aus eine höhere Fluoridkonzentration hat als die Konzentrationen, die bei Programmen zur Kariesverhütung dem Trinkwasser zugesetzt werden, weit weniger an Wirbelfrakturen und grundsätzlich weniger an Osteoporose leiden als andere in Gegenden, wo das Wasser einen niedrigen Fluoridgehalt aufweist. Es scheint heute, als könnten 10 bis 20 Milligramm Natriumfluorid pro Tag – das sind etwas mehr als in fluoridiertem Wasser ver-

wendet wird, aber immer noch ungefährlich – zur Reduzierung des Kalziumverlustes aus Knochen beitragen.
Bei Frauen kann der Ersatz des Hormons Östrogen während und nach der Menopause – heute zunehmend als ein Mittel zur Reduzierung oder Verhütung menopausaler und postmenopausaler Beschwerden angewandt – nützlich bei der Verhinderung von Osteporose sein. Östrogen hat eine stimulierende Wirkung auf die Knochen.
Nach dem gegenwärtigen Stand der Dinge kann viel dazu beigetragen werden, den osteoporotischen Prozeß zumindest zu verlangsamen und die Probleme zu behandeln, die daraus resultieren. In absehbarer Zeit können vorbeugende und therapeutische Maßnahmen wahrscheinlich weiter verbessert werden.
Gegenwärtig arbeiten Forscher an zahlreichen neuen Maßnahmen, die sich aber immer noch im Experimentierstadium befinden und noch nicht zum allgemeinen Gebrauch bereitstehen. Eine dieser Methoden beispielsweise ist die Verwendung von Calcitonin, einem vor kurzem entdeckten Schilddrüsenhormon, zusammen mit Kalzium und Phosphor. Bei einer kleinen Gruppe von Patienten konnte eine solche Behandlung Knochenschmerz reduzieren, die Beweglichkeit erhöhen und allgemeines Wohlbefinden hervorrufen.

Depression

Ein weiterer häufiger Faktor beim Rückenschmerz unter älteren und manchmal auch unter jüngeren Menschen ist Depression. Das Auftreten von Depressionen unter den älteren ist verständlich. In unserer Gesellschaft genießt die Jugend das höchste Ansehen. Unsere Normen – bezüglich der Schönheit oder der Intelligenz – sind die der Jugend. Die Alten mit ihrer Weisheit und Erfahrung gehören «zum alten Eisen». Unsere Gesellschaft ist eine Wegwerfgesellschaft. Ältere Menschen haben leicht das Gefühl, nicht mehr gebraucht und nutzlos zu sein. Viele haben relativ wenig zu tun, wenig Ablenkung, viel Zeit, um über Beschwerden und Schmerzen nachzudenken. Sie sind deprimiert.

Depression braucht nicht der Grund für Rückenschmerz zu sein; sie kann jedoch beträchtlich dazu beisteuern. Und tatsächlich führen antidepressive Medikamente, indem sie die Depression bekämpfen, oft zu einer deutlichen Besserung der Rückensymptome.

Auf welche Weise kann eine Depression Schmerzen im Rücken beeinflussen? Möglicherweise kann es auch noch auf andere Arten geschehen, aber unsere Erfahrung sagt mit Sicherheit, daß Depression den Rückenschmerz durch schlechte Haltung und Mangel an körperlicher Betätigung beeinflussen kann.

Bedenken Sie, wie oft die Haltung eines Menschen seinen seelischen Zustand wiedergibt. Ein fröhlicher Mensch geht und handelt fröhlich, energisch; der deprimierte Mensch dagegen hat oft eine schlaffe, vornübergebeugte Haltung und ist körperlich sehr viel weniger aktiv.

Die Haltung des Deprimierten kann zu abnormer Belastung der Rückenmuskeln führen. Wenn man leicht den Kopf hängen läßt, müssen die Muskeln des oberen Rückens und die Nackenmuskeln zusätzliche Arbeit leisten. Wenn man den oberen Rücken herabhängen läßt, haben die Muskeln des unteren Rückens zusätzliche Arbeit zu leisten. Ein Bereich des Rückens, manchmal sogar ein großer Teil, kann schmerzen als Resultat einer Muskelverkrampfung, die durch die abnorme Belastung der Muskeln erzeugt wurde, alles hervorgerufen durch die schlechte Haltung, die von der Depression herrührt.

Eine Depression kann schwer zu diagnostizieren sein. Gefühle können sich von Augenblick zu Augenblick ändern. Darüber hinaus erzeugt eine Depression nicht selten eine beträchtliche Vielzahl körperlicher Symptome: Veränderung des Appetits, Verdauungsstörungen, Schlafstörungen, Kopfschmerzen. Der Patient, der von solchen Symptomen betroffen ist, spricht über diese Symptome, wenn er ärztliche Hilfe sucht, und sieht keinen Zusammenhang zwischen ihnen und seinen psychischen Problemen, und der Arzt kann die Möglichkeit einer Depression in Betracht ziehen oder nicht.

Zum Glück sind heute immer mehr Ärzte wachsam gegenüber den vielen Erscheinungsformen, die eine Depression annehmen kann. Dennoch ist es für jemanden, der an Rückenschmerz oder anderen körperlichen Problemen leidet, keine schlechte Idee, auf die Möglichkeit zu achten, daß psychische Niedergeschlagenheit einen Einfluß auf die physischen Beschwerden haben könnte – und genug Vertrauen zu dem Arzt zu haben, um die Tatsache, daß er sich deprimiert fühlt, offen hervorzubringen.

Seelische Depression kann manchmal unterschwellig sein. Sie kann sich so allmählich entwickeln, daß der Betroffene sich tatsächlich an den deprimierten Zustand gewöhnt. Aber der Ehepartner oder Freunde können eine Veränderung bemerken – einen Verlust des Sinns für Humor zum Beispiel. Das häufigste Anzeichen für eine Depression sind Schlafstörungen, vor allem die Unfähigkeit, durchschlafen zu können, wenn man einmal eingeschlafen ist. Ein weiteres häufiges Anzeichen ist Müdigkeit beim Aufwachen am Morgen, auf die später am Tag eine zunehmende Wachheit folgt.

Antidepressive Medikamente stellen selbstverständlich kein Allheilmittel dar. Wir hatten am ICD zahlreiche Patienten, denen wir bei ihrem Rückenschmerz bis zu einem gewissen Grad mit anderen Maßnahmen helfen konnten, denen wir aber durch zusätzliche Verabreichung antidepressiver Medikamente noch sehr viel mehr helfen konnten.

18. Kapitel

Spannungskopfschmerz, Nackenschmerzen und das Peitschenschlagsyndrom

Von all den zahlreichen Varianten des Kopfschmerzes ist der Spannungskopfschmerz bei weitem die häufigste. Er kann extrem schmerzhaft sein. Er erzeugt oft das Gefühl, als sei ein Band um den Kopf gespannt, ein Band, das immer fester gezogen wird. Es kommt auch zu Schmerzen an der Schädelbasis im Nacken.

Wie schon der Name sagt, hängt der Spannungskopfschmerz mit Spannungen zusammen, seelischen und muskulären. Die Ursache liegt im Trapeziusmuskel, der von der Mitte des Rückens bis hinauf zu den Schulterspitzen und dem Nacken verläuft und mit den Okzipitalprotuberantien verbunden ist, zwei Knochenvorsprüngen am unteren Teil des Hinterkopfes.

Wenn sich der mächtige Trapeziusmuskel verkrampft, einer ständigen Kontraktion unterzogen ist, übt er einen starken Zug auf die Knochenhäute des Schädels aus, was zu einem extrem schmerzhaften Ziehen führt. Der verkrampfte Trapeziusmuskel kann außerdem Nackenschmerzen oder Schmerzen im oberen Rücken hervorrufen.

Und der Trapeziusmuskel hat eine Menge Gelegenheit, sich zu verkrampfen.

Bis zu einem gewissen Grad zeigen Menschen, wenn sie unter Streß stehen, die gleichen Verhaltensmuster wie Katzen. Wenn eine Katze, durch irgendeine Situation beunruhigt oder gestört, sich entweder zum Angriff oder zur Flucht bereitmacht, wölbt sie ihren Rücken und krümmt die Schultern. Wir verhalten uns ähnlich, wenn

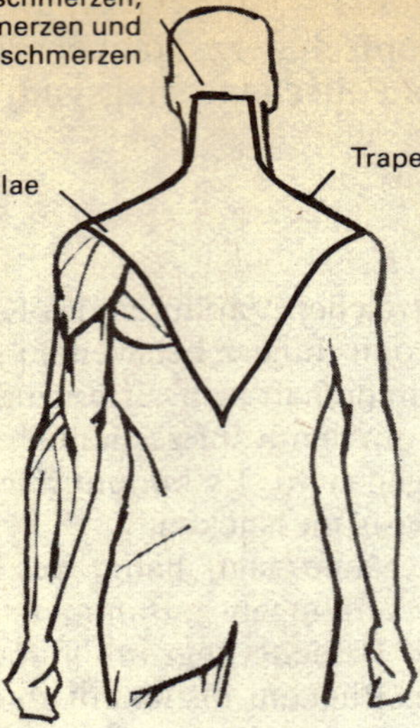

auch nicht so auffällig. Häufig heben wir die Schultern etwas an, genug, um den Trapeziusmuskel zu kontrahieren. Jeder Muskel, der lange genug kontrahiert wird, verkrampft sich, auch der Trapezius.

Wenn Sie zu häufigen Anfällen von Spannungskopfschmerz oder Spannungsnackenschmerz neigen, kann oft eine einfache Maßnahme helfen, die Häufigkeit der Anfälle zu reduzieren. So oft Sie im Verlauf des Tages daran denken, und vor allem an Tagen voller Druck und Streß, sollten Sie sich kurz die Zeit für ein paar Übungen nehmen. Heben Sie die Schultern bis an die Ohren und lassen Sie sie herabfallen; schütteln Sie Schultern und Arme aus und lassen Sie den Kopf langsam kreisen. Durch diese Bewegungen erzeugen Sie Muskelkontraktion, aber im gleichen Maße Muskelentspannung, und die Entspannung hilft, Sie gegen die Entwicklung von Krämpfen zu schützen.

In der Tat können die gleichen physikalischen Mittel, die, wie bereits erwähnt, zur Entspannung von Muskelkrämpfen angewandt werden können, die den Rücken betreffen, oft ebenso wirksam zur Linderung von Spannungskopfschmerz und Spannungsnackenschmerz verwendet werden.
Der Trapeziusmuskel kann im Nackenbereich mit Wärme oder Kälte behandelt werden. Sowohl das eine wie auch das andere kann hilfreich sein. Wenn erforderlich, kann ein Reizmittel angewandt werden, das oft nach einer Wärmebehandlung noch wirksamer ist.
Massage ist besonders nützlich – und Hinterkopf und Nacken sind ein Bereich, den Sie sehr bald selbst massieren können. Reiben Sie mit den Fingerspitzen vom Hinterkopf hinab zum Nacken und über beide Schultern. Wiederholen Sie dies mehrmals. Und wenn Sie merken, daß der Bereich weniger empfindlich wird, beschreiben Sie mit den Fingerspitzen große Kreise um die Hinterhauptvorsprünge, wobei Sie kräftig drücken. Führen Sie dann die Fingerspitzen, immer noch mit kräftigem Druck, den Nacken hinab und über beide Schultern. Nach ein paar Minuten solcher Massage sollte der Krampf gelockert und der Schmerz deutlich verringert sein. Wenn nötig, nehmen Sie zwei Aspirin. Wiederholen Sie die Massage im Verlauf des Tages mehrmals; nehmen Sie bei Bedarf weitere Aspirin im Abstand von vier Stunden.
Nützlich sind auch die schon erwähnten Entspannungsübungen zur Verhütung von Krämpfen – die Schultern bis an die Ohren heben und herabfallen lassen, Schultern und Arme durchschütteln, den Kopf langsam kreisen lassen. Sie helfen, die Verkrampfung zu entspannen und ihr erneutes Auftreten zu verhindern.

Das Peitschenschlagsyndrom

Eines der häufigsten Leiden nach einer häufigen Art Verkehrsunfall – der Kollision von hinten – ist die Peitschenschlagverletzung. Während ohne Zweifel einige der Prozesse, die um diese Art Verletzung geführt werden, finanziell motiviert sind, haben die meisten eine handfeste physische Basis.

Bei dem plötzlichen Ruck oder Peitschenschlag, den der Kopf bei einer Kollision von hinten erfährt, kann es zur Dehnung und zum Reißen von Geweben im Nacken – Muskelfasern, Sehnen, Bändern, Nerven – kommen. Solche Verletzungen sind mit gewöhnlichen klinischen nichtchirurgischen Mitteln oft nicht leicht zu diagnostizieren, aber ein chirurgischer Eingriff ist im allgemeinen dabei nicht erforderlich. (Wenn der Peitschenschlag allerdings schwerer war, als es gewöhnlich der Fall ist, können Frakturen oder Dislokationen, mit oder ohne Lähmung, vorliegen. Solche Verletzungen, die behandelt werden können, gehen über den Rahmen dieses Buches hinaus.)

Die Schwierigkeit, eine präzise Diagnose bei der häufigen Peitschenschlagverletzung wird noch kompliziert durch die Tatsache, daß Osteoarthritis, die Verschleißform der Arthritis, besonders häufig im flexiblen menschlichen Nacken vorkommt. Eine solche Osteoarthritis kann Gelenkflächen rauh machen, und der Peitschenschlag kann ein plötzliches schweres Kratzen der Flächen übereinander erzeugen, das extrem schmerzhaft ist und Muskelkrämpfe hervorruft.

Zusätzlich kann es zu kleineren Blutungen durch Zerreißen von Muskelfasern kommen. Wenn diese Stellen heilen, dann geschieht dies durch die Bildung von Narbengewebe, das anschließend bei jeder Dehnung und Beugung des Halses an empfindlichen umgebenden Organen zerren kann – und dieser Zustand kann dauerhaft sein.

Eine häufig angewandte Maßnahme zur Behandlung von Peitschenschlagverletzungen ist die Verwendung eines stützenden Halskragens, der aus Filz, Kunststoff oder Metall sein kann. Der Kragen hilft den Schmerz zu lindern. Er macht den Hals unbeweglich und nimmt so den Nackenmuskeln ihre Arbeit. Da sie nichts zu leisten haben, neigen die Muskeln zur Atrophie. Wenn der Kragen länger als beispielsweise einen Monat nicht abgelegt wird, können die Muskeln so stark atrophieren, daß sie, wenn der Kragen entfernt wird, die Kontrolle der Kopfbewegung als eine zu starke Belastung empfinden und auf übliche Weise protestieren – indem sie sich verkrampfen.
Die natürliche Reaktion ist dann, den Kragen wieder anzulegen, was aber genau falsch ist, da es zu einer weiteren Schwächung der Muskeln führt. Was man tun sollte, ist, den Kragen nach zweiwöchigem Tragen viermal am Tag abzulegen und Übungen zur Kräftigung der Nackenmuskeln durchzuführen. Die Übungen sind einfach und erfordern keine speziellen Geräte.
Eine simple Übung ist folgende: Legen Sie eine Hand auf eine Seite des Gesichts, und versuchen Sie dann, mit dem Kopf die Hand zu bewegen, während Sie mit der Hand dieser Bewegung Widerstand leisten. Wiederholen Sie dies mit der anderen Hand auf der anderen Gesichtsseite. Sie werden spüren, wie die Nackenmuskeln arbeiten.
Legen Sie dann die eine Hand unters Kinn, wobei der Ellbogen auf der Armlehne eines Stuhls oder auf dem Tisch ruht. Versuchen Sie, das Kinn gegen den Widerstand der Hand nach unten zu drücken.
Legen Sie eine Hand auf den Hinterkopf und versuchen Sie, mit dem Kopf die Hand zu bewegen, während Sie mit der Hand die Bewegung zu verhindern versuchen.
Legen Sie eine Hand flach an eine Seite des Kopfes über dem Ohr und versuchen Sie, den Kopf gegen die Hand zu drücken, so, als ob Sie das Ohr an die Schulter bringen wollten, während Sie aber immer mit der Hand Wider-

stand leisten. Wiederholen Sie die Übung mit der anderen Hand auf der anderen Seite des Kopfes.
Wenn Sie nach zweiwöchigem Tragen des Kragens diese Übungen viermal am Tag mehrmals wiederholen, kann dies dazu beitragen, die Kraft der Nackenmuskeln aufrechtzuerhalten oder gar zu steigern. Nach vierwöchigem Tragen können Sie ohne den Kragen auskommen, ausgenommen auf längeren Reisen. Sie können die Übungen fortsetzen, so lange Sie Schmerzen haben.
Auch wenn Sie aufgrund einer früheren Peitschenschlagverletzung an ständigen Nackenschmerzen leiden, lohnt es sich, die Übungen durchzuführen, um geschwächte Nackenmuskeln zu kräftigen und schmerzhafte Verkrampfungen zu lösen.
Eine weitere Maßnahme, die manchmal zur Linderung anhaltender Nackenschmerzen angewandt werden kann, ist die Cervikaltraktion. Wie bereits erwähnt, kann die Cervikaltraktion ebensogut zu Hause wie in der Arztpraxis durchgeführt werden. Sie hilft oft bei Schmerzen im oberen Rücken, und kann ebensogut bei Schmerzen helfen, die ganz im Nacken lokalisiert sind.

Sachverzeichnis

Knaur

Präsentbücher

Zum Verschenken schön.

Bibliophil – farbig – preiswert

Bodmer, Carl und George Catlin:
Die schönsten Indianerbilder
Band 3665. 96 Seiten mit 31 Farbtafeln.

Doré, Gustave:
Bilder zur Bibel
Das Alte Testament in Holzstichen. Band 4208. 96 Seiten.

Irving, Washington:
Alhambra
Mythen und Geschichten um das Traumschloß der Mauren. Eine Auswahl mit den schönsten zeitgenössischen Gravuren. Band 4202.
96 Seiten.

Lord Byrons Schönheitengalerie
44 Charackterportraits der Damen aus Lord Byrons poetischen Werken. Band 4204. 96 Seiten mit farbigen Abbildungen.

Menzel, Ilse und Peter:
Alte Bauerngärten
Im Spiegel zeitgenössischer Abbildungen. Band 4206.
96 Seiten mit 32 ganzseitigen Farbtafeln.

Menzel, Ilse und Peter:
Orchideen und Bromelien
Alte Stiche aus der Zeit der Pflanzensammler und Orchideenjäger. Band 4201.
96 Seiten mit 90 meist farbigen Abbildungen.

Menzel, Ilse und Peter:
Tulipan, Narziss und Kaiserkron
Blütenpracht aus Zwiebeln und Knollen auf alten Stichen. Band 4203. 96 Seiten mit 32 Seiten vierfarb. Abbildungen.

Menzel, Ilse und Peter:
Aus alten Kräuterbüchern
Heil- und Zauberkräfte der Natur. Band 4205. 96 Seiten mit 32 ganzseitigen Farbtafeln.

Ridinger, Johann Elias:
Entwurff einiger Thiere
Wie solche nach ihren unterschiedenen Arten, Actionen und Leidenschafften, nach dem Leben gezeichnet. Band 4207. 96 Seiten mit zahlr. Abb.

Das Buch

In diesen beiden Werken Heinrich Bölls gefährdet ein Mensch und Christ die kirchliche Ordnung. – »Das Hörspiel ›Hausfriedensbruch‹ geht vergleichsweise versöhnlich aus. Der Mann Merkens, selbst verheiratet, stellt sozusagen im Untergrund sein eheliches Verhältnis zu einer ebenfalls verheirateten Jugendgeliebten wieder her, von der er einst durch die Unbarmherzigkeit, mit der die Kirche inzwischen längst aufgegebene Positionen verteidigte, getrennt worden ist. Das Spiel gibt eine Böll'sche Variante zum Partnertausch. Im Widerspruch zur Rechtslage restituiert dieser bei Böll sittlich-moralisches Recht. Merkens ist weltklug genug, dabei ein Gleichgewicht aufrecht zu erhalten, das die formalistischen Kirchenrechtler mattsetzt. Radikaler und auch pessimistischer das Schauspiel ›Aussatz‹. Dessen zentraler Satz: ›Die Heiligen begehen Selbstmord.‹ Selbstmord hat ein junger Pfarrer begangen, als er durchschaute, mit wieviel zynischem Opportunismus auf Kosten von wieviel Unglück und Not, durch Ausbeutung von wieviel Treue der Apparat der Kirche seine Macht wahrt. Er wollte da nicht mitspielen und konnte doch zugleich seine Treue nicht aufgeben. Der Selbstmord soll vertuscht werden, und als das zu mißlingen droht, veranlaßt der Bischof einen berühmten Hygieniker und Katholiken, bei dem toten Pfarrer Aussatz zu diagnostizieren. Dessen renitente Freunde werden daraufhin in eine sehr komfortable Quarantäne überführt ... Die symbolische Bedeutung von Selbstmord wie Aussatzverdacht liegt drastisch auf der Hand. Bölls Angriffe auf die etablierte Kirche als eine systemerhaltende Macht sind noch direkter und zugleich aktueller geworden. Dabei bestätigt Böll neuerlich all jene, die ihn als einen Moralisten verstehen, der sich literarischer Formen und Mittel bedient.« (Süddeutsche Zeitung)

Der Autor

Heinrich Böll, am 21. Dezember 1917 in Köln geboren, war nach dem Abitur Lehrling im Buchhandel. Im Krieg sechs Jahre Soldat. Danach Studium der Germanistik. Seit 1949 veröffentlichte er Erzählungen, Romane, Hör- und Fernsehspiele, Theaterstücke und ist auch als Übersetzer aus dem Englischen tätig. 1972 erhielt Böll den Nobelpreis für Literatur.

Heinrich Böll:
Hausfriedensbruch · Hörspiel
Aussatz · Schauspiel

Deutscher
Taschenbuch
Verlag

Von Heinrich Böll
sind im Deutschen Taschenbuch Verlag erschienen:
Irisches Tagebuch (1)
Zum Tee bei Dr. Borsig (200)
Als der Krieg ausbrach (339)
Nicht nur zur Weihnachtszeit (350)
Ansichten eines Clowns (400)
Wanderer, kommst du nach Spa ... (437)
Ende einer Dienstfahrt (566)
Aufsätze – Kritiken – Reden (616/617)
Der Zug war pünktlich (818)
Wo warst du, Adam? (856)
Gruppenbild mit Dame (959)
Billard um halbzehn (991)
Der Lorbeer ist immer noch bitter (1023)
Die verlorene Ehre der Katharina Blum (1150; auch als dtv-großdruck 2501)
Schwierigkeiten mit der Brüderlichkeit (1153)
Das Brot der frühen Jahre (1374)
Hierzulande (sr 5311)
Frankfurter Vorlesungen (sr 5368)

Über Heinrich Böll:
Der Schriftsteller Heinrich Böll (530)
In Sachen Böll – Ansichten und Einsichten (730)

Ungekürzte Ausgabe
April 1979
Deutscher Taschenbuch Verlag GmbH & Co. KG,
München

ISBN 3-462-00715-7
Umschlaggestaltung: Celestino Piatti
Gesamtherstellung: C.H. Beck'sche Buchdruckerei,
Nördlingen
Printed in Germany · ISBN 3-423-01439-3